KB163001

CONTENTS

OSANANAJIMI GA ZETTAI NI
MAKENAI
LOVE COMEDY

「하루도 울고 있잖아……」

NAME

시다 쿠로하
──초등학교 6학년

골절을 당한 스에하루의 간호를 둘러싸

히로인 세 사람의
동거 배틀이 발발?!

소꿉친구

◁

NAME 시다 쿠로하

시로쿠사 일편단

「스짱,
나를 도쿄 타워로
데려가 줘.」

ME

카치 시로쿠사
──초등학교 4학년

「모모……. 힘내 볼게.

그쪽을 따라잡을 수 있을 정도로…….

힘낼 거야」

NAME

모모사카 마리아

초등학교 4학년

NAME 오라기 시온

NAME 모모사카 마리아

여동생 같은 존재

복잡해지는데…

소꿉친구가 절대로 지지 않는 러브 코미디

OSANANAJIMI GA ZETTAI NI
MAKENAI
LOVE COMEDY

〔글〕
니마루 슈이치
SHUICHI NIMARU

〔그림〕
시구레 우이

프롤로그

*

'뭐, 뭔가 이상한 느낌인데⋯⋯.'

우리 집 부엌에 미인 여고생 작가―― 시로쿠사가 있다. 그것만으로도 눈을 의심케 하는 광경인데 더군다나 앞치마 차림이다. 쿨한 분위기에 앞치마라는 가정적인 요소가 더해져서 한손검에서 이도류가 된 것처럼 파워업한 느낌이었다.

걱정했던 요리 솜씨도 좋았다. 채소를 자르는 소리의 리듬도 경쾌했고 볶으면서 풍겨온 양파 냄새가 식욕을 자극했다.

메이드가 요리를 할 줄 알았는데 아닌 모양이었다. 메이드는 조금 떨어진 곳에 서 있기만 한 게 정말로 감시가 목적인 듯했다.

시로쿠사가 만들어 준 건 오므라이스였다. 내 앞에 두며 자신은 바로 오른쪽 옆에 앉았다.

⋯⋯어째서 맞은 편이 아니라 옆에?

'자아, 스쨩⋯⋯ 아~ 해 봐.'

아름다운 검은 머리칼을 귀 뒤로 넘기며 시로쿠사가 오므라이스를 담은 수저를 내밀었다.

'으, 응?! 아니, 그건 좀⋯⋯.'

'그치만 왼손으로는 수저 쓰기 불편하잖아.'

'뭐, 그건 그렇긴 한데……'

내 오른손은 깁스로 단단히 고정되어 있었다. 왼손으로 먹는 것도 불가능하지는 않았지만 불편한 것도 사실이었다.

'자아, 입 벌려 봐, 아～ 하고……'

평소에는 냉철한 시로쿠사가 발산하는 다디단 사탕 같은 유혹.

내 뇌는 그 압도적인 당도에 즉시 녹아내려서 풀어진 표정으로 입을 열었다.

'그, 그럼…… 아～.'

'…………자, 어때? 맛있어?'

'──! 맛있어! 시로는 닭튀김 밖에 못 만드는 줄 알았는데!'

얼굴이 빨개진 시로쿠사가 뜨거워진 뺨을 양손으로 식혔다.

'그랬었는데…… 무리하지 않고 레시피대로 만들면 괜찮다는 걸 깨달았거든. 뭐든지 무리하는 건 좋지 않은 것 같아. 스짱이 말한 대로였어.'

'그, 그렇구나. 알아줘서 다행인데…… 시로…… 손이 내 허벅지에…….'

'먹어줬으면 하는 건…… 요리도 그렇지만…….'

'그렇지만……?'

'정말로 먹어줬으면 하는 건── 나야…….'

내 혈압이 급상승했다. 머리가 흥분과 혼란으로 펑크나기 직전이었다.

'아, 안 돼! 메이드가 보고 있잖아!'

'후후, 저 애는 내 말대로 하니까 괜찮아……. 이미 자리를 비

웠어……. 그러니 이 자리에는 이미 우리 둘뿐…….'

'뭐시라?! 정말이네?! 어느새 사라졌어!'

고개를 돌리며 주위를 둘러보았지만 시로쿠사와 함께 왔던 메이드가 어디에도 없었다.

그사이에도 눈이 풀린 시로쿠사가 나에게 더욱 다가왔다.

'스짱, 나와 엉큼한 짓을 하고 싶어……?'

'어, 엉큼한 짓이라니……?'

'후후, 다 알면서……. 그래서 하고 싶은 거야……? 하고 싶지 않은 거야……?'

허벅지에 놓인 검지가 쓰윽, 하고 내 바지를 천천히 매만졌다.

너무나도 감미롭고 부드러운 스킨십이었다.

쾌감이 전류가 되어 등을 내달리며 전신의 힘을 빼앗아갔다.

이, 이런. 정신 차리지 않으면 몸이 녹아내릴 것 같다…….

'구, 굳이 어느 쪽이냐고 한다면…… 하고 싶은데…….'

'굳이 어느 쪽이냐고 한다면……?'

'흐읍?!'

시로쿠사가 나에게 몸을 기댔다. 내 어깨에 시로쿠사의 머리가 놓였다.

허벅지 위에 놓인 검지가 애교를 부리듯이 부드럽게 몇 번이나 원을 그렸다. 어깨에 느껴지는 머리의 무게와 온기가 동경하는 여자애와 몸을 맞대고 있다는 사실을 그대로 나에게 전해 줬다.

'하아…….'

한숨이 나왔다. 공기가 옅어서 괴로웠다.

그러나 숨을 쉬면 쉴수록 길고 아름다운 검은 머리칼에서 시트러스 향기가 풍겨와 고동을 더욱 빠르게 만들었다.

'스짱…… 엉큼한 짓…… 하고 싶지 않아……?'

'하, 하고 싶습니다! 엄청 하고 싶습니다! 하고는 싶지만……!'

'싶지만……? 그거면 안 되는 거야……?'

'아, 안 되는 건…… 아닌…….'

'됐어…… 더 말 안 해도 돼…….'

시로쿠사의 얼굴이 이미 내 정면 10센티미터 지점에 있었다.

그게 5센티미터 지점까지 다가왔고.

그리고 곧 0센티미터로——.

"그런 기대를 했었다고, 테츠히코."

"너 보통 소름 돋는 게 아니거든!"

테츠히코의 매도가 화장실 안에 메아리쳤다.

나는 지금 우리 집 화장실에 진을 치고 테츠히코와 휴대전화로 통화를 하고 있었다.

이런 상황이 된 것에도 이유가 있었다.

"시끄러워! 나는 말이지, 현실의 팍팍함을——."

"그래그래, 알았으니까 후딱 거실로 돌아가라고. 화장실에 오래 있는 것도 이상하잖아."

"끄응——."

테츠히코의 말대로여서 끽소리도 나오지 않았다.

"……알았어."

"야, 네 그 더럽게 쓸데없는 망상을 들어 준 사례는 없냐? 이 딴 걸 들어 주는 건 룸살롱 언니 정도라고."

"고등학생이 룸살롱 언니를 예로 드냐? 속을 알 수 없어서 무섭다고."

"고액 보수라도 받지 않으면 수지타산이 안 맞는다는 의미라고, 바보야."

"……옙, 죄송합니다. 들어 주셔서 감사합니다……."

"하나 빚진 거다."

"……아니, 잠깐만. 너도 이런 경험 있잖아. 경험자로서 한 가지 정도는 조언을──."

커다란 한숨 뒤에 헛웃음 나온다는 듯한 목소리가 돌아왔다.

"나라면 주도권을 쥐고 '교육'하지. 할 수 있는지 없는지는 둘째치고 그럴 생각으로 행동해."

"……못 할 것 같은 경우에는?"

"도망치지."

"……도망치지 못할 때는?"

"버틸 수밖에 없지."

"……버티지 못하면?"

"죽든가."

"……죽고 싶지 않을 때는?"

"빌어."

아, 예. 예상되는 결말이 그렇다는 거지.

"뭐, 명복은 빌어 줄 테니까 마음껏 '즐기고 오라고'."

그리고 거기서 통화가 끊어졌다.

"⋯⋯⋯⋯⋯⋯⋯⋯⋯⋯⋯⋯⋯⋯⋯⋯⋯⋯⋯하아."

무의식중에 커다란 한숨이 나왔다.

테츠히코가 한 말은 전부 정론이다. 적어도 화장실에 틀어박혀 있다고 문제는 해결되지 않는다.

"──좋아!"

나는 두 뺨을 두드리며 기합을 넣고 화장실에서 나갔다.

납자루가 달린 것처럼 다리가 무거웠다. 그렇지만 기력을 쥐어짜 거실로 돌아갔다.

"하루, 왜 그렇게 오래 있었어?"

"스짱, 배 아파? 병원 갈래?"

"누군가가 안 좋은 거라도 먹은 거 아닌가요?"

분위기가 날이 서 있었다. 귀여운 세 명의 소녀들은 귀여운 것만으로는 끝내지 않고 배후에 흉악한 짐승을 거느린 듯한 오라를 발산하며 호시탐탐 기회를 엿보고 있었다.

이게 바로 내가 화장실로 도망쳐 들어간 이유였다.

속이 쓰리다⋯⋯. 한 번 더 화장실에 갈까⋯⋯.

"모모사카? 날 보고 말하지 말아 줄래? 저녁은 거기 있는 메이드가 만들어 준 거야. 그렇지? 오라기 씨?"

"⋯⋯예, 그런데 뭔가 문제라도 있나요?"

메이드복 소녀가 담담히 말했다.

오라기 시온──이라는 이름인 듯했다. 나이는 동갑. 그러나

지금으로선 그 밖의 정보는 없었다.

용모는 무척 단정했지만 뭐라고 할까—— 메이드답지 않았다.

특징은 흐리멍덩한 눈이었다. 숏헤어인데 뒷머리보다 옆머리가 긴 헤어스타일이었다.

신경 쓰이는 건 움직임이 묘하게 기민하고 활달한 느낌이 드는 점이었다. 그 탓인지 그다지 지적인 분위기가 느껴지지 않았다. 덕분에 성격을 파악하지 못하고 있었다.

"그럼 누구 잘못인데요? 모모가 왔을 때는 이미 스에하루 오빠의 안색이 안 좋았는데요."

이 안에서 가장 늦게 찾아온 여동생 같은 미소녀—— 마리아가 먼저 와 있던 두 사람을 비난하듯이 말했다.

그러자——.

"차 안에서 우리가 함께 사는 게 정해졌을 때는 스짱의 안색이 좋았어. 그러니 시다 양 때문이야."

살짝 허술한 구석이 있는 쿨한 미인 소설가—— 시로쿠사가 그렇게 단언했다.

일제히 공격을 받은 돌보기 좋아하는 누나 같은 성격의 소꿉친구—— 쿠로하가 트레이드마크인 클로버 모양 머리 장식을 마구 흩트리며 격분했다.

"무슨 말이야?! 하루의 안색은 나와 하교할 때까지는 좋았거든?! 원인은 카치 양이 비상식적인 제안을 했기 때문이잖아! 질책을 받아야 할 사람은 내가 아니라 카치 양 아니야?!"

"……저기, 세 사람 모두…… 조금만 사이좋게 지내 주면 고맙겠는데⋯⋯."

　이 자리를 수습해 줄 사람이 아무도 없었다.

　그래서 내가 흠칫흠칫 떨면서도 용기를 쥐어짜 다독여 보았지만――솔직히 세 사람을 제지할 자신이 전혀 없었다.

　⋯⋯만약 이 현장을 보고 부럽다고 생각하는 녀석이 있다면 나는 한마디 해 주고 싶다.

　'무진장 무섭거든! 진심으로!'

　세 사람 모두 귀엽다. 엄청나게 귀엽다. 무진장 귀엽다. 각자 개성이 다른 데다가 매력적이다.

　그건 안다! 충분히 이해하고 있다!

　그러니 지금 상황을 배가 불렀다고 하는 녀석의 심정도 이해한다. 나도 당사자가 아니었다면 그렇게 말할지도 모른다.

　하지만 말이지! 그런 게 아니라고! 잘 생각해 봐!

　무척 귀여운 고양이라도 만약 호랑이 같은 발톱을 가지고 있다면 어때? 뱀처럼 혀를 내밀면 어떨 것 같아? 흉포한 늑대처럼 짖으면 무섭지 않아?!

　역시 달콤하고 하하호호한 가슴 뛰는 일상을 동경하지 않겠어? 냉정하게 보면 여긴 지옥 2번지라고. 한 번이라도 실수하면 그대로 끝장인 탈출 타임어택이라고.

　으윽, 또 속이 쓰리다⋯⋯ 수명이 줄어들 것 같아⋯⋯ 누가 좀 도와줘⋯⋯.

　그런 내 갈등을 아는지 모르는지 마리아가 내 말에 고개를 끄덕였다.

"뭐, 그렇네요. 스에하루 오빠가 사이좋게 지내라고 하니까 사이좋게 지내볼까요."

"모모사카, 미리 말해 두겠는데 시늉은 의미가 없어."

"그렇게 말하는 카치 양이야말로 '사이좋게'의 의미를 알고 있는지 의심스러운데?"

"소설가에게 말의 의미를 지적하다니 배짱 좋은걸? 너야말로 사전을 다시 읽어 보는 편이 좋지 않을까?"

"소설가란 까탈스럽네요. 모모는 진실을 보고 만 기분이에요."

"너 말이지——!"

누구 한 사람만 두둔할 수도 없고…… '그만 싸워!' 하고 말해도 소용없다는 것도 확실하고……. 섣부르게 행동하면 피바람이 불 수도 있었다.

"칫…… 원래라면 우리 둘만 있어야 했는데…….."

혀를 차며 중얼거린 시로쿠사의 말을 쿠로하와 마리아는 놓치지 않았다.

"그런 게 용납될 거라 생각했어? 나는 옆집. 비밀은 없음. 언더스탠드?"

"후후후, 계획이 어설프다고 할 수밖에 없네요. 모모가 간과할 것 같나요? 말도 안 되죠. 계획은 더 없나요? 아직 더 있다면 계속해 보세요."

"우으으……!"

무시무시한 세 사람의 눈싸움을 보고 1초 만에 '좋아, 현실도피하자!' 하고 정한 나는 텔레비전에 연결한 헤드폰을 찾기 시작했다.

'왜 이렇게 된 거냐…….'

원래는 시로쿠사와 오라기뿐이었는데 어느 사이엔가 쿠로하와 마리아도 찾아와 있었다.

우선 쿠로하.

차 안에서 시로쿠사가 우리 집에 지내는 게 정해진 뒤에 쿠로하가 이렇게 말을 꺼냈다.

'――그럼 저도 함께 지내겠어요. 괜찮죠?'

시로쿠사도 우리 집에서 지내는데 자신이 함께 있으면 안 될 이유는 없다. 그게 쿠로하의 주장이었다.

'부모님의 허락은 받으려무나.'

시로쿠사의 아버지인 소이치로 아저씨는 그렇게 말씀하셨다. 시로쿠사는 미간을 찌푸렸지만 소이치로 아저씨는 발언을 철회하지 않았다. 이런 부분의 중립적인 자세가 소이치로 아저씨의 신뢰도로 이어졌다.

그 뒤에 쿠로하는 어머니인 긴코 아주머니에게 연락했다. 그러나 긴코 아주머니는 근무 중이신지 전화를 받지 않으셨다. 할 수 없이 아버지인 미치카네 아저씨의 휴대전화로 걸어서 사정을 설명했는데.

'나는 상관없는데 엄마에게도 허가는 받으렴.'

그런 대답이 돌아왔다. 그래서 쿠로하는 어중간한 상태로 우리 집에 눌러앉았다.

그리고 어색한 분위기인 채로 오라기가 만들어 준 저녁 식사를 다 먹자 어디서 들었는지 마리아가 찾아왔다.

'스에하루 오빠의 위기라길래 찾아왔어요!'

아마도 이 자리에 있던 모두가──.

'네가 오면 사태가 더 악화될 것 같은데…….'

그렇게 생각했겠지만 선의로 와 줬는데 돌려보낼 수도 없었다.

물어보니 에리 씨에게 외박 허가를 받았다고 해서 안에 들일 수밖에 없었다. 그렇게 속이 쓰리게 된 나는 화장실에 틀어박혀서 테츠히코에게 전화를 건 것이다.

──딩동.

인터폰 소리에 모두가 현관 쪽을 보았다.

시각은 20시 반. 우리 집은 어머니가 없어서 동네에서 친하게 지내는 건 옆집인 쿠로하네 집 정도였다. 그 때문에 보통은 이런 시간에 손님이 찾아오지는 않았다.

"……누구지?"

가능성이 있는 건…… 테츠히코 정도인가. 화장실에서 연락한 것 때문에 신경 쓰여서 와 줬다거나. ……그 녀석이 그럴 리가 없나.

그럼 누구지? 지금으로부터 30분 정도 전에 똑같은 전개로 마리아가 찾아왔다. 그 탓에 쿠로하와 시로쿠사가 몹시 살기 등등했다.

"예~ 마루입니다!"

"아니, 야!"

가장 먼저 움직인 건 마리아였다.

"왜 네가 나가려고 하는 거야?! 우리 집이거든?!"

"그래서 마루라고 했잖아요."

"그러니까 왜 네가 마루라고 하는 거냐고!"

"장래에 시집을 올 사람으로서는 일찌감치 익숙해지는 편이 좋을 것 같아서요."

"태연하게 무슨 터무니 없는 소릴 하는 거야?!"

"그냥 흘려듣지 못할 말을⋯⋯!"

시로쿠사가 현관으로 향하려는 마리아를 단단히 붙들어서 멈춰 세웠다.

그래도 화가 식지 않았는지 설교 모드로 쏘아붙였다.

"모모사카! 너 말이지! 그 철면피 같은 성격을 좀──."

딩동딩동딩동!

말을 자르는 것처럼 벨이 연타되었다. 나는 여기서 손님이 누구인지를 깨달았다.

⋯⋯그렇지. 이런 시간에 이런 짓을 할 녀석은 한 사람밖에 없으니까.

현관으로 가서 나도 모르는 사이에 걸린 체인을 풀고 문을 열었다.

"스에하루! 목소리가 다 들린다고! 그 성격 나쁜 여자가 또 온 거야?!"

"알았으니까 밤중에 벨을 연타하지 말라고, 미도리! 이웃들에게 민폐잖아!"

설교했지만 여전히 미도리는 듣는 척도 하지 않았다. 흥, 하고 고개를 돌리며 노골적인 거절 반응으로 납득이 안 된다는 것을 어필했다. 그렇지만 그 이상 지적해도 싸움으로 번질 뿐이었으므로 나로서는 체념할 수밖에 없었다.

한숨을 내쉰 내 눈에 들어온 건 가을인데도 상당히 얇은 차림인 미도리의 복장이었다.

그야 근육이 있으면 추운 건 괜찮을지 모르지만 그건 둘째치고, 풋풋한 가슴과 허벅지가 아낌없이 드러나 있다. 정말이지, 남고생에게는 자극이 과한 광경이다.

이 녀석도 참 내 충고를 안 듣는단 말이지…….

"그래서 무슨 용건인데."

"하! 즐기고 계신 데 방해해서 미안하구만! 용건도 없이 오지 말라니 어지간히 비싸지셨어?"

"느닷없이 열 내지 말라고. 딱히 오지 말라고 한 적은 없잖아."

"미도리, 싸우고 있으면 이야기가 안 끝나잖아. 내 옷과 공부할 거 가지고 왔으면 이리 줘."

등 뒤에서 나타난 쿠로하가 가방을 내놓으라는 것처럼 손을 앞으로 내밀었다.

아~ 그렇군. 그런 거였나.

쿠로하는 한 번도 집에 돌아가지 않았다. 아까 어딘가에 전화

했던 모양인데 집에 연락해서 필요 물품을 가지고 오게 부탁한 거였나.

"쿠로 언니, 여기요."

미도리의 등 뒤에서 고개를 내민 건 아오이였다.

"교과서를 맞게 가져왔는지 확인해 주세요."

"고마워. 잠깐만."

쿠로하가 아오이에게서 건네받은 가방을 뒤적이기 시작했다.

돌연히 정적이 찾아왔다.

내 마음은 지쳐 있었다. 그리고 그때 나타난 아오이.

내가 아오이에게 말을 붙인 건 사막의 여행자가 물을 찾는 듯한 심경이었기 때문이다.

"저기, 아오이. 저번 여행은 즐거웠어? 그게, 내가 마지막 날에 다쳐 버린 탓에 어땠는지 감상을 듣지 못했다 싶어서."

깁스로 고정된 오른손을 어필하며 아오이의 반응을 기다렸다.

아오이니까 분명——.

'무척 즐거웠어요! 다음에도 기회가 있으면 또 불러 주세요!'

이런 기쁜 감상을 천사처럼 미소 지으며 말해 줄 게 틀림없다. 그런 확신이 있었다.

그러자 아오이는 트윈테일을 흔들고 기대한 대로 천사처럼 미소 지으며 말했다.

"——하루 오빠는 인기가 많네요."

"……………………응?"

놀라서 다시 한번 아오이의 표정을 확인해 보았다.

……역시 천사처럼 미소 짓고 있었다.

"저보다 쿠로 언니에게 물어봐 주세요."

얼굴은 웃고 있는데…… 혹시…… 화내고 있는 건가?

천사 같은 이 애가? 어째서?

"저, 저기, 아오이……?"

내가 동요를 감추지 못한 채 한 발짝 다가가자 아오이가 스윽 하고 반 발짝 물러났다.

"으응? 그렇게 피하듯이 하지 않아도……."

"딱히 피한 적 없어요. 인기 많은 하루 오빠가 저에게 관심을 가질 여유는 없지 않을까 생각했을 뿐이에요."

"아니, 그렇게 쌀쌀맞게 말하지 말고──."

"실례할게요."

아오이는 고개 숙여 인사하더니 내 대답을 기다리지 않고 몸을 돌리고 가 버렸다.

그러자 아오이의 등에 숨어 있던 아카네가 모습을 드러냈다.

"어, 아카네 있었어?! 왜 숨어 있었던 거야?"

"아…… 앗…… 하루 오빠……!"

아카네치고는 드물게 동요한 채 내민 손을 허우적거리며 영문을 알 수 없는 반응을 보였다.

뺨이 새빨갰다. 열기가 전해져서 안경테까지 빨개질 것만 같아 보였다.

아카네에게 무슨 일이라도 있었던 건가.

안경 너머로 보이는 눈이 빙글빙글 돌고 있고, 땋은 머리를 불안스럽게 흔들며 무언가를 말하려고 하지만 목소리를 내지 못한 채 입만 뻐끔거릴 뿐이었다.

"아카네?"

"으, 으, 으──."

내가 부르자 아카네가 몸을 크게 움츠렸다. 그리고 상체를 뒤로 빼며 자신의 몸을 가리듯이 끌어안았다.

뭔가 하고 싶은 말이 있는 듯한…… 하지만 도망치고 싶은 듯한…… 그런 애매한 분위기였다.

그래서──.

"아카네?"

나는 자극하지 않게 다시 한번 신중하게 말을 붙였다. 그러나 아카네는 붉어진 채 움직이지 않았다.

말로는 반응이 없어서 나는 긴장을 풀어 주려고 머리를 쓰다듬으려고 했는데──.

"……?!"

하지만 내가 뻗은 손을 아카네가 내치고 말았다.

"아, 아카네……."

으. 이건 진짜 충격적이었다.

이렇게 거절하는 반응을 보일 정도로 내가 무슨 짓을 저질렀던가……?

말로 내뱉지는 않았지만 표정으로 내 생각을 깨달은 거겠지.

"……하루 오빠, 미안해. 나 지금 뭔가 이상하니까 돌아갈게."

그런 말만을 남기고 아카네가 자리를 떴다.

으윽…… 이게 뭐지…….

사랑하는 여동생 같은 애들 둘 모두가…… 무슨 일이 있었던 거야…….

"미도리, 내가 뭔가 잘못했어?"

"그거 아냐? 저 애들도 머리가 컸으니까 네가 여러 여자 애들에게 헤벌쭉해 하는 모습에 정나미가 떨어진 거겠지."

"아니, 그런 적은──."

헤벌쭉한 적은── 으, 아니, 했었나──.

"불결하다거나, 이런 엉큼한 녀석과는 말도 섞기 싫다거나. 저 애들은 그런 모습에 익숙하지 않아서 그런 게 아닐까?"

"끄으응."

미도리치고는 드물게 납득되는 의견이었다. 충분히 있을 법한 일이었다.

아오이나 아카네와 만나서 이야기를 나눌 때, 지금까지 함께 있는 여자애라고 한다면 쿠로하나 미도리 정도였었다.

하지만 이번 여행에서 아오이와 아카네가 잘 모르는 연상의 여자애들── 시로쿠사, 마리아, 레나와 이야기를 나누는 나를 보았다. 차별하며 대한 적은 없다고 생각하지만 수영복이라는 악마 같은 유혹이 있었던 것도 사실이다. 두 사람이 보기에는 칠칠치 못하거나 여자를 보고 헤벌쭉거린다는 인상을 주고말았을지도 모른다.

이건 중대한 사태였다. 귀여워하는 중1 쌍둥이 콤비가 나를 피한다는 건 오빠로서 정말로 괴로운 일이다. 내 마음은 이렇게나 힐링을 바라는데…….

미도리가 진심으로 즐겁다는 듯이 웃었다.

"꼴 좋다~!"

"칫……. '일단은' 너도 여동생 같은 애인데 말이지…… 어째서 이렇게 다른 건지……."

"누가 여동생 같은 애라는 거야. 그럼 좀 더 오빠답게 굴어 보라고. 오히려 내가 널 돌보고 있잖아."

"뭘 돌봤다는 거야. 네가 돌봐 준 기억은 없거든?"

"저번에 쿠로 언니가 신작 요리를 만들려고 하길래 막았는데."

"너 진짜 좋은 애였구나! 좋아, 다음에 아이스크림 사 줄게!"

설마 미도리가 남모르게 그런 어시스트를 해 주었을 줄이야! 이건 이것대로 정당한 평가를 해 줘야겠지!

"흐음, 즐거워 보이는 대회네……. 니도 끼워 줄래……?"

앗……. 그러고 보니 바로 곁에서 쿠로하가 가방 안을 체크하고 있었던 듯한…….

"아~ 나도 공부하러 가야겠는데……. 그럼 스에하루 잘 자!"

미도리가 손을 들어 보이며 몸을 돌렸다.

문을 열려고 하는 미도리에게 다가가서 손을 잡고 붙들었다.

"얌마, 폭탄 던져 놓고 도망치지 말라고!"

"꺅……!"

"어어?!"

예상 밖의 목소리에 놀란 나는 잡았던 손을 바로 놓아주었다.

응? 방금 목소리 뭐야? 미도리가 낸 목소리인가?

……말도 안 돼.

"미도리, 미안한데 그런 연기는 그만두지? 너와 안 어울린다고."

"……말해 두겠는데…… 나도 그 애들처럼 사춘기거든……. 아무리 나라도 남자가 손을 잡으면 조금은 동요한다고……."

"아니, 너 말이지. 사춘기라니(웃음)."

아~ 아까 '일단은' 여동생 같은 애라고 했지만 위화감이 좀 있었단 말이지.

정확하게 말하자면 미도리는 남동생 같은 애였다.

그래, 이게 더 와 닿는다.

"너 정말…… 죽어!!!"

세차게 내리쳐진 손날이 정수리에 직격했다.

통증에 머리를 부여잡고 있는 사이에 미도리는 거친 콧김을 내뿜으며 자리를 떴다.

"뭐, 방금 그건 하루가 잘못했어."

"뭐어?"

"그 애들도 다감한 나이잖아. 그 정도는 알아 줘."

언니로서 말하는 쿠로하의 충고는 이해되지만 지금의 관계가 되기까지 긴 시간을 함께 보냈으니까. 그걸 어떻게 바꿔야 좋을지 모르겠단 말이지…….

"그리고 왜 미도리에게 아이스크림을 사 주려고 했는지 좀 더 자세히 들어 보고 싶은데."

응, 묻지 마! 눈치채 줘!

아니, 용서해 줘! 용서해 주세요! 진심으로!

"윽, 속이 쓰려…… 화장실 좀……."

그렇게 말하며 도망치려고 하자 쿠로하가 내 어깨에 부드럽게 손을 올리며 잡았다.

"정말이지, 하루는 거짓말이 서툴다니까……. 그런 부분도 '좋아' 하지만."

"……?!"

"뭘 놀라는 거야? '좋아한다고 말하는 게임' …… 끝났다고 한 적은 한 번도 없는데?"

요염한 입술로 쿠로하가 웃었다.

으윽, 이 '얼터 쿠로하'는 상당히 대하기가 곤란하단 말이지.

원래도 쿠로하에게는 주도권을 잡히기만 하지만 평소의 쿠로하는 혼을 내면서도 이끌어 주는 듯한 엄격함과 상냥함을 겸비하고 있었다.

하지만 '얼터 쿠로하'는 막무가내로 요염하게 굴었다. 나를 넋 나가게 해서 휘두르는 듯한 기분이 드니까 내 보잘것없는 자존심으로도 '유혹에 지면 안 돼', '어딘가에서 반격해 주마' 하는 반발심이 싹텄다.

아니, 뭐. 백 점 만점으로 에로하기는 하지만? 그렇다고 손을 댔다간 심한 꼴을 당할 걸 알기에 더 괴롭다.

"시다 양, 뭐 하는 거야?"

"정말이지, 방심할 수 없는 사람이네요."

"……누가 할 말인데."

쿠로하가 어깨를 으쓱이며 아오이에게서 건네받은 가방을 들어 올렸다.

"슬슬 소화도 되었으니까 공부할까. 예습과 복습도 안 했고."

"엑."

"하루도 뭘 놀라는 거야. 이건 학생의 의무잖아. 자자――."

거기까지 말한 쿠로하의 휴대전화가 갑자기 울렸다.

"아, 엄마? 그게 말이야――."

상대는 어머니인 긴코 아주머니신 듯했다. 대략적인 이야기는 이미 알고 계신 모양이셔서 상황 설명 없이 대화가 이어졌고――.

"어? 안 돼……?"

그런 쿠로하의 말로 단숨에 상황이 알 수 없어졌다.

"왜, 왜 안 되는데? ……화, 확실히 하루네 아버지께 허가를 받지는 않았는데…… 그, 그래도 이불은 집에서 가져와도…… 그야 카치 양만 지내는 건 아닌데……."

아무래도 긴코 아주머니는 쿠로하의 외박을 반대하는 모양이었다.

논점은 '우리 아버지에게 허가를 받지 않았다', '우리 집에 묵기에는 사람이 너무 많다', '딱히 시로쿠사 혼자 묵는 건 아니다' 라는 부분인 듯했다.

우리 아버지는 넘어가도 된다고 생각하지만, 확실히 우리 집에서 묵는 사람이 너무 많은 건 사실이었다.

이제 집에서 잘 수 있는 건 객실에서 두 사람이 한계였다. 한 명 정도는 더 잘 수 있는 넓이이기는 하지만 손님용 이불이 두 세트밖에 없었다.

이불은 이미 시로쿠사와 오라기용으로 정해졌다. 쿠로하도 묵는다면 누군가가 거실에서 자야만 한다. 마리아도 묵는다면 두 사람은 거실로 가야 한다. 그리고 그 두 사람은 이불이 없으니 소파에서 자야 하는데 소파에서 잘 수 있는 것도 한 사람이 한계였다.

그렇다면 아버지 침대에서 재워야 하나? 으음, 전체적으로 그러기는 어려울 것 같았다.

이게 테츠히코 같은 동성 친구라면 크게 상관없지만 말이지. 상대가 여자애인 데다가 내일도 학교에 가야 하는 만큼 조금 망설여졌다.

쿠로하의 통화를 듣고 있으니 이번에는 마리아의 휴대전화가 울렸다.

"…………응? 언니, 왜? 쪽지에 남긴 대로인데? ……그래, 시로쿠사 선배님이 메시지를…… 응, 하지만 스에하루 오빠의 손이…… 그래도……."

아, 마리아도 위태로운 분위기였다.

그보다 너 에리 씨에게 허가를 받았다고 하지 않았었냐.

뭐, 허가를 받았다는 건 거짓말이었겠지. 추측하기에 에리 씨가 집을 비운 사이에 쪽지만 남겨두고 나온 게 분명했다.

먼저 통화를 끝낸 건 쿠로하였다.

"저기, 하루……. 엄마가 안 된다고 해서 자고 가지 못할 것 같아……."

"그래? 그럼 어쩔 수 없지."

"어, 어쩔 수 없다니……!"

"왜 화를 내는 거야?! 사실을 말했을 뿐이잖아!"

"그건 그런데!"

"저기…… 모모도……."

살며시 대화에 끼어든 마리아가 이어서 말했다.

"언니가 스에하루 오빠네 아버지와 이야기를 나눠 보니 묵는 건 괜찮다고 하신 모양인데 잘 곳이 문제가 되어서요……. 언니가 대화를 나누다가 죄송스러운지 다음으로 하겠다고 했나 봐요……."

에리 씨는 술을 마시면 태평하고 털털한 대학생으로만 보이지만 고등학교에 가지 않고 일을 하며 고생한 사람답게 이런 부분은 분명하게 한다고 할지, 예의를 차린다고 할지, 공사 구분이 확실했다. 그런 의미로는 쿠로하의 어머니인 긴코 아주머니도 마찬가지로, 남자 못지않은 말과 행동력을 보이시지만 따질 건 따지고 예의를 갖추시는 분이셨다.

마리아는 꽤 오랫동안 우리 집에서 묵겠다고 말을 듣지 않았지만 쿠로하가 부른 택시가 도착하자 어쩔 수 없다는 듯이 단념했다.

"알겠어요. 오늘은 이만 돌아갈게요……. 스에하루 오빠! 바람피우면 안 돼요?! 바람피우는 건 범죄예요!"

"아니, 사귀지도 않는데 바람피운다고는 안 하지……."

"장래에 결혼하는 게 확정이니까 인과를 거슬러 올라서 생각하면——."

"그래그래, 무슨 말이 하고 싶은 건지 잘 알겠으니까 그만 돌아가렴."

"맞아맞아, 보기 흉하거든."

마지막에는 양팔을 각각 쿠로하와 시로쿠사에게 붙들려서 어깨를 축 늘어트린 채 택시로 연행되었다.

그나저나 두 사람도 마리아를 다루는 게 익숙해졌는걸.

쿠로하는 옆집이라서 마리아보다 더 붙어 있었지만 밤 9시 반쯤이 되자 아버지인 미치카네 아저씨께서 돌아오라는 전화를 하셨다.

"우으으……!"

쿠로하는 끙끙거리며 눈을 치뜨고 나를 노려본다.

"아니, 그런 눈으로 나를 봐도 긴코 아주머니의 허가가 내려지지 않은 이상은 여기서 잘 수 없다고."

"왼손 연습……."

"응?"

"이번 주 중간고사를 왼손으로 봐야 하잖아. 선생님도 오른손을 못 쓰는 걸 감안해 주시겠지만 그래도 공부하면서 왼손으로 쓰는 연습도 해야지."

회복이 순조로우면 다음 주 중에는 깁스를 풀 수 있는 듯했다.

하지만 반대로 말하면 이번 주 목요일과 금요일에 있는 중간고사는 절망적이라는 소리다.

"……알고 있어."

저번 주부터 공부도 열심히 했고 쿠로하가 만들어 준 문제집을 여행 중에 풀기도 했다. 그래서 시험에 대한 자신감도 이전보다 있었던 만큼 분했다.

"……그래. 알고 있다면 됐어."

쿠로하가 조금 안도한 표정으로 고개를 끄덕였다. 아마도 분하게 생각한다는 걸 눈치챈 거겠지.

힘내고 무슨 일 있으면 언제라도 말해 줘. 그런 말을 남기고 쿠로하가 현관으로 향했다.

"아, 잠깐만."

어째서인지 시로쿠사가 쿠로하를 뒤쫓았다.

"시로?"

"아, 대단한 건 아니니까 거실에서 기다려 줘."

그런 말을 듣고 끼어들 수도 없어서 한숨 돌리고 있기로 했다.

"후우~."

소파에 앉은 순간, 단숨에 피로가 몰려왔다.

저 세 사람이 있으면 숨을 돌릴 틈도 없다. 하지만 없어지니 이번에는 너무 조용한데.

"——마루 씨."

"으억?!"

돌연히 등 뒤에서 오라기가 나를 불렀다.

간 떨어질 뻔했네! 어느 틈에 등 뒤에 서 있었던 거야?! 기척이 전혀 없잖아!

그러나 내가 놀라는 모습을 보고도 오라기는 아랑곳하지 않고 무반응이었다.

"어어, 오라기? ……라고 부르면 되지? 왜?"

오라기는 메이드복의 치마를 꽉 움켜쥐고는 졸려 보이는 눈에 살의를 담아서 말했다.

"──우쭐거리지 말아 주시죠."

"……………………어?"

어, 어라……? 느, 느닷없이 뭐지……? 미움받을 짓을 했던 가……?

잘 알지도 못하는 여자애에게 느닷없이 이런 말을 들었다.

무진장 당황스럽고 무섭거든?!

"저, 저기……."

"시로가 참견하지 말라고 했었지만…… 더는 못 참겠어요!"

"응? 뭐? 시로가 그랬다고? 무슨 말이야?"

"당신에게 말할 이유는 전혀 없는데요, 이 기생오라비 같은 놈!"

"기, 기생오라비 같은 놈……."

요새는 잘 쓰이지도 않는 저런 케케묵은 말을…….

아니, 이렇게 넋 놓고 있을 때가 아니다. 여기서는 단호하게 반론할 필요가 있다!

"자, 잠깐만! 보면 알잖아! 기생오라비 같은 짓을 하기는 고사하고 속이 쓰린 상황인데……!"

"예? 그게 무슨 말이죠? 인기 없다는 어필인가요? 뭐, 정확하게 말하면 인기가 많다기보다 농락당한다고 하는 편이 옳을 것 같지만……. 쿡쿡, 개인적으로는 참으로 꼴사납다는 생각이 드네요!"

오라기가 두 손을 꽉 쥐고는 콧김을 내뿜으며 말했다. 포즈와 말투로 보아 승리 선언 같은 것인 듯했다.

사정없이 바보 취급하고 있고, 상당히 심한 소리를 해서 화를 돋우긴 하는데…… 전체적으로 모자란 애 같단 말이지. 하지만 그만큼 음험하게 느껴지지 않으니까 뒤에서 험담을 듣는 것보다는 나은 듯했다.

"응? 그 표정은 뭔가요? 혹시 화났나요? 쿡쿡, 그럼 마무리로써 천재인 제가 당신의 착각이 뭔지를 가르쳐 드리죠!"

"……그러세요."

그래요, 천재이십니까.

이 애 장난 아닌데. 심각하게 모자란 애 같다…….

조금 전까지는 시로쿠사가 있어서 다소곳이 있었던 건가. 단 둘이 되자마자 본성이 전부 드러나는 부분부터 해서 정말 장난 아니다.

"……뭐, 그래. 뭐가 착각이라는 건데?"

말을 들어주는 것도 바보 같아졌지만 착각이라는 표현은 조금 신경 쓰였다. 일단 들어서 손해 볼 건 없겠지.

오라기가 히죽 하고 이겼다는 듯한 웃음을 지으며 자신만만하게 말했다.

"시로가 당신을 좋아한다는 착각이에요."

"…………"

아, 응…… 그래…….

나는 크게 공기를 들이마시고는 천천히 내쉬었다.

지금 확실히 자각했다.

그렇구나, 나는 '시로쿠사는 나를 좋아하는 게 아닐까?' 하는 생각을 하고 있었던 거야…….

그도 그럴 게 여행 동안에 분위기도 무척 좋았고 시로쿠사의 직접적인 호의도 전해졌으니까.

나에게 줄곧 별장을 보여주고 싶었다고 말할 때의 웃는 얼굴.

스짱이라는 조금 어리광이 담긴 호칭.

외투 소매를 통해 전해져 온 시로쿠사의 신뢰와 유대.

그 모든 것이 '나를 좋아하는 게 아닐까?' 하는 결론으로 이어졌다.

하지만 오라기는 그게 착각이었다고 말했다.

"당신에 대한 시로의 감정은—— '존경' 이에요. 알겠나요? 시로는 당신에게 구원을 받았다고 생각하고 있어요. 등교 거부에서 벗어날 수 있었던 게 당신 덕분인 건 사실이긴 해요. 그러므로 그 부분만큼은 천재인 저도 인정해요. 그러나 '사랑' 과 '존경' 은 정반대 쪽에 있어요. 그 점을 착각하지 말아 달라는 건데 이해되었나요?"

으——.

돌직구로 날아온 강속구에 나는 할 말을 잃었다.

내가 시로쿠사의 호의를 느끼면서도 분명하게 '연애의 좋아함'이라고 단언하지 못했던 건 오라기가 말한 것처럼 시로쿠사는 나를 '사랑'하는 게 아니라 '존경'한다는 가능성을 떨쳐 내지 못했기 때문이다.

그러나 지금 오라기의 입으로 지금까지 알 수 없었던 시로쿠사의 마음이 밝혀졌다.

오라기가 깊은 한숨을 내쉬었다.

"정말이지, 시다 씨도 모모사카 씨도 어째서 이런 사람에게 관심을 두는 건지 이해가 되지 않네요……. 뭐, 시로 말고 다른 사람까지 트집을 잡을 생각은 없지만 그 두 사람에게 당신은 너무 안 어울려요. 당신은 두 사람이 힘들 때 '우연히 도와줬을 뿐'인 러키 보이인데 그 부분을 좋게 평가하는 걸까요. 그건 연애 감정이라기보다 추억 보정이라고 표현하는 편이 맞는 것처럼 느껴지는데 어떻게 생각하시나요, 러키 보이 씨? 쿡쿡."

아, 으, 끄ㅇㅇㅇㅇㅇㅇㅇㅇㅇ응……!

'가장 걱정하던 것을 지적받았어!'

나는 무너져 내릴 뻔했지만 필사적으로 무릎에 힘을 줘서 버텼다.

쿠로하에게서도, 시로쿠사에게서도, 마리아에게서도 명확한 호의를 느끼고 있었다.

하지만 정말로 '사랑'으로써 좋아해 주는 건지—— 자신이 없었다.

왜냐하면 나는 쿠로하에게 고백했다가 성대하게 차이기도 했으니까. 내 판단력은 쓰레기만큼도 도움이 되지 않았다.

그렇다면 객관적인 데이터도 포함해서 온갖 가능성을 염두해 신중에 신중을 거듭하여 결론을 내려야만 한다. 그러지 않으면——.

——싫어.

그 참극의 재림이 되고 만다.

나는 솔직히 말해서 자기가 인기가 많다는 자신이 없다!

하지만! 인기가 없다는 점에는 자신이 있다!

무엇보다도 믿을 수 없는 건 나 자신이다! 그러므로 타인의 의견이 더 신뢰성이 있다!

오라기의 모자란 언동을 보고 있으면 의견의 신뢰성에 의문이 들기도 하지만 하는 말 자체는 애초에 내가 걱정하던 것이었고 —— '나는 혹시 과거의 영광을 좋게 평가받았을 뿐인 게 아닐까?' 하는 생각과 일치했다. 그런 만큼 무시할 수는 없었다.

예를 들어 재회한 뒤에 시로쿠사가 곤란할 때 잽싸게 도와준 장면이 떠오르지 않는다. 그야 전골을 만들 줄 몰라서 곤란할 때 도와줬지만 그런 건 대단치 않은 일이었다. 우연히 그 자리에 있었을 뿐이지 곁에 있다면 누구나 그 정도는 하겠지.

마리아도 '아내로서——' 같은 말을 쓰지만 그 정도로 자연스럽게 말하면 농담으로 하는 말 아닌가? 그런 생각이 든다. 남매 같은 관계이기에 할 수 있는 농담이라고 할까.

쿠로하는—— 진심으로 모르겠다. 나는 신세만 지고 있을 뿐이니까. 함께 있으면 즐겁지만 쿠로하의 입장에서 나와 사귈 메리트가 있을까? 무엇보다도 좋은 분위기라고 생각했는데 차여 버렸고⋯⋯. 좋아한다고 해 주지만 뭔가 근거가 전혀 없어서 놀리는 것처럼도 느껴진다.

"오, 오라기⋯⋯ 그 이야기에 얼마나 근거가⋯⋯."

"근거? 전부 진실인데요? 아~ 가차 없는 진실에 현실을 직시하지 못하는 거군요. ⋯⋯이런, 내가 너무 천재적이다 보니. 이해도 못 할 말을 해 버린 건 반성해야겠어."

얘 진짜 대단한데. 사람을 발끈하게 하는 언동에서 천부적인 재능이 느껴진다.

하지만 묘하게 애교가 느껴지는 부분도 있어서 반응하기 곤란했다. 바로 천재라며 자화자찬하는 부분이라든지. 평소에는 존댓말을 쓰면서 혼잣말할 때는 그렇지 않은 부분이라든지.

으음, 성격은 파악했지만 서로 우호적인 사이가 되는 상상은 도저히 할 수 없었다. 곤란한데⋯⋯.

그런 생각을 하고 있을 때 시로쿠사가 돌아왔다.

"응? 왜 그래?"

시로쿠사가 우리 사이의 미묘한 분위기를 느낀 듯했다.

오라기는 시치미를 떼며 대답했다.

"딱히 아무것도 아닌데요~?"

"차암, 그 말투는 시온이 거짓말할 때의 버릇이라는 건 다 알거든?"

"딱히 거짓말한 적 없어요~."

시로쿠사가 살짝 한숨을 쉬었다.

"스짱, 시온은 내 동생 같은 애야. 조금 폭주하는 구석이 있지만 무척 착해."

"시로, 제가 언니예요!"

"그래그래."

"…………."

'조금' 폭주하는 정도가 아닌 것 같은데…… 뭐, 그건 그렇고. 문제는 오라기가 한 말이 진실인지 어떤지다.

존경과 연애는 다르다. 착각하지 마라.

이 말 자체에는 충분한 설득력이 있었다. 게다가 시로쿠사가 오라기를 '동생 같은 애'라고 한 이상은 가까운 사이라는 건 틀림없다. 그러므로 시로쿠사의 마음속을 정확하게 파악하고 있다고 생각하는 편이 자연스러웠다.

하지만…… 그렇다고 하면…… 인정하고 싶지는 않지만…… 아…… 으…….

"시로, 슬슬 목욕물이 데워졌을 거예요. 씻고 오는 편이 어때요?"

"그래. 아, 집주인인 스짱이 먼저 들어가는 게……."

"그럼 제가 두 번째로. 시로가 들어갈 수 있게 제가 전부 깨끗하게 청소를 해 두겠어요. 마루 씨, 청소할 때 물을 다시 받아도 되죠? 당신이 들어갔던 물로 목욕하는 건 견딜 수 없을 정도로 소름 끼치니까요."

"가슴이 아파……! 사춘기 딸을 가진 부친의 심경을 이 나이에 알게 되다니……!"

소문의 '아빠가 들어간 물로 목욕하고 싶지 않아'를 면전에서 들으면 이 정도로 마음에 상처를 입는 건가……. 전국의 아버지 중에는 그런 소리를 들어도 딸을 위해 열심히 일하며 참고 견디는 사람도 많이 있겠지…… 이렇게 훌륭하실 수가…….

내가 전국의 아버지들에게 존경하는 마음을 보내고 있으니 시로쿠사가 중재해 줬다.

"시온! 말이 심해!"

"딱히 이 정도는 당연하잖아요. 그럴 게 남자는 모두 짐승 아닌가요?"

"시온은 여전히 극단적이야. 그래도 스짱에게는 심한 말을 하지 마. 부탁할게."

"……시로가 그렇게 말한다면 생각은 해 볼게요."

생각만 하고 듣지는 않겠지.

시로쿠사도 그걸 깨달은 모양이지만 못을 박아 둘 생각은 없는 듯했다. 지금까지도 수없이 주의를 줬지만 전혀 고치려고 하지를 않으니 포기했다는 분위기였다.

뭐, 주의를 준다고 들을 것 같은 애가 아니니까…….

"아. 스짱. 먼저 들어갈 거라면 잠시만 기다려 줘. 젖어도 괜찮은 옷으로 갈아입게."

““……?!””

나와 오라기의 눈이 동시에 커졌다.

“……시로, 그게 무슨 의미예요?”

“무슨 의미냐니…… 스짱은 한쪽 손을 못 쓰니까 등을 씻겨 줄 생각인데 이상해?”

“이상해요!”

“이상하지 않아!”

목소리가 겹쳤다.

우리는 무심결에 서로의 얼굴을 마주 보고 노려본 끝에…… 동시에 고개를 돌렸다.

“시로, 위험하니까 그만두세요. 마루 씨는 시로가 등을 씻어 주려고 하면, 물을 뿌려서 옷이 다 비치게 해 주마 우헤헤헤헤! 같은 짓을 할 사람이라고요!”

“묘하게 구체적이고 조금 맞는 말이기도 해서 괴롭군.”

“그리고 시로가 만지는 부분에 모든 신경을 집중해서 즐기려고 들 거예요!”

저기 말이야, 이럴 때만 마음속을 꿰뚫어 보는 듯한 발언을 하는 건 참아 줄래? 부정하기 힘들어서 곤란하거든?

“……아, 옙. 혼자 들어갈 수 있으니 괜찮습니다…….”

나로서는 이 이상 음흉한 속내가 밝혀지고 싶지 않아서 이렇게 말할 수밖에 없었다.

"정말로 괜찮아?"

시로쿠사가 걱정스럽게 나를 들여다보았다. 나는 쓴웃음을 지었다.

"뭐, 어제도 혼자 들어갔으니까. 불편하기는 하지만 괜찮아."

"그럼 역시——."

"시로, 안 돼요! 너무 위험해요! 그렇다면 제가 등을 씻겨 드리죠! 수세미로!"

"등가죽을 벗길 셈이냐!"

이 애는 진짜로 할 것 같아서 무섭다…….

결국 오라기의 불같은 개입으로 혼자 들어가게 되었다.

시로쿠사는 그 결과가 불만스러운지 깊은 한숨을 내쉬었다.

"차암, 시온은 스짱만 엮이면 언제나 신랄해진다니까."

……응? 언제나? 그렇다는 건 만나기 전부터 나를 싫어했던 건가? 어째서?

"스짱은 엉큼한 구석은 있지만 비겁한 짓을 할 사람은 아닌데."

그렇게 말하며 시로쿠사가 나를 향해 생긋 미소 지었다.

동급생들에게는 보여 주지 않는 솔직한 호의였다.

나는 필사적으로 '착각하지 마라' 하고 되뇌었다.

'이렇게 되니 시로쿠사의 웃는 얼굴을 보는 게 괴로워——.'

나는 '첫사랑의 독'이 아직 남아있는 것을 자각하고 말았다.

그 감정이 보상받는 일은 없다. '사랑'과 '존경'은 멀리 떨어져 있으니까.

머리로는 이해하고 있다. 하지만 마음은 머리가 움직이는 게 아니다.

이 정도로 솔직한 호의를 보내면 나도 모르게 착각할 것만 같다.

그런 만큼——힘들었다.

그런 내 생각을 아는지 모르는지, 시로쿠사가 뺨에 닿은 검은 머리칼을 귀로 넘기며 슬며시 내 귓가에 대고 속삭였다.

"그럼 오늘부터 신세 질게, 스짱."

……귀엽다.

첫사랑 상대가 집에 와서——.

좋은 분위기로 귀엽게 말을 걸어 주지만——.

그래도 인생은 순조롭게 흘러가지 않는다.

나는 심야에 이성과의 싸움이 펼쳐지리라는 것을 예상하며 한숨을 내쉬었다.

✳

목욕하고 나온 쿠로하는 자기 방 창문을 통해 스에하루의 방을 살펴보았다.

불은 들어와 있지만 사람의 모습은 없었다. 1층을 보니 거실에 아직 불이 켜져 있었다. 벌써 오후 11시인데 거실에 있는 모양이었다.

손에 땀이 뱄다. 조바심이 심장의 고동을 빠르게 하며 정상적인 사고능력을 빼앗아갔다.

'집이 이웃이라서 유리하다고 생각한 모양인데…… 아쉽게 되었네. 나는 너보다 더 가까이에 있어.'

아까 돌아올 때 시로쿠사가 했던 말이 뇌리를 스치고 지나갔다.

'더 가까이에 있어.'

그 한마디의 파괴력은 생각 이상으로 컸다.

누구보다도 가까이에 있다고 생각했었다. 그건 변하지 않는다고 생각했었다.

소꿉친구라는 지위가 흔들리고 있었다. 그런 느낌마저 들었다.

'이건 진짜 위험해…….'

스에하루가 여행 이후로 시로쿠사에게 심리적인 거리를 좁힌 건 알고 있었다.

'하루가 카치 양에게 보이는 태도, 그건…….'

쿠로하는 어금니를 깨물며 고개를 흔들었다.

만회해야 한다. 넋 놓고 있으면 사랑의 성취가 멀어진다.

머리를 풀 회전시켜라. 무엇을 해야 하는지, 무엇을 하면 안되는지, 냉정하게 판단할 필요가 있다. 우선은 시로쿠사만 스에하루의 집에 묵는다는 상황을 뒤집어야 한다. 자존심은 일단 옆으로 치워 둬라.

──승부를 걸 때가 온 것일지도 모른다.

객관적으로 생각하면 생각할수록 힘든 상황이었다. 그 정도로 몰려 있었다.

어떤 의미로는 고백을 거절해 버렸을 때보다도 지금이 더 어려웠다.

여기서 승부를 내지 않으면 정말로——.

쿠로하는 자신도 모르게 책장에서 앨범을 꺼냈다. 그리고 한 장의 사진을 보고 페이지를 넘기던 손을 멈췄다.

초등학교 졸업식 때의 사진이었다.

장소는 쿠로하네 집 앞. 그러나 스에하루는 눈 밑에 그늘이 진 채 고개를 돌렸다.

이 비뚤어진 분위기. 스에하루가 연예계를 사실상 은퇴하고 자포자기했을 때만 드러냈던 분위기였다.

'——맞아. 그때 나와 하루 사이에는 특별한 유대가 있었어.'

서로가 서로를 원하고 필요로 했던 추억.

지금은 시간이 지나서 둘 다 그런 느낌은 느끼기 어려워졌을지도 모른다.

그렇다면 다시 한번 떠올리고 싶었다. 떠올려 줬으면 했다.

첫사랑의 형태는 쌓아 온 세월에 따라 조금씩 변질되었을지도 모른다.

하지만 변하지 않은 것도 있다.

좋아한다는 감정. 그리고 가슴의 아픔.

분명 이것들은 앞으로도 변하지 않는다.

……그렇구나.

문득 떠올랐다.

차선책이기는 하지만—— 이거라면 지지 않는다.

그렇다면 과감하게 시도할 수 있다.

우선은 카치 양과의 동거를 어떻게든 하자. 이 부분은 조속히 와해시켜 두고 싶었다.

그다음은 계기가 필요했다. 승부를 걸 수 있을 정도의 계기가.

다만 만반의 준비를 갖추더라도 결과까지는 예측할 수 없었다.

하지만 저번보다는 괜찮은 승부가 될 터.

두려움은 있었다. 하지만 도전하지 않으면 커다란 과실을 쟁취하는 건 불가능했다.

"바보 하루. 고백해 주면 좋을 텐데…… 한 번만에 포기하지 말라고, 얍얍."

쿠로하는 사진 속의 스에하루를 검지로 공격했다.

"아니, 그건 내가 생각해도 너무 속 편한 생각인가."

쓴웃음을 지으며 반성하고 앨범을 닫아 책장으로 돌려놓았다.

그리고 다음 순간, 쿠로하의 눈은 이미 내일부터 있을 싸움을 내다보고 있었다.

제1장
소녀들의 밀담

＊

차에서 내리자 술렁임이 일었다.

교문 앞에 네 사람이 서 있을 뿐인데 우리를 보고 놀란 학생들
이 멈춰선 채 입을 벌렸다.

"우오누마 씨, 고마워요. 스짱, 가방은 내가 들게."

"아니, 시로쿠사 선배님? 모모가 들려고 했는데요?"

"아침에 느닷없이 찾아온 너를 차에 태워준 은혜를 잊은 거
야?"

"원래는 모모가 부른 택시를 타고 스에하루 오빠와 둘이서 등
교할 예정이었다고요. 생색을 내는 건 당치도 않죠."

"둘 다 가방 같은 건 아무래도 좋으니까 그쯤 하지? 엄청나게
주목받고 있거든……."

나는 쿠로하와 같은 생각이었다.

내 옆에 쿠로하가 있는 건 그리 놀랄 일은 아닐 것이다. 우리가
소꿉친구 사이라는 건 고백제 동영상 탓에 학생 대부분이 알았
다.

시로쿠사가 옆에 있는 것도 이해할 수 있는 범주일 것이다.
CF 승부와 애시드 스네이크의 뮤직비디오를 통해서 나와 시로

쿠사가 군청동맹의 멤버라는 건 다 아는 사실이었다. 그리고 애초에 내 팔이 부러진 건 군청동맹 촬영 때 있었던 사고가 원인이며, 그 사고에 시로쿠사가 얽힌 것도 이미 소문이 퍼진 모양이다.

문제는—— 마리아의 첫 등교라는 사실이었다.

——평범한 인문계 학교에 연예인이 전학을 오다니……!

심정은 충분히 이해해……! 당연히 임팩트가 있겠지……!

나도 연예계 경험이 없었다면 틀림없이 일찍 등교해서 보러 왔을 테니까. 그야 텔레비전에서밖에 본 적이 없는 인기 여배우를 눈앞에서 볼 수 있다면 그 정도는 한다.

"으아아아아아, 마리아가 우리 학교 교복을 입고 있어……!"

"어째서 마루와 시다, 카치와 함께 있는 거지……?"

"너 군청 채널 안 봤냐? 마리아가 군청동맹에 들어왔다고 저번 주에 올라왔었다고!"

"우힛~! 내 코가 마리아의 냄새를 맡고 있어……!"

"마, 마리아, 눈을 떠……! 내가 오빠야……!"

"멍청아, 진정 좀 해. 오빠는 나라고……!"

"유죄!!! 혈연관계가 아닌 남매 사이는 유죄!!!"

"고토, 진정해! 걱정 안 해도 돼! 마루는 바보라서 진짜 여동생처럼 생각하는 모양이야! 바보라서 다행이야!"

이놈들도 여전히 쓸데없는 부분에서만 고도의 정보력을 보여

준단 말이지……. 인문계 학교다운 지적 수준을 그런 부분에서만 발휘하다니 어떻게 된 거냐……. 말해 두겠는데 너희 발언도 충분히 바보 같거든……. 나를 바보 취급할 수 있는 수준이 아니라고…….

소란을 가만히 지켜보던 마리아가 작게 웃으며 앞으로 나갔다.

"여러분, 오늘부터 이 학교에 다니게 된 모모사카 마리아예요. 잘 부탁드려요♡"

풍성한 머리카락을 휘날리며 치마를 살짝 들어 올린다. 그리고 살짝 올려다보며 퍼펙트 스마일. '이상적인 여동생'이라고 칭해지는 현역 연예인에게 이런 말을 듣고 넘어가지 않는 건 불가능했다.

"후오오오오오오오오오오!"

남학생들이 흥분의 도가니에 빠졌다.

다만 일부 여학생들에게서는 이런 중얼거림도 있었다.

"칫, 여우 같은 게……."

보통은 그냥 넘어가겠지. 그러나 그냥 흘려듣지 않는 게 마리아의 무서운 부분이었다.

마리아가 중얼거린 여학생의 앞까지 성큼성큼 걸어갔다.

"어머, 선배님이세요? 오늘부터 잘 부탁…… 응? 옷깃이 구겨졌어요. 실례할게요."

무시무시한 사랑스러운 오라를 발산하며 마리아가 여학생의 옷깃을 우아하게 펴 줬다.

"그럼 다시 한번 잘 부탁드릴게요."

마무리로 최고의 웃음을 선보인다. 이젠 완전히 마리아의 페이스였다.

분명 압도된 거겠지. 반감을 품었던 여학생은 살짝 부끄러워한 뒤에.

"……나야말로 잘 부탁해. 칫, 더럽게 귀엽네."

그렇게 중얼거리며 얌전해지고 말았다.

선수를 쳐서 굴복시킨다. 연예계에서 살아남아 온 마리아다운 행동이라고 할 수 있겠지.

"그, 그그그럼 나, 나나, 나를 오빠라고 불러 줘!"

그때 무모한 남학생이……!

아, 이거 가장 곤란한 타입인데. 내가 나서서 감싸는 편이 좋으려나?

그렇게 망설이고 있는 사이에 마리아는 이미 움직이고 있다.

조금 전과 마찬가지로 퍼펙트 스마일을 지으며 단호하게 말한다.

"죄송해요. 연기 이외에 오빠라고 부르는 건 스에하루 오빠뿐이라고 정해 놓아서요."

"야야!"

아, 응, 죽는다.

그거 내가 살해당할 말이라고.

팔도 다쳤는데 그만 돌아가도 될까? 속도 쓰리기 시작했는데.

오른손이 욱신거리는 듯한 기분이 들어서 깁스를 매만지며 도망치려고 하자 등 뒤에서 뻗어온 손이 어깨를 붙들었다.

"마~ 루~ 군~."

"우리랑 놀자~!"

그러니까 이럴 때만 친한 척하며 어깨에 손을 올리지 말아 주겠어? 나 지금 멀쩡해 보여도 지릴 것 같다고.

달려서 도망칠까도 생각했지만 깁스를 한 상태로 달리는 건 상당히 힘들다.

그래서 누가 도와주지 않을까 하고 마음 한구석으로 기대하고 있으니——.

"잠깐, 하루에게——."

"——그만해."

나를 감싸듯이 막아선 건 시로쿠사였다.

"스짱은 지금 다쳤잖아……. 만약 스짱에게 무슨 짓을 하겠다면 내가 너희 만행에 대가를 치르게 해 주겠어……."

"히익——."

솔직히 말해서 도와주려고 나서는 건 쿠로하일 거라고 생각했다. 실제로도 끼어들려고 했었다. 그러나 시로쿠사 쪽이 단호하고 대담하게 행동해 줬다.

그 사실에 나는 놀라움을 감추지 못했다.

왜냐하면 시로쿠사가 다른 사람들 앞에서 화를 내는 건 어디까지나 자기 자신을 위해서였기 때문이다. 겁 많은 시로쿠사는 자기 자신을 지키기 위해 남을 위협했었다.

하지만 지금은 타인을 위해 위협했다. 이건 처음 있는 일이라고 할 수 있었다.

왜냐면 시로쿠사는 지금 노려보고는 있지만 겁을 먹고 있었다. 자세히 보면 손가락이 가늘게 떨리고 있다.

겁이 많으면서도 나를 위해 움직여 줬다. 그런 시로쿠사의 마음에 나는 감동했다.

"모모사카, 스짱을 생각한다면 일을 너무 크게 만들지 말아 주겠어?"

"……그렇네요. 다치셨으니까요. 정론이니 선배님 말대로 할 게요."

이 두 사람은 유명한 것치고는 서로의 관계가 그다지 알려지지 않았다. 그래서 흥미롭고 신기한 느낌이었던 거겠지. 주변에 있던 애들이 멍하니 두 사람의 대화를 지켜보면서 자연스럽게 소란이 가라앉았다.

"모모사카, 우선 교무실로 가야 하지 않아? 교무실은 저쪽 건물에 있어."

"……아, 그렇죠. 그럼 함께 가는 건 여기까지네요."

마리아가 우리를 돌아보며 고개를 꾸벅 숙였다.

"그럼 선배님들, 모모는 여기서 실례할게요. 앞으로 잘 부탁드려요."

마리아는 제멋대로 굴 때가 많지만 이러니저러니 해도 공사 구분은 제대로 한단 말이지. 평소에는 보여주지 않는 예의 바른 인사에 두근거리고 말았다.

여동생 같은 애가 정식으로 같은 학교에 다니게 되었으니 최대한 힘이 되어 줘야겠지. 그런 생각을 하기도 했다.

……………그랬는데.

"아, 스에하루 오빠~! 모모가 놀러 왔어요~!"

"쉬는 시간마다 오지 마!"

네가 올 때마다 소란스러워진다고!

저기 좀 봐, 복도에 인파가 생겼잖아!

그리고 교실 분위기도 심상치 않다고! 특히 남자애들이!

"축구가 하고 싶어지네……. 근데 축구공이 없네…… 응? 마침 딱 좋은 사이즈의 공이 있네?"

"얌마, 너희 내 머리를 보며 뭔 소릴 하는 거야."

멀쩡한 얼굴로 머리를 공 취급하지 말라고. 진심으로 무섭거든.

"──여러분."

그래도 여기서는 역시 마리아다웠다. 조용히 내 옆에 서며 생긋 미소 짓는다.

"그런 위험천만한 말은 하지 마세요."

"오오오오오오오오오!"

"모모! 나는 그런 말 한 적 없어! 그저 네 웃는 얼굴을 뇌리에 새기고 있었을 뿐이야!"

"바보야, 너 때문이잖아! 사과해! 아니, 신발을 핥아! 안 돼, 신발이라면 내가 핥고 싶어!"

"세계여…… 저는 평화를 위해 싸우겠습니다……."

이 녀석들도 참…… 어떤 의미로는 알기 쉽다니까…….

그보다 신발을 핥고 싶다는 너 말이지, 느닷없이 엄청난 취향을 고백하면 깜짝 놀라니까 관두라고. 그리고 마지막 녀석은 영문을 모르겠는데 처음부터 평화를 위해 싸우지 그러냐.

"하루, 잠깐만."

쿠로하가 복도에서 손짓하고 있었다. 다행히도 마리아는 어필하는 남자애들에게 둘러싸여서 나에게서 주의가 멀어져 있었다.

나는 소란스러운 인파 속에서 살그머니 빠져나왔다.

"왜?"

"이쪽이쪽."

복도에도 마리아를 보러 수많은 학생이 몰려들었는데 그런 마리아의 연예계 동료 포지션으로써 나의 주목도도 높았다. 그 때문에 복도는 제대로 대화를 나눌 환경이 아니었다.

쿠로하도 곤란했겠지. 내 손을 끌어 계단을 내려가서 특별동 근처의 인기척 없는 계단 뒤로 이동했다.

"무슨 일인데?"

"저기 말이야. 아침에는 다들 있어서 물어보지 못했는데……."

"응?"

"아마 문제없었으리라 믿고 반응을 보아 아무 일도 없었겠거니 생각하지만 그래도 혹시 모르니까."

……무슨 일일까. 최근에는 '얼터 쿠로하'일 때가 많아서 저돌적인 분위기였는데 지금은 묘하게 망설이고 있었다.

"너답지 않게 왜 그래. 뭘 물어보고 싶은 건데?"

"——어제 아무 일도 없었지?"

"……!"

쿠로하가 꼼지락거리며 질문했다. 그런 탓에 내 얼굴도 뜨거 워졌다.

"무, 무슨 걱정을 하는 거야!"

"그, 그치만……!"

"그, 그럴 리가 없잖아!"

"저, 정말로……?"

"야, 야야! 왜 못 믿는 건데!"

서로 낯부끄러워져서 말이 제대로 안 나왔다.

"그치만 하루는 엉큼하잖아. 카치 양도 예쁘고."

"바, 바바, 바보냐! 그런 일 없었어!"

"정말?"

"저, 정말로! 그런 분위기조차도 없었다니까! 엄청 진지하게 공부를 가르쳐 줬을 뿐이야!"

"정말로 그것뿐이었어……?"

"그리고 어째서인지 오셀로를 밤새 하게 되었어."

"응? 영문을 모르겠는데."

"나한테 묻지 마. 거기에는 깊고도 얕은 이유가 있으니까."

"어느 쪽인 거야."

실은 어깨를 나란히 하고 공부를 하다가 아주 가끔이지만 달 콤한 분위기가 감돌 때가 있었다.

그때마다――.

'거기 잠깐 뭐 하는 거죠?! 천재인 제 눈은 속일 수 없어요! 마루 씨, 당신 지금 시로에게 짐승 같은 욕정을 품었죠?!'

그런 식으로 오라기가 난입해 왔다.

그리고 한바탕 혼란이 있고 난 뒤에.

'이럴 거라면 공부는 이만 끝내죠! 오셀로에요! 오셀로를 해요!'

이런 흐름이 되어 어째서인지 밤새 오셀로를 하게 되었다…….

시로쿠사가 가까이에 있으면 나는 어쩔 수 없이 음흉한 감정을 느낄 때가 있었다.

그야 그렇게 예쁘고 몸매가 좋으니까. 시야 구석으로 보일 때마다 심장이 사로잡히는 기분이었다.

그러나 오라기의 시선이 말했다.

――착각하지 말라고.

마음속의 상처가 욱신거렸다. 첫사랑의 독 때문이다.

이럴 줄 알았으면 첫사랑이라는 사실을 떠올리지 않는 편이 좋았을지도 모른다.

그래서 번뇌를 지우기 위해 오셀로에 전념하고 말았다.

"……하루?"

"그러니까 괜한 의심하지 마. 아니, 그보다 쿠로도 꽤 엉큼하단 말이지."

내가 쿠로하의 뺨을 왼손으로 살짝 꼬집으며 가볍게 당기자 눈을 부릅뜬 쿠로하가 머리에서 김이 날 것처럼 새빨개졌다.

"하, 하루 너?! 나는 엉큼하지——."

"너 지금 이것저것 떠올렸지? 그것만으로도 충분히 엉큼하다고."

"노, 놀리지 마!"

"아하하하."

뭔가 기뻤다. 얼마 전까지 싸웠었고, 최근에는 쿠로하에게 잡혀 살았으니까. 그래서 조금이지만 반격을 할 수 있어서 무척 즐거웠다.

"부끄러워할 것 없잖아. 나는 여자의 성욕도 이해해 주는 남자라고."

"바보야. 차암, 호색한 하루에게는 듣고 싶지 않거든?"

오랜만에 '차암' 하고 말해 줬다.

쿠로하의 '차암'은 '정말 어쩔 수 없다니까' 리는 뉘앙스로, 화난 것처럼 보여도 정말로 화가 났을 때는 절대로 말하지 않았다.

그러니 쿠로하도 더는 싸울 생각이 없는 거겠지. 그게 지금 분명해졌다.

——다행이다. 이걸로 우리의 싸움은 일단락 지어졌다.

내 안에서는 싸움은 이미 끝났었다. 그래서 일단락을 짓고 싶었다.

오키나와에 갔을 때 쿠로하는 싸우는 중이었으면서도 시험 문제지를 열심히 만들어 줬다. 그런 모습에 나는 감동하고 말았다.

감동해 버렸으니 이미 진 거다. 나에게 거짓말한 이유도 듣지 못했지만 이젠 됐다고 생각했다. 용서하고 싶었다.

쿠로하는 나를 위해 그 정도 수고를 해 주는 착한 애다. 그런 쿠로하가 거짓말을 했다면 사정이 있었겠지. 숨기고 싶어 한다면 일부러 파헤칠 필요도 없다. 누구나 거짓말을 하고 싶을 때나 숨기고 싶을 때가 있을 테니까.

그걸 머리로는 이해하지만 마음은 그러지 못했다. 하지만 지금은 진심으로 이해할 수 있었다.

나는 어깨의 힘을 빼며 말했다.

"최근에 나를 놀렸었잖아. 그 답례야."

"……놀린 거 아닌데."

"……!"

심장이 직접 움켜잡히는 기분이었다. 그 정도로 두근거렸다.

"자, 장난치지 마. 그도 그럴 게 나는 너에게──."

"흐음, 역시 놀린다고 생각했었구나……."

특별할 것 없는 계단 뒤에서 분홍색 분위기가 감돌기 시작했다. '얼터 쿠로하'의 기척이 얼굴을 내밀었다.

하지만 나는 조금 전에 한 번이지만 반격해서 맛을 들였다. 그래서 선수를 치며 공격했다.

"놀린 거라도 '좋아'한다고 해 주는 쿠로를 나도 '좋아'해."

"으으으……."

쿠로하에게서 단숨에 적극적인 기세가 흩어졌다.

얼굴 전체가 새빨갰다. 어수선한 발걸음으로 비틀거리며 한 발짝 물러선다.

"따, 따라 하는 거야……?! 감히……! 날 따라 하다니……!"

"감히, 라니……. 왜 화내는 거냐고……."

"그, 그치만 너무 기습적이고……! 베낀 거고……! 우으으으!"

"네가 비키니 아머를 입은 전사냐. 너무 공격력에 올인했잖 아."

"뭐, 뭐야, 그게! 차암……."

"──예예, 바쁘신데 죄송하네요. 잠시 괜찮을까요~?"

계단 위에서 목소리가 들려왔다.

올려다보니…… 아, 오라기다.

잠시 헷갈린 건 메이드복 차림과는 인상이 달랐기 때문이다.

교복을 입으니 활달한 인상이 강해졌다. 얇은 카디건을 입었 는데 딱 봐도 소매가 긴 사이즈가 맞지 않은 옷을 입은 게 문제 아처럼 보였다.

아니, 그런 것보다도──.

"응? 오라기도 우리 학교 학생이었어……?"

동갑이라고 하지 않았나?

그렇다는 건 반은 달라도 1학년 때부터 줄곧 같은 건물에 있었 던 건가……?

"……그런데요? 뭐, 1학년 때 마루 씨에게 장난을 치려다가 시로에게 걸려서 호되게 혼났지만요……. 그 이후로 시로에게 싫으면 다가가지 말라는 말을 들어서 마루 씨를 볼 때마다 숨었어요……. 말해 두겠는데 시로에게 혼나서 슬펐기 때문인 건 아니니까요!"

그래, 슬펐었구나……. 안쓰러운 녀석…….

"어라, 근데 시로에게 친구가 있다는 이야기는 못 들었는데. 오라기는 어디 있었던 거야?"

시로쿠사는 오라기를 자매 같은 관계라고 했었다. 그런 애가 곁에 있다면 시로쿠사가 고고한 미소녀라고 불리는 일도 없었을 텐데…….

"중학교 무렵부터 시로가 너무 예쁘다 보니 남자들이 몰려들었거든요. 그래서 그때마다 처리했더니 이야기가 복잡해진 적이 있었어요."

"아…….."

알겠다……. 자세히 듣지 않아도 상상이 된다…….

"그래서 시로에게 '시온이 언제나 도와주는 건 기쁘지만 거기에 기대고 있으면 내가 강해질 수 없어'라는 말을 듣고 저는 뒤에서 지켜보기로 한 거예요."

뭐라고 할까, 무척 시로쿠사다운 말이었다.

"음? 그럼 왜 지금은 괜찮은 건데? 나에게 접근하면 안 되는 거 아니야?"

"시로 몰래 온 거예요!"

"나중에 내가 시로에게 고자질한다고는 생각 안 한 거야?"

"………….."

오라기가 굳어 버렸다. 하지만 다음 순간에는 양손으로 허리를 짚으며 모양 잘 잡은 가슴을 폈다.

"후후후, 마루 씨도 꽤 하는데요. 바보라고 생각했는데 평가를 조금 상향해 드리죠!"

애 왜 이렇게 글러 먹은 거지……. 뭔가 불쌍해 보이기까지 하는데…….

"카치 양네 메이드는 입을 열면 이렇구나……."

쿠로하가 놀라는 것도 어쩔 수 없는 일이었다. 본색을 드러낸 건 쿠로하와 마리아가 돌아간 뒤였으니까.

"시다 씨에게 할 말이 있는데 잠시 괜찮을까요?"

"응? 나?"

"예, 어제부터 말을 붙이고 싶었는데 일하는 중에는 좀처럼 시로와 떨어질 시간이 없었거든요."

오라기가 계단을 내려와서 쿠로하 앞에 섰다.

"그래서 무슨 얘긴데?"

"대단한 건 아니에요. 시로는 제가 지킬 테니 안심해 주세요. 당신이 걱정할 일은 하나도 없다는 말을 전하고 싶었을 뿐이에요."

"으――."

완전히 범죄자 취급인데…….

"으응? 고마워……?"

쿠로하는 그 말의 진의를 이해하지 못한 모양이었다.

"그런데 왜 일부러 나에게 그런 말을 하는 거야?"

"제 역할은 시로를 마수로부터 지키는 거예요. 그러므로 당신과는 협력 관계가 될 수 있지 않을까 해서요."

쿠로하는 부드럽게 미소 지으며 오라기에게 말했다.

"오라기 양, 고마워. 날 위해서 일부러."

"개의치 마세요. 시다 씨도 빨리 눈을 뜨는 편이 좋지 않나요? 객관적으로 보면 당신은 마루 씨에게 속고 있는 것처럼 보여요."

"……그래? 어떤 부분이?"

"마루 씨는 평범하기 짝이 없고…… 아니죠, 연예 관계를 제외하면 마이너스 요소가 너무 많잖아요. 바보에다 호색한, 수치심도 없어서 체면도 챙기지 않고 금방 엎드려 빌고요. 그런 자존감이 떨어지는 부분은 솔직히 말해서 이해도 되지 않고 기분 나쁘지 않나요?"

"으윽……."

바, 반론할 수가 없어! 전부 사실이라서 괴로워!

"게다가 성격도 특별히 상냥하거나 배려심이 좋은 것도 아니죠? 공부도 이 학교에서 하위권이고 춤은 남들보다 잘 출지도 모르지만 운동신경이 더 좋은 사람은 얼마든지 있겠죠. 그야말로 완벽한 논리! 또 내 천재성이 드러나 버렸어."

신랄한 지적에 상처받기는 했지만 마지막 한마디를 듣고 '얘도 참 모자라단 말이지', '무슨 소릴 하든 아무러면 어때?' 같은 생각이 드는 게 신기했다.

"그렇게 말하자면 나도 딱히 대단치는 않은데?"

"겸손하시긴. 시다 씨는 우선 용모가 빼어나게 귀여우시잖아요! 머리도 좋고 무엇보다도 사교성이 훌륭해요. 그러니 마루 씨보다 더 좋은 남자를 마음대로 골라잡자고요!"

"흠흠, 그래? 그럼 오라기 양은 어떤 남자가 이상형이야?"

"······? 그게 지금 이야기와 뭔가 관계가 있나요?"

"그게 오라기 양은 나를 잘 아는 모양인데 나는 모르니까. 오라기 양을 좀 더 알고 싶어서."

"알겠습니다! 그런 거라면 대답해 드리죠! 솔직히 말하자면 '연애 자체가 시간 낭비'라고 말할 수밖에 없겠네요. 연애는 어차피 일시적인 감정이잖아요? 그때는 좋아도 끝나 버리면 전부 무의미해지잖아요. 너무나도 비효율적이고 가성비도 나쁘다고 생각하지 않나요? 애초에 사람은 궁극적으로는 혼자예요. 동성끼리도 서로를 이해하는 게 좀처럼 쉽지 않은데 이성과 서로를 이해하려고 시도하는 것 자체가 괜한 일처럼 느껴지죠. 결론을 말하자면 '제 완벽한 인생 설계'에는 불필요한 거네요."

얘도 참 '천재'니 '완벽'이니 하는 중2병스러운 단어를 너무 좋아한단 말이지.

"그럼 카치 양은? 일이라서 어쩔 수 없이 보살피는 것뿐이지 실은 싫어하는 거야?"

"그럴 리가요! 연애와 우정은 별개라고요! 연애는 일시적이지만 우정은 영원해요! 조금 전에 저는 '동성끼리도 서로를 이해하는 게 좀처럼 쉽지 않다'고 했는데, 그렇기에 성립된 우정은 더욱 가치가 있다고 생각해요! '완벽한 인생 설계'에는 당연히 그렇게 친구를 사귀는 기쁨도 계산에 들어가 있어서 완벽한 거예요!"

"요컨대?"

"저는 시로가 정말 좋아요! 그 정도로 귀엽고 착한 애는 달리 없잖아요! 그래서 지키고 싶은 거예요!"

"흐음, 이제야 너를 알게 된 것 같아."

"다행이네요. 그럼 협력을———."

쿠로하는 생긋 웃으며 크게 숨을 들이마셨다.

"아무것도 모르는 주제에 하루를 무시하지 마……!"

오라기가 흠칫했다. 우쭐하던 옆얼굴이 지금은 놀라서 일그 러졌다.

나는 예상하고 있었다. 쿠로하가 어딘가에서 폭발하지 않을 까 하고.

웃는 얼굴이었지만 관자놀이 부근이 꿈틀거렸으니까. 티도 안 내고 얌전히 맞장구를 치며 상대에게서 많은 정보를 끄집어 내려고 했으니까.

그건 상대의 행동이나 사고방식을 분석할 때 보이는 쿠로하의 방식이었다.

"네가 생각한 '완벽한 인생 설계'가 뭔지는 모르겠지만 타 인에게 강요하지 마. 다른 사람의 마음을 부정할 권리는 너에 게…… 아니, 누구에게도 없으니까."

쿠로하는 사교적이고 척을 지지 않으려고 하는 구석이 있지만 제대로 화를 낼 줄도 알았다. 그렇기에 쿠로하는 강했고 대단했다.

심지가 굳다고 할 수도 있다. 자신의 내면에 확고한 생각이 있으니까 다른 사람에게 맞춰 주기도 하고, 용서할 수 없을 때는 화도 냈다.

이건 정말 어려운 일이었다.

나는 자존심이 없어서 잘난 사람들에게는 아첨하고 금방 사과한다. 겁쟁이라서 화내는 것도 무섭다.

그렇기에 나는 쿠로하를 진심으로 존경했다.

"우, 우으으, 죄송해요……. 딱히 시다 씨를 화나게 할 생각은 없었어요……."

으아, 울기 직전이다. 내가 화를 냈을 때는 웃으며 도발했으면서 쿠로하를 상대론 바로 충격을 받는 거냐…….

쿠로하는 오라기의 모습을 보고 정중히 고개를 숙였다.

"……그래. 그럼 나도 미안했어. 언성을 높여서."

이런 말을 바로 할 수 있는 게 쿠로하의 강점이란 말이지. 나였다면 욱한 직후에 바로 이런 말은 못 한다.

그나저나…… 그렇구나. 오라기는 나에게만 날이 선 태도인 건가. 시로쿠사만 특별하고 다른 사람에게는 신랄한가 싶었는데 아닌 모양이었다.

"홋, 그럼 샘샘이네요!"

오라기가 양손으로 허리를 짚으며 당당하게 말했다.

회복이 빠른걸. 그리고 왜 잘난 듯이 말하는 거냐…….

특이한 애이기는 하지만 쿠로하를 대하는 모습을 보면 본성이 나쁜 애는 아닌 것처럼 느껴졌다.

그렇다면 왜 나에게만 이렇게 신랄한 건지가 의문이었다. 시로쿠사가 말했던 '전부터 나를 싫어했다'는 이야기와 더불어서 신경 쓰이는데.

"아까 목소리가 여기서……."

으, 쿠로하가 큰 목소리로 화를 내서 신경 쓰인 누군가가 보러 온 모양이다.

"시다 씨, 제대로 사과도 하고 싶으니 괜찮다면 나중에 또 이야기해요."

"응."

오라기가 깊게 고개를 숙이고는 몸을 돌렸다. 기운이 넘치는 오라기가 계단을 두 칸씩 올라가며 지나치는 사람을 놀라게 했다.

다가온 사람이 의아한 눈초리로 우리를 보길래 쿠로하와 서로 눈짓을 한 뒤에 따로따로 그 자리를 벗어나기로 했다.

*

오라기가 나에게 강한 적대심을 가지고 있는 건 틀림없었다. 그런데 그런 오라기와 사이가 깊어 보이는 시로쿠사는 그다지 신경 쓰지 않는 기색이었다.

"스짱, 아, 아…… 아~."

아니, 이젠 다른 사람의 시선까지 신경을 안 쓰게 되었는데?!

점심시간.

오른손을 쓰지 못하는 상태로는 당연히 밥을 먹는 데도 지장이 있었다. 어제는 빵을 먹었는데 봉지를 뜯지 못해서 이로 찢었을 정도였다.

그럼 오늘 점심밥은 어떤가 하면 시로쿠사가 직접 만든 도시락이었다.

내가 아침에 일어났을 때는 이미 시로쿠사가 이 도시락을 만들고 있었다. 듣자 하니 다섯 시 반에 일어나서 만들기 시작한 모양이었다.

"아니, 아무리 그래도 그건 좀……."

여긴 교실 한복판이다. 남녀가 느닷없이 책상을 맞대는 것만으로도 소문이 퍼질 장소였다.

당연히 주위 반응이 무시무시했다.

"아니?! 저 쿨한 카치가?! 이상하잖아! 일단 마루는 죽어라!"

"마루 스에하루! 경고한다! 지금 당장 카치의 가족을 풀어 줘라! 반복한다! 카치네 가족을 풀어 줘라! 그러지 않으면 우리가 너희 집에 쳐들어가겠다!"

"아니, 뭔 소리를 하는 거야?!"

영문을 알 수 없다만?!

"시치미 떼지 마라, 이 악마 같은 바보 놈아! 네가 카치의 가족을 인질로 잡은 게 아니라면 카치가 이런 행동을 할 리가 없잖아! 자수하면 집에 쳐들어가는 건 참아 주지!"

"너희 얼마나 쓰레기 같은 거냐. 진심으로 거울 좀 봐라."

"흥, 배짱 좋으신데. 지금 당장 별동대를 집에 돌입시켜 줄까? 당연히 최우선으로 확보하는 건 컴퓨터다……! 네 19금 폴더를 만천하에 공개해 주마……!"

"아, 죄송합니다. 살려 주세요."

나는 즉시 엎드려 빌었다. 하지만 곧 문득 깨달았다.

"잠깐, 네 망상이 사실이라면 가장 먼저 확보해야 하는 건 시로네 아버지잖아! 이 자식이, 질투하는 것뿐이었냐고!!!"

분노로 떨며 자유로운 왼손으로 멱살을 잡았다. 그러나 등 뒤에서 담담하게 제지하는 목소리가 들려왔다.

"스짱. 저런 애들을 상대할 필요는 없어."

"……?!"

저 시로쿠사가 화를 내지 않다니……. 그것만으로도 충분히 놀랄 일이었다.

아니, 그보다 이건 분명 동급생들이 눈에 들어오지 않는 거다. 그 정도로 시로쿠사는 나만을 보고 있었다.

너무나도 의미심장한 이변에 교실 안의 속닥거림이 한층 더 커졌다.

"이리 와, 모처럼 내가 만들었잖아. 빨리 먹어 줬으면 하는데…… 자아, 아~."

역시 시로쿠사는 조금 변했다.

아니…… 조금이 아닌가.

상당히 변했다.

이렇게 솔직하게 애교를 부리는 듯한 태도로…… 그것도 다른 사람 앞에서 당당하게 하다니, 지금까지의 시로쿠사를 생각하면 있을 수 없는 일이었다.

"어, 어쩔 수 없네…… 그, 그럼 아~."

이, 이런…… 나도 모르게 웃음이 나온다…….

그도 그럴 게 첫사랑 상대라고! 무진장 미인이라고!

그런 애가 교실에서 당당하게 '아~'하고 말해 주다니 가족을 인질로 잡아서라도 시키고 싶은 수준의 일이라고!

안쪽에서는 기쁨과 쑥스러움이 솟아올랐고.

바깥쪽은 살의와 압력으로 불타올랐다.

그 틈새에 낀 채 나는 시로쿠사가 내민 계란말이를 입에 넣었다.

"……맛있어!"

그렇구나, 시로쿠사는 서툴지만 '하면 할 줄 아는 애'였다. 애초에 혀가 우주 같은 쿠로하와는 밑바탕이 달랐다.

도시락의 반찬은 계란말이와 닭튀김. 그 외에는 밥을 담았을 뿐인 간단한 메뉴였다.

하지만 그게 좋았다. 처음부터 어려운 걸 도전하는 건 위험하다. 할 수 있는 것부터 해 나가려는 자세에서 노력가의 일면이 엿보였다. 시로쿠사는 경험상, 한 발짝씩밖에 나아가지 못한다는 것을 알고 있는 거겠지.

"다행이야."

마음속 깊은 곳에서 우러난 웃는 얼굴. 쿨한 시로쿠사가 미소 짓는 것만으로도 행복도가 급상승했다.

우리는 끙끙거리는 동급생들을 아랑곳하지 않고 우리만의 세계로 빠져들었다.

"스짱, 여기 밥도 먹어."

"아, 밥은 괜찮아. 수저 가져왔으니까."

"아니야, 내가 먹여 줄게. 나 때문에 다친 거니까. 이건 사죄의 의미야."

그런 말까지 듣고도 거절하면 남자가 아니다.

나는 웃음이 나오려는 얼굴로 시로쿠사가 내민 밥을 입에 넣었다.

어제부터 줄곧 시로쿠사는 이런 느낌이었다.

다정하고 순종적이며 헌신적이었다. 기분이 좋은지 줄곧 생글거리는 표정이었고 한시도 쉬지 않고 나를 보살펴 주려고 했다.

——하지만 착각하면 안 된다.

나는 그렇게 마음속으로 되뇌었다.

이러면 누구든 착각하지……. 오라기의 경고가 없었다면 완전히 나에게 반했다고 생각해 버린다고…….

가슴이 아팠다. 그래도 이렇게까지 해 주는데 기분이 나쁠 리도 없었다. 오히려 나오려는 웃음을 참을 수가 없었다.

히죽거리는 건 남들에겐 흉하게 보일 뿐이니까 표정을 다잡아야 한다는 생각에 고개를 들어보니.

"흭……."

조금 떨어진 곳에서 살기를 발산하는 쿠로하와 눈이 마주쳤다.

쿠로하는 평소에 친하게 지내는 친구들과 모여서 먹고 있었다. 그곳에서 암흑 오라가 발산되었다.

어라, 이상하게 속이 쓰린데……. 첫사랑 상대인 여자애가 밥을 먹여 주는 건 감히 망상도 못할 만큼 즐거운 일일 텐데 속이 쓰리다…….

"──스에하루 오빠, 겨우 용무를 끝내고 모모가 왔어요."

"알았으니까 모모는 일단 기다려 봐."

"예?!"

이어서 습격해 온 카오스를 나는 일단 제지했다.

시로쿠사는 이미 경계심을 높이고 있었다. 쿠로하도 도시락을 정리하기 시작했다.

이제 될 대로 되라지, 하는 심정이 되려던 찰나에.

"스에하루, 시다, 카치. 미안하지만 군청동맹 멤버 긴급 소집이야. 좀 들어 줬으면 하는 안건이 있어."

점심시간이 시작됨과 동시에 어디론가 갔었던 테츠히코가 모습을 드러내며 느닷없이 그렇게 말했다.

테츠히코는 원래도 표정으로 감정을 짐작하기 어렵다. 다만 지금까지 지내온 경험으로 이렇게 무뚝뚝한 얼굴일 때는 고민거리가 있는 상황이라는 건 알고 있었다.

우리는 서로 시선을 주고받으며 고개를 끄덕이곤 다 함께 밥을 들고 부실로 이동했다.

"뭐, 먹으면서 들어 줘. 이야기가 좀 성가셔졌으니 처음부터 설명할게."

테츠히코가 부실에 있는 화이트보드에 검은 펜으로 글자를 슥슥 적어 나갔다.

그런 모습을 보면서 나는 수저로 밥을 뜨려고 했지만 도시락통이 미끄러졌다.

그러자 오른쪽 옆에 있던 쿠로하가 곧바로 도시락통을 잡아 줬다. 덕분에 나는 쌀밥을 입안에 넣을 수 있었다.

하지만 왼쪽 옆에 있는 시로쿠사가 불만스러워 보였다. 말로 하지는 않았지만 쿠로하를 쏘아보고 있었다.

"참고로 중요한 이야기니까 방해하는 녀석은 퇴장시킬 거야. 스에하루를 도와주는 건…… 가장 냉정해 보이는 마리아에게 부탁할게. 스에하루, 마리아 옆으로 이동해."

""큭──.""

쿠로하도 시로쿠사도 테츠히코의 말에 설득력이 있다고 느꼈는지 반론은 하지 않았다.

"그럼 오빠, 모모가 먹여 드릴게요."

"아니, 왼손으로 먹을 수 있으니까 괜찮아."

마리아가 상대라면 편하게 거절할 수 있어서 좋다니까.

쿠로하와 시로쿠사가 상대라면 거절하는 게 미안해진단 말이지. 그리고 기대고 싶은 마음도 생겨난다.

마리아는 괜한 배려를 하지 않아도 되니까 어떤 의미로는 가장 마음 편하다. 덕분에 차분한 마음으로 테츠히코의 이야기를 들을 수 있을 것 같았다.

"우선 어제 일인데 실은 방과 후에 나와 클럽 활동 고문이 교감에게 불려갔어. 원인은 스에하루의 부상 때문이야."

"응? 잠깐만. 우리에게 고문이 있었어……?"

금시초문이다만.

"바보야, 일단은 형식적이긴 해도 클럽 활동이니까 고문은 필수잖아. 그 왜, 올해 신규 채용으로 들어온 이가라는 선생 알지?"

"아, 화학 선생님이었던가? 그 심약해 보이는……."

"그래, 그 선생."

안경을 쓰고 키도 작은 삐삐 마른 체형의 남자 교사다. 바람이 불면 날아갈 듯한 인상이라고만 기억하고 있었다.

"남모르게 약점을 잡고 있어서 고문을 맡아 달라고 협박했어."

"아무렇지도 않게 범죄에 손을 대는 건 그만두지?"

소름 돋아! 태연하게 사람을 협박하지 말라고!

"아, 그럼 바꿔 말하지. 어떤 거래를 해서 고문을 맡게 했어. 이래 봬도 거짓말이 아니라고."

"……참고로 거래 내용이 뭔데."

"들으려고? 이걸로 너도 공범이――."

"안 들려, 안 들려! 나는 아무것도 몰라!"

위험해라. 관심을 가져서는 안 되는 화제였다.

"테츠히코, 아무튼 계속 말해 봐. 교감에게 불려 가서 무슨 말을 들었는데?"

나는 곧바로 이야기를 되돌렸다.

다만 이쪽도 상당히 불길한 분위기였다. 그다지 듣고 싶은 화제는 아니었다.

"뭐, 결론적으로 말하면 우리가 너무 주목을 모으고 말았다는 거겠지. 스에하루의 사고는 우연이었지만 '고문도 없이 오키나와까지 촬영하러 가서 부상자가 나왔다'는 건 영 보기에 좋지 않으니까. 보호자가 동행했다고 해도 말이야."

"……아~ 그렇구만."

오키나와에서의 촬영을 '클럽 활동'으로 볼지, '위튜브팀인 군청동맹'으로 볼지는 솔직히 애매한 부분이었다. 다만 클럽 활동과는 전혀 관련이 없다고 딱 잘라 말하기도 어려울 것 같았다. 그렇다면 '고문도 없이 가서 부상자가 나왔다'는 사실은 주의를 받아도 어쩔 수 없는 일이겠지.

"뭐, 소이치로 아저씨가 전화로 사전에 사과하신 모양이라서 어제는 혼을 내는 느낌이 아니라 경고라는 느낌이었어."

"뭐, 어쩔 수 없지. 그래서 거기서부터 이야기가 복잡해진 거야?"

"복잡해졌다기보다 구미가 도는 이야기인 만큼 고민된다고 할까."

"무슨 말인지 이해가 안 되는데."

"어제 집에 돌아가서 소이치로 아저씨께 감사하다고 전화를 걸었거든. 그때 소이치로 아저씨께서 '방송국에서 의뢰가 들어왔다'는 이야기를 하셨는데, 그게 '스에하루가 연예계에서 사라진 뒤 위튜브로 부활할 때까지의 이야기를 다큐멘터리로 찍고 싶다'는 내용이었어."

"날?!"

이 전개는 완전히 예상 밖이었다. 그것도 다큐멘터리인가.

"그래서 학교 외부 조직…… 예를 들어 기업이 관여하는 경우와 돈이 얽히는 경우에는 학교에 보고할 의무가 있거든. 할지 안 할지는 일단 제쳐놓고서라도 기획 수락이 가능한지 알고 싶어서 나와 마리아가 아까 교장과 교감의 반응을 보러 갔어."

"그래서 너와 모모가 비슷한 타이밍에 나타난 거였냐. 그래서 어땠는데?"

"무진장 반응이 좋던데. 꼭 좀 해 달라는 이야기까지 들었어."

시로쿠사가 힘차게 고개를 끄덕였다.

"그 기획 괜찮네. 만약 스짱에게 사정을 듣지 못했다면 꼭 보고 싶다고 했을 거야. 스짱이 연예계에서 사라진 건 정말로 충격적이고 수수께끼인 일이었으니까."

"하지만 그건 하루의 기분을 무시하는 거 아니야……?"

쿠로하의 배려가 가슴에 사무쳤다.

확실히 거부감이 들었다. 어머니의 죽음을 돈벌이로 이용하는 것 같아서 무서웠다. 그때의 괴로움과 공포를 새삼 직시하는 건 재기했다고 할 수 있는 지금도 망설여졌다.

"알고 있어. 그런 점에서 소이치로 아저씨도 신중하셨어. 이 기획은 스에하루가 수락하기 전에는 실행하지 않아."

"그럼 다행이네."

쿠로하가 안도의 한숨을 내쉬었다.

"그런데 카이 군, 너는 이 이야기를 '구미가 도는 이야기'라고 했었지? 어떤 부분을 보고 그렇게 말한 거야?"

시로쿠사의 예리한 지적에 테츠히코가 어깨를 으쓱였다.

"첫 번째는 아까도 말했던 교장과 교감의 반응이 좋다는 점이야. 우리는 클럽 활동이라는 체재로 활동하잖아. 그런데 사립학교란 곳은 이러니저러니 해도 미담이니 감동적인 이야기 같은 거에 약한 법이지. 이건 좀 과장된 이야기일지도 모르지만 '스에하루가 앞으로 연예계 활동을 하는 것을 전제로 군청동맹과 엔터테인먼트부를 통해 트라우마를 극복하는 재활을 한다'고 보면 우리 학교가 갑자기 선진적이게 느껴지지 않아? 이 정도로 학생들을 생각하는 학교라니! 하고 말이야."

"아, 그렇구나……."

시로쿠사가 탄성을 냈다.

"야구, 축구, 연극, 합창 같은 모든 클럽 활동이 장래의 프로를 기르기 위한 준비 단계이며, 아이들의 꿈을 기르기 위한 활동이라고 본다면 '클럽 활동으로 위튜브 활동을 하는 것'도 마찬가지라고 할 수 있겠지? 그러면 야구로 다치는 건 어쩔 수 없는 일이라면서 동영상 촬영으로 다치는 건 왜 안 된다는 거야?

라는 논리가 되지 않아?"

"궤변이지만…… 나라면 납득할 것 같은데."

뭐, 아무리 그래도 선생님도 없는 곳에서 다친 건 변명의 여지가 없겠지만.

"두 번째는 군청동맹과 스에하루의 지명도가 더욱 올라갈 기획이라는 건 틀림없다는 점이야. 물론 현실적으로 생각해서 말이야."

"──그렇다고 해도 나는 반대야."

쿠로하가 테츠히코의 이야기에 반론했다. 이 자리에 있는 모두가 깜짝 놀랄 정도로 완고한 말투였다.

"다들 모르니까 쉽게 이야기하는 것뿐이야. 어머니가 돌아가시고 하루가 얼마나 상처를 입었는지, 얼마나 고민하며 괴로워했는지를 모르니까 그런 말을 할 수 있는 거야. 안이한 신파 소재로 쓰이는 건 하루가 용인하더라도 내가 싫어."

"…………"

침묵이 내려앉았다.

쿠로하의 말은 정론이고 섬세한 문제였다. 섣불리 아는 체를 하는 건 제 무덤을 파는 것에 지나지 않으니까 누구도 입을 열지 않고 상황을 살필 뿐이었다.

나는 쿠로하의 마음이 기뻤다. 배려가 고마웠다.

"나는 말이야."

내가 입을 열자 일제히 시선이 모여들었다.

모두가 진지한 눈으로 나를 응시했다.

나는 크게 심호흡을 한 뒤에 천천히 이야기하기 시작했다.

"쿠로가 말한 것처럼 어머니가 돌아가신 일이 뻔한 신파 소재로 쓰이는 것만큼은 싫어. 비극의 주인공 같은 것도 나랑 안 어울리고. 그리고 지명도가 올라가는 건 고마운 일이지만 과거 팔이를 하는 건 좀 그래."

"스에하루 오빠의 걱정은 당연해요. 방송국은 기업이고, 기업은 좋은 의미로든 나쁜 의미로든 기본적으로 이익이 최우선이니까요."

다시 침묵이 이어지려던 차에 테츠히코가 입을 열었다.

"그래도 말이야, 스에하루. 넌 매듭을 짓고 싶은 마음은 없는 거야?"

"매듭……?"

"네가 동영상에 나옴으로써 너를 파헤치려는 주간지도 나올 테고, 과거의 일을 아는 관계자 중에서 이젠 괜찮겠지라는 생각에 무심코 말해 버리는 녀석이 있을지도 모르잖아. 원래도 말하지 말라는 계약으로 묶인 것도 아니고."

"그러게……."

무진장 있을 법한 일이었다.

"그래서 말하는 건데 이상한 모양새로 밝혀질 정도라면 제대로 된 내용으로 공개해서 과거를 정리하는 것도 괜찮지 않을까? 하고 생각한 거야."

"그렇군."

일리 있었다. 주간지에 폭로되어 틀린 사실이 적히는 것보다는 그쪽이 더 나아 보였다. 나아 보인다는 것뿐이지만.

쿠로하가 물었다.

"그런데 테츠히코 군. 방송국의 의뢰를 받으면 신파 노선이 되어 버리지 않아?"

"그래서 내가 결정적인 계획을 생각했어."

테츠히코가 비켜서며 화이트보드에 적힌 글자를 두드려서 강조했다.

"방송국이 다큐멘터리를 만드는 게 아니라 우리가 군청동맹의 기획으로써 '스에하루의 과거'를 다큐멘터리로 만드는 거야. 스에하루가 납득한 내용이 아니라면 공개하지 않아. 그거라면 퀄리티는 다소 떨어져도 '납득하지 못한 채 방송되는 일' 만큼은 없겠지."

"그러네……."

내가 가장 무서운 건 날조되는 전개였다. 그리고 언급하고 싶지 않은 부분이 방송되는 것이다. 그 부분을 건들면 용서하지 못할 것 같았다.

그러한 걱정거리가 테츠히코의 제안으로 해소된다.

"방송국과 교섭해서 우리가 만든 동영상을 방송하고 싶다면 쓰게 하는 거야. 뭐, 우리는 아마추어니까 이대로는 그런 전개가 될 가능성은 적다고 생각하지만…… 실은 방송국도 기뻐하며 우리가 제작한 다큐멘터리를 방송하고 싶다는 말이 나올 만한 아이디어를 가지고 있어."

"응? 아이디어?"

꽹장히 뜸을 들이는걸……. 어지간히 제대로 노린 기획이 아니라면 그렇게 잘 풀리지는 않을 텐데…….

"말해 봐, 테츠히코. 어떤 기획인데?"

"스에하루, 네가 마지막에 나온 드라마는 '차일드 킹'이지? 내 기억이 옳다면 평균 시청률이 20퍼센트를 넘었던가?"

"맞아."

'차일드 킹'은 내 출세작이자 최대 히트작인 '차일드 스타'의 시리즈로 제작된 드라마였다.

다만 그렇다고는 해도 설정은 전혀 달라서 내가 주연이라는 것 이외에는 모든 게 바뀌었다.

주인공인 렌은 열한 살인 초등학교 5학년으로, 부친은 렌이 철들기 전에 사망한 모자 가정이었다.

가정 형편은 상당히 좋지 않았다. 모친은 부친과 사랑의 도피나 다름없는 결혼을 했기에 친척의 도움도 없었기 때문이다.

그렇지만 렌은 행복했다. 다정한 모친 덕분에 어려운 가정형편은 신경 쓰이지 않았다.

그런 렌에게 돌연히 불행이 찾아왔다.

모친이 눈앞에서 차에 치여 사망했기 때문이다.

게다가 모친의 장례식에서 렌은 충격적인 사실을 알게 된다.

그건 '친척들이 비밀리에 사고를 일으켰다'는 사실이었다.

요컨대 모친은 사고사가 아니라 타살이었다.

'하하하! 배신자에게 걸맞은 말로로군. 이것도 전부 그딴 별볼 일 없는 남자에게 빠져서 일족의 긍지를 저버렸기 때문이다.

정말로 바보 같은 여자였어.'

어머니가 어째서 배신자라고 불리는 건지, 그리고 일족이란 무엇인지, 전혀 알 수 없었다.

그저 용서할 수 없었다.

어머니를 비웃는 목소리를 들은 렌은 분노한 나머지 이성을 잃고 근처에 있던 가위를 들었다. 노리는 상대는 느닷없이 장례식장에 나타나서 대기업의 사장이라며 지폐를 뿌렸던 숙부였다.

등 뒤에서 덮치려고 했지만—— 제지당했다.

'그만둬. 이미 들켰으니 소용없다.'

수수께끼의 중년 남자가 턱으로 가리킨 곳에는 보디가드 남자가 있었다. 그 남자는 렌이 알아차린 것을 깨닫고 숙부에게 귓속말했다.

렌의 얼굴이 새파래졌다. 그자에게 적으로 인식되고 말았다. 무슨 짓을 당할지 알 수 없었다.

'이쪽으로 와라.'

수수께끼의 남자가 손을 끌어서 렌을 데리고 나갔다. 곧바로 추적이 있었지만 남자의 능숙한 수완 덕에 간신히 도망칠 수 있었다.

진정된 렌은 겨우 물었다.

'아저씨는 누구세요……? 엄마와 어떤 사이시죠……?'

'……나는 네 어머니의 친구다. 무척…… 그래, 무척 소중한 친구였지.'

남자는 이렇게 말했다.

'그 녀석들은 이 나라의 어두운 부분에 자리를 잡은 일족으로 때로는 법까지 어기며 이익을 탐해 왔다. 네 어머니는 자신이 태어난 집안의 오만함을 혐오해서 도망쳤고, 일족의 부정을 세상에 알릴 기회를 기다렸다. 다만 네가 태어난 뒤로는 다툼을 피해 숨어서 생활하고 있었는데…… 그 녀석들은 네 어머니가 가진 정보를 내버려 둘 수 없었던 거겠지.'

'그, 그럴 수가……! 그런 것 때문에 엄마는……! 용서할 수 없어요……!'

'중요한 건 돈이다. 돈이 없으니 그 녀석들의 부정을 뒤질 수 없다. 돈이 없으니 몸을 지키지도 못해. 권력이 없는 네가 경찰에 호소해도 은폐되겠지. 돈은 힘이다. 돈이 있으면 뭐든지 할 수 있어. 현대는 돈을 가진 자가 이기고 자신의 의지를 관철할 수가 있다. 네가 그 녀석들의 얼굴을 죽상으로 만들려면 상당한 돈이 필요하겠지. 그것도 왕이라고 불릴 정도의 돈이.'

──너는 왕이 되고 싶으냐?

그 말에 렌은 고개를 끄덕였다.

돈만 있으면 모든 것을 이룰 수 있다. 이 분노도, 괴로움도, 슬픔도, 전부 돈이 해결해 준다.

그런 믿음을 가진 렌은 수수께끼의 중년 남자를 따르기로 결심했다.

그리고 목표로 했다.

―― '차일드 킹'을.

"그립네요……. 모모에게도 출세작 중 하나여서 기억에 많이 남는 작품이에요."

그 말대로 마리아는 실은 이 작품에서 천재 초등학생 주식투자자로 중반부터 등장해 나와 함께 출연했었다.

"모모는 그때 보았던 스에하루 오빠의 연기가 정말 좋아요. '차일드 스타' 때와는 전혀 다르게 거칠고 격정적이면서도 쿨하고 지적이었죠. 그리고 능수능란하게 상대를 속여 넘겼을 때의 사악한 웃음이 참을 수 없을 정도로 좋았어요."

"이해해. 때때로 보여 주는 본래의 상냥한 표정이 또 시청자의 심금을 울렸지."

"역시 잘 아시네요, 시로쿠사 선배님. 동감이에요."

"칭찬해 주는 건 고마운데 실은 그 무렵에 정신적인 대미지가 심해서 촬영 중의 일은 그다지 기억하고 있지 않단 말이지……."

"최종회가 어떻게 끝났는지는 기억하지?"

테츠히코의 물음에 나는 고개를 끄덕였다.

"그거야 물론이지."

최종회에서 렌은 주식의 선물 거래로 암약하여 큰돈을 버는 데 성공했다. '차일드 킹'이라고 불릴 정도의 돈과 권력을 쥐고 마침내 모친을 죽인 범인―― 대기업 사장인 숙부에게 반격할 계획을 세웠다.

마지막 싸움을 앞두고 렌은 숙부의 책략으로 사망한 수수께끼의 남자가 남긴 유품을 정리했다. 그리고 그때 수수께끼의 남자가 친부라는 것을 알게 된다.

부친은 모친과 사랑의 도피를 했지만 일족과의 싸움은 너무나도 위험했다. 그 때문에 부친은 렌이 태어난 것을 계기로 모친과 헤어져서 죽은 것으로 가장하여 얼굴과 이름을 버리고 일족과 싸우고 있었다. 그래서 아버지라 말하지도 못하고 적어도 렌이 살아갈 힘을 길렀으면 하는 바람에 돈을 버는 법을 가르친 것이었다.

부친에게 넘겨받은 의지를 짊어진 렌은 소중한 건 돈이 아니라 유대라는 것을 알게 된다. 그리고 렌은 동료들에게 협력을 청하여 숙부의 함정을 격퇴했고, 마침내 매스컴을 이용한 책략으로 숙부의 죄를 대대적으로 폭로하는 데 성공했다.

복수를 완수한 렌에게는 돌아갈 장소가 있었다.

줄곧 걱정하며 버팀목이 되어 줬던 소꿉친구 소녀. 숙부의 음모로 힘들어하던 차에 도와줘서 동료가 된 대기업의 영애. 라이벌로 등장해서 수많은 싸움을 거쳐 마지막에는 친구가 된 초등학생 주식투자자 여자애.

렌은 버팀목이 되어준 세 소녀의 곁으로 돌아가려고 하다가 —— 돌연히 복부에 통증을 느끼게 되었다. 그건 언제나 렌을 바보 취급하던 숙부의 아들인 사촌 소년 때문이었다. 그 소년은 부친이 붙잡히는 모습을 보고 복수를 하려는 마음에 나이프로 렌을 찌른 것이다.

도로에 쓰러진 렌은 그대로 의식을 잃었다.

그리고 시간이 흘러──.

렌은 침대 위에서 눈을 떴다.

둘러보니 낯선 고등학생 정도의 세 소녀가 곁에 있었다.

눈물짓는 소녀 중 한 명이 말했다.

'렌 군은 6년이나 잠들어 있었어──.'

그 애들은 바로 과거에 곁으로 돌아가려고 했던 세 소녀가 성장한 모습이었다. 소녀들은 6년이나 간호하며 기다려 주었다.

렌을 살리기 위해 고명한 의사를 불러오거나 새로운 약과 시술을 시도했다. 소녀들은 수술비와 입원비로 렌이 모은 돈이 대부분 사라져 버렸다고 사과했다.

17세가 된 렌은 이렇게 말했다.

'──돈 같은 건 없어도 돼. 너희만 있어 준다면.'

모친이 죽은 뒤로 오로지 돈만을 추구하고 발버둥 쳐서 '차일드 킹'이라고까지 불리게 된 소년의 그런 말로 이야기는 끝을 맺었다.

"그 마지막 장면 말인데, 주인공은 다른 연기자가 연기했었지?"

"당연하지. 당시에 난 열한 살이었다고."

"그럼 네 현재 나이는?"

"열일곱 살············· 아!"

눈을 뜬 렌의 연령은 17세였다.

이거, '잠들어 있었다' = '연예계에서 거리를 두고 있었다'는 느낌으로 보면 현실과 드라마의 공백 기간이 정확히 겹쳐진다.

"그런고로 내 아이디어는 이거야. '차일드 킹'의 마지막 장면을 '현실에서 17세가 된 스에하루가 연기한다'는 기획을 역으로 제안하는 거지. 요컨대 히트작의 진 엔딩을 만들지 않겠냐고 말을 꺼내는 거야. 우리에겐 마리아도 있으니까 재미있을 것 같지 않아? 상대방이 만약 재미있겠다고 느낀다면 이걸 공백 기간의 다큐멘터리와 함께 방송하고 싶지 않을까? 그게 설령 군청동맹이 만든 영상이라고 해도 말이야."

"그렇게 나오는 거냐~."

응, 그렇구만. 개인적으로는 그런 거 아주 좋아한다고!

방송국이 관심을 가질지는 알 수 없지만 내가 그 드라마를 좋아한다면 틀림없이 보고 싶다고 생각하겠지.

테츠히코 녀석, 머리를 잘 굴리는데. 솔직히 감탄했다.

"덧붙이자면 스에하루의 다큐멘터리를 찍고 싶다고 했던 방송국이 '차일드 킹'을 방송한 곳과 같은 곳이야. 뭐, 그런 인연이 있었으니까 가장 먼저 손을 든 거겠지. 그리고 참고로 나는 이번 다큐멘터리 제작을 그다지 밀어붙일 생각은 없어. 이런 아이디어라면 스에하루가 납득할지도 모르고 효율적으로 돈과 주목을 모을 수도 있겠다고 생각한 것뿐이야. 다큐멘터리는 만들지만 방송국을 통해 방송하지 않아도 괜찮아. 군청 채널에 공개하면 될 일이니까. 뭐, 이런 감동적인 내용의 영상을 방송하면 학교 측도 앞으로 군청동맹의 활동에 관대해질 가능성이 크다는 메리트도 있으니 수락해 주는 편이 고맙긴 하지만."

냉정하게 보면 이점뿐이었다. 물론 내 감정을 도외시한다면 말이지만.

테츠히코가 휴대전화를 보았다.

"이런, 벌써 시간이 다 되었네. 미안, 생각보다 시간이 걸렸어. 내일부터 시험이니까 오늘 방과 후부터 클럽 활동은 없어. 그리고 토요일에 이 기획의 검토회와 투표를 할 거야. 그때까지 다들 어떻게 하고 싶은지, 어떻게 하는 게 괜찮을 것 같은지를 잘 생각해 줘."

서둘러서 소집한 건 모두가 생각할 시간을 조금이라도 더 주기 위해서였나.

확실히 이건 고민되는 기획이었다. 시험도 있지만 지장이 없는 범위에서 차근차근 생각해 보자……

＊

──잠깐 좀 볼까?

점심시간이 끝나고 핫라인으로 그런 메시지를 보낸 건 쿠로하였다.

다음 메시지는 마리아로, 『슬슬 오리라고 생각했어요. 장소는 모모가 확보해 뒀으니 방과 후에 이쪽으로 와 주세요.』라는 내용이었고 어떤 카페의 링크를 첨부했다. 이어서 시로쿠사가 『스짱은 시온과 함께 먼저 돌아가라고 말해 뒀어.』하고 메시지를 보냈다.

아무런 의논도 안 했으면서 세 사람은 완벽한 호흡으로 단 세 통의 메시지로 모든 준비를 끝냈다.

그런 연유로 소녀들은 방과 후에 통학로에서 조금 벗어난 영국식 정원이 있는 카페에 모였다.

"모모, 여기 비싸지 않아⋯⋯?"

그렇게 쿠로하가 묻자 마리아가 아무렇지도 않다는 듯이 말했다.

"학교에서 걸어갈 수 있는 범위에 룸이 있는 곳이 이곳뿐이어서요. 오늘은 모모가 낼게요."

"뭔가 빚지는 것 같아서 겁나는데. 내 몫은 내가 낼게."

"나도."

"⋯⋯그렇게 말씀하신다면 말리지는 않겠지만요."

세 사람은 그런 대화를 나누며 인테리어가 세련된 룸으로 안내받았다.

6인용 테이블에 각자 거리를 두고 앉았다. 점원을 불러서 시로쿠사는 에스프레소, 마리아는 로열 밀크티, 쿠로하는 아이스 커피와 오렌지 주스를 1대 1로 섞어 줄 수 있는지를 물어서 점원을 곤혹스럽게 했지만 잠시 뒤에 "가능합니다."라는 대답을 들었다.

룸에는 무겁고 침체된 분위기가 감돌았다.

서로 견제하며 시선만으로 칼을 겨루는 것과도 같은 공방을 펼쳐졌다. 그러나 세 사람 모두 그런 분위기는 조금도 티를 내지 않고 오히려 여유 가득하게 행동함으로써 우위에 서려고 했다.

"쿠로하 선배님이 저희를 부른 이유는 대강 예상은 되지만……일단은 들어 볼까요."

마리아가 그렇게 입을 떼자 쿠로하가 한숨을 내쉬었다.

"그럼 말하겠는데, 너희는 지나치게 주목을 모은다고 생각해."

"그게 교실 안에서 스짱의 냄새를 맡거나 사귀니 어쩌니 하던 사람이 할 소리야?"

"윽──."

쿠로하가 어금니를 깨물자 시로쿠사는 표정을 바꾸지 않고 물을 입에 가져다 대었다.

"시로쿠사 선배님, 그 부분에 대한 정보를 좀 더 자세히 듣고 싶은데요."

"말 그대로야. 시다 양은 이전부터 그런 행동을 부끄럼도 없이 했었어. 고백제 며칠 전쯤에는 노골적이어서 보는 사람이 다 부끄러울 지경이었지 참 치사해. 소름 돋아."

"그런가요. ……역시 쿠로하 선배님이시라고만 말해 둘게요."

"잠깐! 모모가 그런 말을 하는 거야?!"

쿠로하가 테이블을 두드리며 일어섰다.

"제가 하면 안 되나요?"

"쉬는 시간마다 우리 반에 와서 하루에게 치근댔잖아……! 그거 보는 사람이 더 부끄러워질 정도였거든……?! 그리고 카치양!"

"나?"

"오늘 그건 뭐야?!"

"그거라니 뭐가?"

"그, 먹여 주던 거……!"

시로쿠사는 가늘고 예쁜 검지로 뺨을 짚으며 가련한 미소를 지었다.

"아~ 그거? 나 때문에 다쳤으니까 당연한 봉사지."

"그렇다고 해도 지나치잖아……!"

"그러니까 그걸 도서준비실에서 스짱에게 해 주던 네가 할 소리야?"

"윽———."

쿠로하는 주춤했지만 이번에는 바로 반격했다.

"하, 하지만 그건 다른 사람이 없었으니까! 만약 누가 있었다면 나도 못 한단 말이야!"

"자기 무덤을 파시네요."

"정말로."

"뭐어?!"

"오래 기다리———."

그 순간 세 소녀의 강렬한 시선이 점원에게 모여들었다.

아르바이트를 하는 대학생으로 보이는 남성 점원이 두려움을 느낀 나머지 쟁반을 떨어트렸다.

"……떨어트리셨는데요."

"죄, 죄송합니다! 바로 치우고 새로 가지고 오겠습니다!"

점원이 황급히 치우는 동안 전혀 대화가 없었다.

청소를 끝낸 점원은 중압감만이 높아지는 자리에서 도망치듯이 벗어났다.

점원이 다른 점원에게 "저 테이블 여자애들이 다들 엄청나게 귀엽길래 신나서 음료를 가지고 갔는데 무서워서 죽는 줄 알았어!" 하고 소리치는 게 멀리서 희미하게 들려왔지만 다들 듣지 못한 척했다.

쿠로하가 다시 자리에 앉으며 입을 열었다.

"한 번 더 말하겠는데 너희는 지나치게 주목을 모아."

두 번째인 것도 있어서 여기서는 아무도 말꼬리를 잡지 않았다.

"이대로는 우리의 이상한 소문이 돌 거야."

"이상한 소문이라니?"

"예컨대…… 하루와 파렴치한 짓을 한다거나……."

"파렴치한 건 네 머릿속만이라고 생각하는데?"

"뭐?"

쿠로하의 위압을 개의치 않고 마리아가 조곤조곤하게 말했다.

"실은 모모도 그 부분이 무서워서 한 가지 제한이 필요하다고 생각했었어요."

"……말해 봐."

"스에하루 오빠는 엉큼하죠?"

""………….""

쿠로하와 시로쿠사가 말없이 고개를 끄덕였다.

"뭔가 쿠로하 선배님이 작정하시면 미인계로 기정사실을 만들려고 하실 것 같다는 생각이 들거든요. 솔직히 말해서 그 전개가 가장 무서워요."

"푸웁!"

물을 마시던 쿠로하가 뿜었다.

"모, 모, 모모……! 그, 그런 말을 그렇게 쉽게……!"

"그치만 그렇게 할 만한 행동력이 있는 건 쿠로하 선배님뿐이니까요."

"소녀! 나도 수줍음 많은 소녀거든?! 그런 짓을 할 수 있을 리가 없잖아!"

"……뭐 수줍음 많은 소녀라는 건 부정하지 않겠지만 쿠로하 선배님은 '마왕 같은 소녀'나 '책략가 소녀' 같은 별칭이 덧붙어야 할 것 같아서요."

"괜찮은 워딩이네."

"그렇죠?"

"다음에 소설 소재로 써도 될까?"

"마음껏 써 주세요. 아니, 오히려 꼭 좀 써 주세요."

"소재로 쓰지 마! 말이 나왔으니 말인데, 그렇게 말하자면 모모도 '하이에나 같은 여동생'이잖아."

"아, 그러세요. 쿠로하 선배님이 그렇게 말하는 건가요. 그런 말을 들으면 모모도 얌전히 있지는 못하겠는데요."

"처음부터 얌전히 있었던 적 없잖아! 먼저 말을 꺼낸 건 그쪽이고!"

"훗…… 이 애들도 참 보기 흉하게 뭐 하는 건지."

"허당은 가만히 있어."

"허당은 가만히 있어 주세요."

동시에 두 사람에게 한 소리를 들은 시로쿠사가 윽, 하고 주춤하며 입을 다물었다.

"……뭐, 상처가 깊어질 뿐이니까 슬슬 그만할까요."

"……그래."

"……정말로 기정사실을 만들 생각은 없으신 거죠?"

"끄, 끈질기기는! 안 한다니까! 할 리가 없잖아!"

"그럼 생각해 보신 적도 없나요?"

"……자, 다음 이야기로 넘어갈까?"

"정말로 쿠로하 선배님은 제 무덤을 파신다고 할지……."

"그보다 괜찮아? 나한테만 그럴 게 아니라 카치 양은 견제 안 해?"

"시로쿠사 선배님은 처음부터 그럴 배짱이 없다는 것을 알고 있으니 딱히 상관없어요."

"아, 과연. 응, 무슨 말인지 알겠어."

"그렇죠?"

"두 사람 다 지금 당장 할복이나 해 버려."

후우, 하고 쿠로하가 작은 동물로 비유되는 귀여운 얼굴로 근심 어린 표정을 지으며 크게 숨을 내쉬었다.

"……저기, 모모? 가만히 듣고만 있는 것도 성격에 맞지 않으니 한 가지 지적해도 될까?"

"싫지만 안 된다고 해도 억지로 말할 것 같으니 그렇게 하세요."

"그런 발상을 떠올린다는 건 모모도 같은 생각을 한 게——."

"……무슨 말씀이신지."

"정말이지! 그렇게 맨날 시치미 떼기나 하고! 모모 너도 말이 나와서 말인데 그런 식으로 하루에게 치근대는 거 정말 좀 아니거든?! 주변 시선 같은 건 신경 안 쓰여?"

"딱히요. 스에하루 오빠와의 사랑은 부끄러운 게 아니니까요."

"누군가가 촬영해서 인터넷에 올리면 안 좋지 않아? 지금은 연예계와 조금 거리를 두고 있는 듯하지만 복귀하는 데 영향이 있지 않을까?"

처음으로 마리아의 뺨이 굳어졌다.

"쿠로하 선배님, 충고 감사합니다. 하지만 그렇게 모모를 떼어놓고 그 틈을 노려서 어택하실 거죠?"

"아, 아니——."

"정말 음흉하시다니까요. 그렇게 생각하지 않으세요, 시로쿠사 선배님?"

"맞아. 같은 의견이야."

"야 이것들아☆ 담가버린다☆"

"조, 조금 전에는 실례—— 히익?!"

엄청난 두려움에 남성 점원이 갓 태어난 새끼 사슴처럼 다리를 떨었지만 두 번째인 것도 있어서 어떻게든 버티며 각자의 앞에 음료를 놓았다.

"피, 피피, 필요하신 게 있으시면 다시 불러——."

"이야기를 나누고 싶으니 잠시 방해하지 말아 주시겠어요?"

쿠로하가 생긋 미소 짓자 남성 점원이 등줄기를 곧게 폈다.

"아…… 알겠습니다!"

도망치듯이 나간 남성 점원이 주방 스태프에게 '죽음을 각오했다'며 소란을 피웠지만 그건 또 다른 이야기였다.

각자 음료에 입에 대며 조금 진정한 차에 시로쿠사가 입을 열었다.

"어떠한 제한이 필요하다는 제안에는 찬성이야."

"……그렇죠."

"처음부터 그 이야기가 하고 싶었어. 일단 나는—— 카치 양. 네가 하루네 집에서 지내려는 행동은 지나치다고 생각해."

시로쿠사가 오뚝한 코를 높게 들었다.

"왜? 나 때문에 다쳤으니 내가 간호한다는데 뭔가 이상한 부분이라도 있어?"

"어제 우리 엄마에게 들었는데 하루네 아버지에게 허가를 받을 때 자신에게 맡겨 달라고 어필했다며. 묵는 사람이 많으면 방이 부족해서 곤란하다는 식으로 설명해서 꼬드겨서 다음에 다른 사람이 묵으려고 하면 거절하시도록 부탁했다고 들었는데."

"아~ 그런가요. 마침내 이해가 되었어요. 그래서 언니가 얌전히 물러날 수밖에 없었던 거군요."

"나는 모르는 일이야."

시로쿠사가 기다란 검은 머리칼을 쓸어 넘기며 고개를 돌렸다.

"그래서 내 요구 말인데, 적어도 교대제를 받아들여 줬으면 해. 우리 셋이 한꺼번에 간호하려고 들면 아마도 하루에게 꼴사나운 모습을 보여서 세 사람 다 자멸할 가능성이 있다고 생각하지 않아?"

"······그렇네요. 모모는 쿠로하 선배님의 의견에 찬성해요."

"물론 나나 모모 혼자만 묵는 일은 없게 할 테니까 예를 들어 나라면 동생 중 누군가와 함께 묵어도 되고."

"싫, 어."

시로쿠사가 짧게 대답했다.

"시다 양도 모모사카도 자신이 마음대로 할 수 있는 사람과 함께 묵으려고 할 거잖아. 제대로 제지하겠어? 나와 함께 묵고 있는 시온은 말이지 아빠가 감시역으로 고른 애야. 그 애는 스짱을 싫어하니까. 그 애가 있어서 나는 스짱에게 특별한 어필도 하나 못 하는 상황이야. 조건이 전혀 다르니 그건 받아들일 수 없어."

"쿠로하 선배님, 시로쿠사 선배님의 이야기가 사실인가요?"

"……맞아. 어제도 아무 일 없었던 모양이고 오라기 시온이라는 애가 하루를 싫어하는 건 사실이야. ……솔직히 감시역으로는 믿음직하지 못한 구석이 있지만…… 누군가의 말대로 행동할 애는 아니니 좋은 분위기가 되면 사정 봐주지 않고 훼방을 놓을 것 같아서 신뢰할 수 있을 것 같아."

"완전히 거짓말은 아니라는 건가요. 뭐, 좋아요. 다음 이야기로 넘어가죠. 쿠로하 선배님, 시로쿠사 선배님뿐만이 아니라 저에게도 할 말이 있으신 거죠?"

로열 밀크티를 잔 받침에 두며 마리아가 풍성한 머리칼을 가슴 앞에서 만지작거렸다.

쿠로하는 아이스 커피와 오렌지 주스가 담긴 음료를 빨대로 잘 섞으며 한 입 마셨다.

"아까도 말했지만 다른 사람 앞에서 눈에 띄는 행동을 하는 건 자제해 줘. 모모는 연예인이라서 영향이 지나치게 클 것 같으니까. 이거, 모모를 위한 말이라고도 생각하는데."

"그럼 모모도 조건을 걸고 싶은데요…… 쿠로하 선배님, 모모도 알고 있어요. 그 '좋아한다고 말하는 게임'."

"응? …………그게 뭐야? 자세히 듣고 싶은데."

시로쿠사가 쿠로하에게 살의를 보냈다.

그러나 쿠로하는 혀를 빼꼼 내밀며 시선을 돌렸다.

"무슨 말이야? 난 모르겠는데?"

"이래서 쿠로하 선배님은……. 그 어미에 '좋아해'를 붙이는 조신하지 못한 그거 말이에요."

"뭐어?! 어미에 '좋아해'를 붙여?!"

말도 안 되는 것을 본 것처럼 시로쿠사의 눈이 커졌다.

쿠로하가 어깨를 으쓱이고는 검지로 턱을 짚으며 미소 지었다.

"——뭔가 불만이라도 있어?"

"당연히 있죠! 엄청나게 있어요! 말이라고 하세요?!"

"애가 진짜……! 열 시간 정도 설교해서 걸레처럼 쥐어짜고 싶어!"

고성이 복도까지 새어 나와서 점원이 힐끔 들여다보았다. 그러나 룸 안의 상황을 보고 "히익." 하고 작게 비명을 지르며 바로 도망쳤다.

흥분한 나머지 청초한 모습을 내다 버린 채 숨을 헐떡이며 마리아가 강한 어조로 말했다.

"……아무튼 모모는 그 게임을 금지하기를 요구하겠어요!"

"찬성! 이의 없이! 대친성이야!"

"아, 흐음, 그런데 애초에 왜 내가 너희 말을 들어야 하는 건데?"

"그렇다면 쿠로하 선배님도 요구할 권리가 없잖아요!"

"……그렇긴 해. 하지만 그만두는 건 싫어. 다른 조건이라면 고려해 줄 수도 있지만."

"큭…… 쿠로하 선배님처럼 버거운 상대는 처음이에요."

"그래? 모처럼이니 칭찬으로 들어 둘까."

출구가 없는 미로 속에서 헤매는 듯한 답답함이 감돌았다.

그런 가운데 새롭게 분위기를 환기시킨 건 시로쿠사였다.

"너희 '삼방일량손(三方一兩損)'이라는 옛날이야기를 알아?"

"……모모는 몰라요."

"……나는 제목은 아는데 내용은 몰라."

두 사람의 반응을 보고 시로쿠사가 이야기를 시작했다.

"어느 미장이가 세 냥을 주웠는데 떨어트린 사람이 목수라는 것을 알고 돌려주려 했더니 목수는 성미가 급한 사람이어서 돈을 포기하고 있었다며 필요 없다고 말했어. 그런데 미장이도 마찬가지여서 자신도 받을 수 없다고 하길래 오오카 에치젠이라는 명판관이 판결을 내리게 되었지. 오오카 에치젠은 어느 쪽의 말도 일리가 있으니 자신이 한 냥을 내서 넉 냥으로 만들어 원래라면 세 냥을 가져야 하는 미장이와 목수가 각각 두 냥씩 받고 한 냥씩 손해를 보는 것으로 해. 그리고 오오카 에치젠도 한 냥을 냈으니 한 냥을 손해 봐. 이걸로 모두가 공평하게 한 냥씩 손해를 본 것으로 해결하게 되었지. 뭐, 마무리로 나오는 말장난은 생략하도록 할게."

"그렇군요. 이해했어요. 요컨대 시로쿠사 선배님은 모두가 한 가지씩 양보하며 평등하게 요구를 받아들여야 한다는 거죠?"

"그런 거야. 적어도 시다 양처럼 일방적인 요구를 하면 절대로 누구도 받아들이지 못하겠지. 그것만큼은 확실할 테니까."

"……알았어."

쿠로하가 수락함으로써 이야기는 각자가 무엇을 양보할 지로 넘어갔다.

그리고 30분 정도 토의한 뒤에 결론이 나왔다.

"그럼 정리할게."

시로쿠사가 종이에 적은 약정의 내용을 읽었다.

"우선 시다 양은 '좋아한다고 말하는 게임을 그만둔다'."

"……알았어. 일단은."

"잠깐! 일단이라고 말했지?! 그런 건 용납 못 해!"

"칫."

"혀도 차지 말고!"

시로쿠사는 심호흡을 해서 호흡을 진정시키고는 이어서 말했다.

"모모사카는 '소란이 일어날 만한 경솔한 행동을 금지'. 구체적으로 예시를 들지는 않겠지만 나와 시다 양이 옐로카드를 세 번 내면 그 즉시 스짱과 어떠한 접촉도 못 한다고 알고 있어."

"……어쩔 수 없네요."

"마지막으로 나는 '스짱과의 동거를 교대제로 하는 것을 인정한다'. 단, 조건으로써 감시역은 시온으로 고정하기로. 괜찮지?"

"알았어."

"우선 오늘은 나. 내일 목요일은 모모사카. 모레 금요일은 시다 양. 이 순서는 스짱의 오른손이 나아서 동거가 필요 없어질 때까지 고정이야."

"예~. 아, 한 가지를 잊었어요! 시로쿠사 선배님이 스에하루 오빠의 교실에서 밥을 먹여 주는 것도 금지해 주셨으면 하는데요!"

시로쿠사가 눈썹을 씰룩였다.

그러나 마리아를 다독인 건 쿠로하였다.

"그건 걱정하지 마. 다음에 우리 반에서 또 그러면 내가 제지할 테니까."

"……하실 수 있으세요? 싸움만 날 것 같은데요."

"카치 양은 대의명분이 있으면 엉뚱한 행동이 가능한 타입으로 보인단 말이지."

쿠로하가 시로쿠사에게로 시선을 옮겼지만 시로쿠사는 에스프레소를 입에 대었을 뿐이었다.

"이번에 대담한 행동을 할 수 있는 것도 '하루가 다쳤기 때문에' '그렇게 된 원인이 자신에게 있으니까'라는 대의명분이 있기 때문이라고 생각해. 반대로 말하면 대의명분이 없을 때는 대담한 행동을 못 한다는 거지. 요컨대 이 부분만 무너트리면 그런 행동은 못 할 거야."

"해 보시지그래."

시로쿠사가 새치름하게 말하자 쿠로하가 생긋 웃었다.

"그럼 또 같은 행동을 하면 '카치 양, 하루를 돌보는 건 내가 해도 되는데 그렇게 하고 싶은 거야? 그 정도로 하루가 좋아?' 하고 다들 보는 앞에서 말할 거야."

시로쿠사의 얼굴이 빨갛게 달아올랐다.

"너, 너 말이지! 그, 그런 말을 해 버리면 절망에 몸부림치게─."

"거 봐, 못하겠지? 자, 그럼 이 이야기는 끝~."

"거기까지 꿰뚫어 보고 계시다니…… 역시 쿠로하 선배님은 얕볼 수 없네요……."

팔짱을 끼고 미간에 주름을 잡고 있던 마리아가 돌연히 가슴 앞에서 손바닥을 마주쳤다.

"아, 조금 다른 이야기인데 해도 될까요?"

지금까지와는 전혀 다른 긴장감 없는 어조였다.

긴장된 분위기가 단숨에 누그러져서 쿠로하는 눈을 깜빡였다.

"상관없는데 무슨 이야기야?"

"테츠히코 선배님이 말했던 다큐멘터리 이야기예요."

"그거 스짱의 의향에 달려 있을 텐데?"

"물론 스에하루 오빠의 수락이 전제지만 아이디어가 떠올라서 두 분의 동의를 얻을 수 있을까 해서요."

"……그렇다는 말은 우리와 관련된 아이디어야?"

쿠로하의 물음에 마리아가 고개를 끄덕였다.

"저희 세 사람은 오빠의 과거에 관여되어 있잖아요? 그것도 각자가 다른 시점에서."

"그래, 그런 말이구나."

시로쿠사는 에스프레소 컵 테두리를 검지로 문질렀다.

"요컨대 우리가 각자 인터뷰어가 되어 스짱의 과거를 알아보는 다큐멘터리는 어떻냐고 제안하고 싶은 거지?"

"시로쿠사 선배님도 척하면 척이시네요. 기획과 시나리오만큼은 대단하세요."

"이 애는 정말이지……. 만큼은, 이라는 건 모욕하는 거야?"

"모욕하는 건 아니지만 조금 얕보고 있어요."

"너 정말!"

"그렇게 한다 치면 누가 어떤 과거를 알아보는 건데?"

분개하려던 시로쿠사는 쿠로하의 물음에 선수를 잡혀서 한숨을 내쉬며 도로 앉았다.

"나는 스짱이 유명해진 시기…… '차일드 스타' 이후 무렵을 할 수 있게 해 준다면 불만은 없어."

"뭐, 시로쿠사 선배님은 스에하루 오빠와 알고 지낸 시기가 가장 짧으니 그것 말고는 무리겠죠."

"정말 사사건건 말꼬리를 잡는단 말이지……."

"나는 하루의 사생활이라면 거의 전부 알고 있으니까 넓게 커버할 수 있는데……."

쿠로하는 구태여 거기서 말을 끊고 마리아에게 배턴을 넘겼다.

"이번 다큐멘터리의 메인은 어디까지나 스에하루 오빠가 연예계에서 사라진 이유예요. 그렇다면 연예계 시점에서 어머님의 사고 전후를 봐야 할 필요가 있겠죠. 그 부분에 초점을 맞출 수 있는 과거를 아는 건 모모뿐이에요. 그러므로 그 부분은 모모가 맡겠어요."

"그렇다면 내가 은퇴 후의 하루에 관해서겠네. 조금 걸리는 부분은 있지만…… 퇴짜를 낼 정도는 아니니까 이의를 제시하지는 않겠어."

세 사람이 서로를 보며 고개를 끄덕였다.

이걸로 스에하루가 다큐멘터리를 수락한 경우의 제작 방법은 합의가 이루어졌다. 군청동맹은 다섯 명밖에 없어서 이걸로 과반수는 확보되었다. 요컨대 이 논의로 다큐멘터리의 제작 방법이 결정되었다고 할 수 있었다.

다만 세 사람이 각자 마음속으로 떠올리고 있던 생각은 '합의'라고 말하기에는 너무나도 동떨어져 있었다——.

'설마 계기가 이렇게 넝쿨째 굴러오다니…… 이거라면 승부를 걸 수 있겠어. 모모도 카치 양도 자신이 이득을 봤다고 생각할지도 모르겠지만 가장 이득을 본 건 틀림없이 나야…….'

그런 생각을 들키지 않게 쿠로하는 어디까지나 부드럽게 웃었다.

'이건 큰 기회야. 이 기획이라면 스짱이 떠올려 줄지도 몰라. 그날의 일을. ……그리고 알아줬으면 좋겠어. 내가 어떤 심정이었는지—— 그러면 내 마음은 분명 스짱에게 전해질 거야…….'

시로쿠사는 잠시 눈을 감고는 간절히 빌었다.

'후후후, 두 분 모두 감쪽같이 속아 넘어가셨네요. 두 분에게는 죄송하지만 이번 기회는 제가 가져가겠어요……. 다큐멘터리가 실현되면 승리로 이르는 레일에 오른 거나 다름없죠…….

아차차, 그러니 사악하게 웃지 않게 조심해야겠네요…….'

마리아는 한순간의 명상으로 정신을 평안한 상태로 되돌리며 다음 순간에는 순진무구한 웃음을 지었다.

"""후후후……."""

세 사람은 서로의 안색을 살피며 웃었다.

이렇게 소동의 씨앗을 남긴 채 소녀들의 밀담은 끝을 맺었다.

제2장
그건 사랑의 도피행이었다

＊

…….

………….

……………….

이건 꿈이다. 어머니가 옆에 있는 게 그 증거다.

그리운 기분이었지만 이상하게도 몸이 자유롭게 움직이지 않았다.

'엄마는 왜 아빠랑 결혼했어?'

기억에 있는 말이었다. 그래서 과거의 기억 속에 들어간 상태라는 것을 금방 깨달았다.

내 기억이 옳다면 이건 촬영 현장으로 이동하는 차 안에서 있었던 대화일 것이다.

이 무렵에 나는 차일드 스타가 히트해서 많이 바빠진 상태였다. 그걸 어머니는 크게 기뻐했지만 아버지는 특별히 반응하지는 않았다. 원래부터 무표정이고 내킬 때만 다양한 것을 가르쳐 주는 아버지를 나는 잘 알 수 없었다.

아버지와 어머니의 다른 반응에서 성격의 차이가 느껴졌기에 어째서 결혼한 거냐는 의문이 떠올랐다. 그래서 솔직하게 물어

본 것이었다.

'후후후.'

어머니는 의미심장하게 웃으며 대답했다.

'실은 아빠에게 열렬한 대시를 받았다는 것도 있지만…….'

'정말로?!'

언제나 무표정인 아버지의 행동처럼 느껴지지 않았다.

'하지만 좀 더 단순하면서도 무척 복잡하고, 그런데도 한 마디로 설명할 수 있는 이유가 있단다.'

그렇게 운을 떼며 살짝 부끄럽다는 듯이, 그래도 자랑스럽다는 듯이 말했다.

'──사랑해서야.'

이때가 초등학교 4학년이어서 깨를 볶는 이야기라는 건 알 수 있었다. 솔직히 좀 어이가 없었다.

그러나 무엇보다도 당당하게 그런 깨를 볶는 이야기를 하는 모습을── 동경했다.

어머니가 행복하다는 것을 알 수 있었다. 자신도 그렇게 행복해지고 싶다고 생각했다.

그래서 언제부터인가 나는──.

………………

…………

……

"하루, 일어나. 시간 다 됐어."

"쿠로……? 으음, 졸린데……. 오늘 토요일이지……? 좀 더 자게 해 줘……."

"클럽 활동 있잖아. 차암, 어쩔 수 없다니까. 조금만이야?"

기척이 멀어져 갔다.

나는 안심하며 다시 꿈으로 빠져들었다.

"………………………일어나세요, 마루 씨."

"……조용히 좀 해."

내가 몸을 뒤척이며 목소리의 주인에게서 등을 돌리자 침대가 걷어차였다.

"으악?! 뭐야?!"

올려다보자 눈이 마주쳤다. 오라기였다.

오라기는 평소 모습에서는 생각할 수 없는 온화한 미소를 짓고 있었다.

"안녕하세요, 마루 씨. 아침이에요. 얼굴을 씻고 오는 게 어때요?"

이상한데…… 너무 얌전해…… 이래선 제대로 된 유능한 메이드 같잖아…….

뭘까…… 뭔가 불길한 예감이 드는데…….

오라기의 시선은──── 내 깁스인가.

시선을 오른손으로 떨어트리자 깁스에 '천재 시온 등장!' 하고 적혀 있었다.

"……야."

"왜 그러세요? 미리 말해 두겠는데 제가 쓴 게 아니에요."

"뭐? 자기 이름 써 놓고 발뺌할 수 있으리라 생각하는 거야?"

"그렇게 주장하신다면 증거를 제시하세요. 증거 말이에요, 증거. 없나요? 그럼 저는 무죄죠? 아~ 난 역시 천재야. 곤란한데. 세계의 정상에 서겠어."

끝내준다. 기겁할 정도로 짜증 나.

이러는 게 연하인 레나라면 아이언 클로라도 한 방 먹이겠지만 동급생 여자애에게 하는 건 조금 주저되었다.

그래서——.

"알았어. 그럼 필적 감정을 해 볼까."

"……………예?"

"시로에게 부탁하면 오라기가 쓴 노트 정도는 간단하게 손에 들어올 테니까. 프로에게 보여 줘서 확실하게 따지자. 응, 그렇게 하자."

"예? 아뇨, 아, 그건 좀…….."

"무죄라며. 그럼 괜찮잖아. 만약 유죄라는 게 밝혀지면 각오해. 사람을 만날 때마다 이 깁스를 보여 주며 '이렇게 머리가 이상한 애가 있어'라며 조리돌림을 해 줄 테니까."

"노, 농담이시죠……? 귀여운 시온에게 그런 심한 짓을 하지는 않을 거죠……?"

이미 이 시점에서 자백한 거나 다름없지만 나는 마무리 일격을 날렸다.

"응~? 지금 당장 사과하면 감정하는 것도 귀찮으니 그만둘수도 있는데? 어쩔래~?"

오라기가 울상이 되어 바들바들 떨더니 눈을 내리깔았다.

"죄, 죄송······················하다고 말할 줄 알았
나요!"

오라기가 메이드복의 주머니로 손을 뻗었다.

주머니에서 꺼낸 건── 검은 매직펜이었다.

그리고 잽싸게 매직펜의 뚜껑을 연 오라기가 느닷없이 달려들
었다.

"······?!"

그 기세에 침대에 밀려 넘어졌다.

아무리 그래도 여자애가 달려드는데 동요를 감출 수 있을 리
가 없었다. 난폭하게 뿌리치는 것도 주저되었다.

게다가 오라기······ 엄청나게 힘이 세! 운동신경이 좋은 것일
지도 모르겠다.

"흐흐흥! 이걸로 어때요!"

오라기가 승리의 파이팅 포즈를 취했다.

어느 사이엔가 깁스의 일부가 새카맣게 덧칠되었다.

"저기 말이야······."

"뭔가요?"

"자세······."

오라기가 내 배 위에 앉았다. 그런 자세로 승리의 웃음을 짓거
나 파이팅 포즈를 취한 것이다.

정신을 차린 오라기의 얼굴이 붉게 물든 차에──.

"하루, 아까부터 소란스러운데──."

소동을 듣고 찾아온 쿠로하가 문 앞에서 얼어붙었다.

"⋯⋯⋯⋯⋯⋯⋯."

눈을 가늘게 좁히는 쿠로하가 무서웠다. 정말로 무서웠다. 아무튼 엎드려 빌고 싶었다. 그런데 오라기가 배 위에 올라타서 왼팔 하나로는 치울 수가 없었다. 살려 주세요.

그러고 있으니 무슨 생각을 했는지 오라기가 훌쩍거리기 시작했다.

"⋯⋯그게요⋯⋯ 마루 씨가⋯⋯ 강제로⋯⋯."

"뭐어어어어어어어어어?!"

요 녀석이 뭔 말을 하는 거야?!

"⋯⋯⋯⋯⋯⋯⋯하루, 설명 좀 해 줄래?"

"쿠로! 진정해! 이 위치를 봐 봐! 내가 밀려 넘어진 쪽이잖아! 그리고 오른손도 못 쓰는데 내가 뭔 짓을 할 수 있을 것 같아?!"

"⋯⋯뭐, 그렇긴 하네."

"칫, 아쉽게 됐네요."

오라기가 전혀 뉘우치는 기색도 없이 혀를 찼다.

"그래도 아까 마루 씨의 얼굴이⋯⋯ 엄청나게 웃겼는데 말이죠~. 쿡쿡~."

"⋯⋯너 이따가 반드시 배로 갚아 줄 테니까 각오하고 있어."

"그러세요~? 할 수 있을 것 같나요⋯⋯? 아, 손이 미끄러졌어요!"

그런 소리를 하며 오라기가 내 깁스를 손날로 때렸다.

"아얏?!"

그리고 자폭했다. 깁스가 딱딱하다는 것을 잊어버린 걸까⋯⋯.

"왜 그렇게 모자란 거야……. 그리고 너무 비겁하잖아! 심보가 고약해!"

"이기면 장땡이니까요!"

"이기지도 못했잖아! 실패했잖아!"

"어디 가요? 저는 져 본 적이 없는데요? 마루 씨는 정말 바보같네요!"

한마디도 지지 않는 오라기를 보며 화를 삭이고 있으니 쿠로하가 오라기의 어깨를 손으로 짚으며 타이르듯이 말했다.

"우선 거기서 비켜. 경망스러우니까."

우쭐해진 탓에 상당히 위험한 자세라는 것을 깜빡한 모양이다.

오라기가 얼굴을 붉히며 황급히 내 배 위에서 내려왔다.

그런 오라기의 목덜미를 쿠로하가 붙들었다.

"그리고 해도 괜찮은 짓과 해서는 안 되는 짓이 있는데……알겠어? 모르지? 그럼 지금부터 이야기를 좀 해 볼까."

"저, 저기, 시다 씨? 조, 조금만 상냥한 표정을 지어 주시면 감사하겠는데요……."

"해서는 안 되는 짓을 해 버리는 위험한 애도 이해할 수 있도록 행동하고 있다고 생각하는데?"

"요, 용서해 주세요……. 저, 저기요, 심한 짓은 하지 말아 주세요……."

"심한 짓을 할 생각은 없는데? 그저 가르쳐 주려는 거야……."

"뭐, 뭐를 가르쳐 주신다는 건가요……?"

"세상의 상식과 여자애가 해서는 안 되는 일들."

"마루 씨 살려 주세요오오오오! 사과할게요오오!"

쿠로하에게 끌려가는 오라기의 간절한 부탁을 나는 깔끔하게 무시했다.

뭐, 당연하지. 자업자득이다.

내가 왼손만으로 염불을 외는 포즈를 취하자 오라기가 혀를 찼다.

"정말 하등 쓸모가 없네요."

불굴의 정신이시구만그래.

죽을래?

거실 구석에서 넋이 나간 오라기가 벽을 보며 무릎을 모으고 앉아 있었다.

쿠로하에게 혼났기 때문인데 무슨 짓을 당했는지는 겁이 나서 물어볼 수가 없었다.

"자, 하루. 된장국."

"고마워."

오라기+쿠로하, 시로쿠사, 마리아 중 한 명이 묵는다는 체제가 되고 며칠이 지났다.

첫날은 세 사람이 몰려와서 크게 옥신각신한 끝에 시로쿠사가 묵고 갔는데 아무래도 세 사람 사이에 합의가 있었는지 수요일에 시로쿠사, 목요일에 마리아, 그리고 어제부터 오늘에 걸쳐 쿠로하가 묵었다.

그런 순서로 돌아가는 건지 오늘 밤은 시로쿠사 차례였다.

"……맛있네."

당연하게도 된장국을 끓인 건 오라기였다.

이상하게도 오라기가 만드는 요리는 맛있었다. 그런 성격인데 맛있는 요리를 만들 줄 알았다. 정말로 요리의 세계는 심오하다.

"쿠로는 여전히 남을 잘 돌보네."

내가 무심히 중얼거리자 쿠로하가 눈을 깜빡였다.

"차암, 아부 안 해도 되는데."

그렇게 말하면서도 기분이 풀렸다. 귀가 쫑긋거리는 게 그 증거였다.

"아부하는 거 아니야. 먹기 쉽게 내 된장국에는 두부만 떠 줬잖아."

보기에 된장국의 건더기는 두부와 미역이었다. 그런데 두부만 떠준 건 왼손으로는 미역을 집기 어렵고 그릇에 남으면 국물을 마시기 힘든 것을 고려했기 때문이겠지. 그런 자연스러운 배려가 쿠로하답다고 생각했다.

"딱히 대단한 걸 해 준 것도 아닌데."

"그 밖에도 앉을 때 의자를 당겨 줬잖아."

"됐어. 내가 그러고 싶었던 것뿐이니까."

쿠로하는 남을 돌보는 것을 좋아했다. 방금 한 말이 억지로 하는 말이라면 내가 스스로 하겠지만 정말로 하고 싶어 한다는 것을 알았다. 그래서 솔직하게 감사를 전하기로 했다.

"고마워."

"다쳤으니 이 누나에게 다 맡기렴."

쿠로하가 콧노래를 부르면서 내 등 뒤로 오더니 내 머리카락의 냄새를 맡으며 자연스럽게 어깨를 주물렀다. 뭉친 부분을 콕 집어서 기분이 좋았다.

이런, 쿠로하 누나에게 모든 것을 맡기는 건 위험하다. 평안함에 빠져서 나태해질 것만 같았다.

그래서 화제를 바꿔 봤다.

"쿠로, 오늘 클럽 활동 몇 시부터였더라?"

"아홉 시. ……그러고 보니 오늘은 어떤 결론을 내릴 거야?"

목소리에 살짝 그늘이 졌다.

쿠로하는 내 어깨를 주무르던 손을 멈춰 어깨에 올린 채 위로 얼굴을 내밀며 내 옆얼굴을 바라보았다.

"저기, 쿠로…… 좀 가까운데."

"아, 미안……."

왠지 쑥스러워져서 서로 고개를 돌렸다. 그러고 나서 조금 진정되었나 싶어서 쿠로하를 살펴보니 쿠로하도 똑같은 행동을 하고 있었다. 동시에 시선이 마주쳐서 또다시 서로 쑥스러워했다.

──그리고 그때.

"삐이이이익! 잠깐잠깐! 거기! '러브 협정 위반'이에요!" 휘슬 소리가 거실에 울려 퍼졌다.

"시끄럽거든?!"

나는 무심결에 소리치고 있었다.

이거 풀장 같은 데서 쓰는 거라서 귀를 막고 싶을 정도로 시끄럽다. 오른손을 쓰지 못하니 귀를 막을 수 없어서 손이 부자유스럽다는 괴로움이 몸에 사무치게 느껴졌다.

참고로 러브 협정이란 오라기가 멋대로 꺼낸 말로, 잘은 모르겠지만 여자애들과 내가 좋은 분위기가 되면 이 협정에 위반되는 모양이었다.

"으으으——."

쿠로하가 복잡한 표정을 지었다. 화내고 싶지만 화내기 곤란하다는 듯한 분위기였다.

뭐, 아무튼 이렇게 휘슬 소리가 들리면 분위기가 와장창 깨진다. 오라기가 개입하면 언제나 이런 느낌으로 힘이 빠져 버렸다.

나는 이야기를 되돌렸다.

"쿠로, 결론이란 건 다큐멘터리를 찍을지 말지 말이야?"

"응."

쿠로하도 마음을 다잡았는지 진지한 표정으로 돌아와서 고개를 끄덕였다.

"계속 망설였는데…… 실은 오늘 꿈을 꿨거든."

"어떤 꿈?"

"어머니의 꿈. 아버지와 깨를 볶는 이야기를 했었어. 그런데 이게 뭔가 암시 같은 건가 해서."

"마음을 정리하는?"

"응. 그래서 수락할까 해. 물론 매스컴이 멋대로 구는 건 싫으니까 군청동맹으로써 찍겠지만."

"……하루가 괜찮다면 상관없다고 생각해."

"너 처음에는 반대하지 않았어?"

"그건 의도치 않게 하거나 이득을 바라고 하는 건 좀 아니라고 생각했기 때문이야. 하루가 진지하게 마음의 정리를 할 생각이라면 반대할 수는 없지. 그리고 나도 생각을 해 보니 옛날 일을 떠올리는 것도 괜찮겠다 싶어서."

"옛날 일이라니 언제쯤 말이야?"

"그건……."

그때 휴대전화가 울렸다. 아침 댓바람부터 누군가 해서 확인해 보니 테츠히코였다.

"왜, 테츠히코."

"젠장, 당했어……! 분명 그 자식 짓이야……!"

테츠히코답지 않았다. 이 정도로 눈에 띄게 냉정함을 잃다니 테츠히코가 아닌 것 같았다.

평소라면 겉으로는 표표하게 행동하는데 지금은 마음의 동요를 조금도 감추지 못했다. 그리고 애초에 '그 자식'은 누구를 말하는 건지. 도무지 알 수 없는 상황이었다.

"지금 사진 보낼게. 흥분하지 말고 봐. 이 일에 관해서는 오늘 클럽 활동에서 대책을 세울 거고 그 전에 소이치로 아저씨께 연락해 둘게."

"대체 뭐길래 그러는 건데⋯⋯."

"아무튼 일단 봐. 전화 끊는다."

일방적으로 말하고 일방적으로 끊었다.

"뭐야, 이 녀석⋯⋯."

"테츠히코 군이야? 뭐래?"

"일단 사진을 보라던데."

이야기하는 사이에 핫라인의 군청동맹 단체방에 한 장의 사진이 올라왔다.

아무래도 신문 광고를 촬영한 사진인 듯했다.

사진을 열어 보자 주간지의 광고라는 것을 알 수 있었다.

그리고 각종 정보를 훑어보다가 그중 한 문장에서 시선이 멈췄다.

무슨 말인지 이해했다. '그 자식'도 누구인지 바로 깨달았다.

테츠히코가 당황하는 것도 당연했다. 나도 평정심을 잃을 것 같았다.

"하루⋯⋯?"

내 표정을 보고 이변을 깨달았는지 쿠로하가 내 어깨를 손으로 짚었다.

사진 속의 주간지 광고에는 이렇게 적혀 있었다.

『마루 은퇴의 진실! 감춰진 모친의 죽음! 이렇게 대인기 아역은 텔레비전 방송에서 사라졌다!』

부실은 기묘한 침묵과 긴장감에 감싸였다.

단순한 침묵과는 달랐다. 분화 직전인 화산 같은 것으로, 모두가 침묵 속에서 분노하는 것을 말하지 않아도 표정으로 알 수 있었다.

"우선 내가 상황을 설명하는 편이 좋을 것 같네."

사회자로서 화이트보드 앞에 선, 아마도 군청동맹 다섯 명 중에서도 가장 침착한 인물일 터인 테츠히코가 천천히 입을 열었다. 내게 전화를 걸어 왔을 때는 테츠히코도 상당히 당황했지만 부실에 모이기까지 시간이 있었던 덕분에 침착함을 되찾은 듯했다.

하지만 나는 그러지 못했다. 심장이 쿵쿵 뛰었고 손도 떨려서 진정되질 않았다.

강한 분노를 느끼고는 있지만 동시에 공포도 느끼고 있었다.

이 특종에 세상이 어떠한 반응을 보일지 전혀 예측되지 않았다.

며칠 만에 아무 일도 없었던 것처럼 넘어갈지도 모른다. 반대로 매스컴이 들이닥쳐서 여기저기 들쑤실지도 모른다.

어떻게 될지 알 수 없다는 공포가 다리를 후들거리게 했다.

"스에하루에게 보낸 사진은 인터넷에서 찾은 거야. 모 신문의 광고를 촬영한 거지. 그런고로 이미 게시판에서 화제가 되었어. 지금은 9시 10분인가. 아직 기세가 크지는 않지만 서점이

열리기 시작할 즈음부터 기사 내용에 따라선 기름이 끼었길 지도 몰라. 문제의 주간지는 레나더러 역의 매점에서 사다 달라고 했어.”

“테츠 선배, 사 왔어요!”

그렇게 이야기를 하는 사이에 레나가 부실에 뛰어들어 왔다.

바로 테이블 위에 펼쳐서 함께 읽어 보기로 했다.

『── ‘차일드 킹’ 의 주인공역과 모친역을 마루와 그의 모친…… 즉, 진짜 모자가 맡았다는 사실을 아는 사람이 얼마나 있을까.』

『──1화에서 주인공의 모친이 차에 치여 사망하는데, 놀랍게도 마루의 모친이 이때의 촬영 사고로 사망한 사실이 관계자 조사로 판명되었다.』

『──설마 사람이 죽는 장면에 정말로 사람이 죽는 영상을 쓰디니 경악할 일이다. 드라마 제작 관계자에게는 피도 눈물도 없는 것인가.』

『──그 사실을 생각한다면 마루의 열연에는 눈물을 금할 길이 없다. 모친의 꿈을 실현해 주기 위해서 마루는 감정을 숨기고 카메라 앞에 선 것이다.』

『──마루의 고뇌와 정신적 부담은 상상도 할 수 없다. 연기를 못 하게 된 것도 어쩔 수 없는 일이리라. 이런 상황까지 몰아붙인 주변 어른들의 비상식적인 행동에는 분노를 금할 길이 없다. 지금 당장 관계자 전원이 마루의 집 앞에 가서 나란히 무릎

꿇고 비는 것이 옳은 일이지 않을까.』

한 차례 전부 읽은 나는 무심결에 한숨을 내쉬었다.

지나칠 정도로 나를 칭찬하고 부모의 원수라는 것처럼 스태프를 매도했다.

걱정하던 것이 그대로 적혀 있다는 인상이었다.

"나는 내 고집으로 드라마를 마지막까지 끝마쳤다고 생각해서 스태프분들께는 오히려 감사하고 있는데 말이지……."

나를 건드리는 건 그나마 괜찮다. 그러나 고생시킨 스태프분들을 욕하는 것에는 노여움을 금치 못했다.

"게다가 뭐라고 할까, 칭찬이 지나쳐서 기분 나쁜데. 악의밖에 안 느껴져."

"나로서는 이 기사를 내보내는 데 스에하루에게 연락이 없었다는 부분이 제일 틀려먹었다고 봐. 사람이 죽은 사건을 폭로하는 데 유족의 허락도 구하지 않는다는 건 말이 안 되지."

동감이라는 것처럼 쿠로하, 시로쿠사, 마리아가 고개를 끄덕였다.

"테츠히코, 역시 이건——."

"단언할 수는 없지만 뭐, 그 쓰레기 사장 놈—— 하디 슌이 뒤에 있을 거야. CF 승부로부터 열흘 정도…… 타이밍도 그렇고, 내용도 그렇고, 의심하지 않는 게 더 어렵지."

"슌 사장님…… 잘도 저질러 주셨네요……. 모모의 경고를 우습게 생각한 대가를 치러 주셔야겠어요……."

평소에는 여유로 가득한 미소를 짓는 마리아가 굳은 얼굴이었다. 목소리도 살짝 떨리며 분노를 감추지 못했다. 연기가 능숙한 마리아가 이럴 정도이니 얼마나 화가 났는지 짐작되었다.

"아니, 마리아는 움직이지 않는 편이 좋아."

테츠히코가 바로 찬물을 끼얹었다.

눈꼬리가 올라간 마리아가 감정을 폭발시켰다.

"어째서죠……?! 스에하루 오빠가 이런 짓을 당했는데 모모가 가만히 있을 수는 없어요……!"

나는 놀랐다. 고등학생이 된 마리아가 격앙한 모습은 처음 보는 것 같았다.

"그 자식이 함정을 치고 마리아가 개입하기를 기다리고 있을 것 같은 기분이 든단 말이지……. 우리는 스에하루를 잘 아니까 이딴 식의 기사를 싫어하리란 것을 알지만 모르는 사람들에게는 스에하루를 옹호하는 기사로밖에 보이지 않잖아. 스에하루에게 허락을 받았는지 어떤지는 기사를 읽는 녀석들에겐 상관없는 일이고 알 여지도 없으니까. 요컨대 이 기사는 스에하루의 주변인들을 정확하게 노리고 도발해서 정신적인 대미지를 가하려 하고 있어. 그렇다면 함정을 쳐서 기다린다고 생각하는 편이 자연스럽지 않아?"

"──!"

마리아의 말문이 막혔다.

"'선의를 가장한 악의'라는 거지. 이런 건 성가시다고. 마리아가 전면에 나서서 기사를 내리려고 들면 마리아가 실은 스에하루를 싫어해서 스에하루의 오명이 씻기는 걸 방해하려 한다고 억측하는 녀석이 나와도 이상하지 않아. 아니, 그 쓰레기 사장 놈이라면 그런 이야기를 날조해서 불붙이고 다니는 짓 정도는 태연하게 할 거야."

그게 테츠히코가 말한 '함정'인가.

만약 그게 사실이라면 나에게는 정신적인 대미지를 주고 마리아의 이미지에 흠집을 내는 데도 유효한 책략이었다.

"아마 추적해 봐도 그 쓰레기 사장 놈에게는 다다르지 못하겠지. 익명으로 주간지에 정보를 보내기만 해도 충분하니까. 진위를 확인해 보니 금방 진실이라는 것을 알게 되어서 기사로 채용했다는 패턴인가? 그러니 정상적인 방법으로 추적해도 소용없고 자칫 잘못하면 우리 스스로 불을 키우는 꼴이 될지도 몰라. 그 자식다운 추잡한 수법이라고 생각해."

"확실히…… 그런 위험성은 있네요……. 죄송해요. 조금 흥분했던 모양이에요……. 스스로 그런 가능성을 떠올리지 못한 게 분해요……."

테츠히코가 자신의 관자놀이를 검지로 찔렀다.

"마리아가 금방 떠올리지 못한 것도 어쩔 수 없는 일이야. 나와 마리아는 '발상이 다르니까'. 나는 악당이니까── 악당의 수법이 잘 보이는 거지."

기이한 설득력에 모두가 입을 열지 못했다.

테츠히코가 같은 편이어서 다행이라며 이 자리에 있는 모두가 생각했다는 것이 느껴졌다.

"테츠히코 군, 그렇게 말한다는 건 대항책도 이미 있는 거야?"

쿠로하는 침착해 보였다. 하지만 냉정한 건 겉모습뿐이고 날카로운 눈초리를 통해 마음속으로는 부글부글 끓고 있다는 것을 알 수 있었다.

테츠히코가 씨익 하고 소악당 같은 웃음으로 답했다.

"물론이지. 조금 뜻밖의 전개도 있었거든. 스에하루가 수락한다면 적절하게 반격할 수 있어."

"내가?"

"그래, 네가 수락하지 않으면 이 방법은 취소야."

"그 방법이라는 걸 설명해 주겠어?"

검은 니하이삭스를 신은 기다란 다리를 반대로 꼬며 시로쿠사가 물었다.

테츠히코가 때때로 화이트보드에 요점을 적으며 이야기하기 시작했다.

"저번에 스에하루의 과거를 다큐멘터리로 찍는다는 아이디어와 '차일드 킹'의 진 엔딩을 만든다는 아이디어를 세트로 해서 방송국에 타진한다는 이야기를 했었지?"

"오, 맞다. 그거 어떻게 되었어?"

"다큐멘터리 방영은 반년 이상 뒤라면 가능성이 없지는 않은 모양이지만 기본적으로는 안 될 것 같아. 뭐, 그것도 당연한 게 프로그램 편성까지 변경하며 아마추어가 만든 다큐멘터리를 방송한다는 건 말이 안 되니까."

"그야 그렇지."

제안하는 건 자유니까 나도 반대는 안 했지만 결과를 들어 보니 당연했다. 아무리 그래도 아마추어 고등학생이 만든 다큐멘터리를 방송국에서 내보낸다는 건 있을 수 없는 일이었으니까.

"진 엔딩 쪽은 다큐멘터리보다 긍정적인 분위기였지만 역시 안 될 것 같아. 내용 자체는 나쁘지 않지만 '어떤 타이밍에서 방송할지'가 문제인 모양이야."

"아…… 그것도 그런가."

가능한 경우라면 '차일드 킹'의 재방송을 할 때 마지막 엔딩을 바꾼다거나……? 으음, 애니에서 그와 비슷한 사례는 있었지만 신작 게임과 연동되었던 것으로 기억한다. 그렇게 생각하면 이제 와서 엔딩을 바꾸고 화제가 되어도 이득 될 게 없고…… 만약 만든다고 해도 써먹을 타이밍을 잡기가 힘들다.

시로쿠사가 입을 열었다.

"하지만 그걸로 끝이 아닌 거지?"

"그래. 다큐멘터리는 우리끼리 제작한다면 결국 위튜브의 군청 채널에서 공개할 수밖에 없을 것 같은데 실은 진 엔딩은 '어떤 유력 기업'이 하고 싶다고 해 왔어."

"뜸 들이지 말고. 그 '유력 기업'이 어딘데."

내가 묻자 테츠히코가 실로 즐겁다는 것처럼 입꼬리를 올렸다.

"——콜렉트 재팬 TV. 정식 약칭은 CJT. 일반적으로는 콜렉트, 악평을 들을 땐 콜렉트 못하는 TV라고 불리는 곳이지."

""""……?!""""

우리는 무심결에 숨을 삼켰다.

콜렉트 재팬 TV라면 세계의 동영상 스트리밍 서비스에 대항하기 위해 일본의 방송국이 모여서 만든 동영상 스트리밍 사이트의 이름이었다. 이곳에 올라온 동영상은 각종 언어로 번역되어 전 세계 백여 개 이상의 나라에서 공개된다. 말하자면 일본의 방송국이 세계와 싸우기 위해 만든 사이트이며 규모로 말하자면 당연히 개개의 방송국을 능가한다.

"지금 콜렉트는 과거의 명작을 차례차례 번역하며 스트리밍 콘텐츠를 충실히 하고 있어. 그중 대형 타이틀에 '차일드 킹'이 들어있고. 콜렉트 측으로서는 가입자를 늘리기 위해 대형 타이틀과 화제성은 많은 편이 좋을 거야. 인터넷 공개라면 프로그램 편성이라는 제약도 없으니까. 그러므로 진 엔딩의 제작에 투자할 테니까 방송국과 손을 잡고 최고의 작품을 만들었으면 한다고 소이치로 아저씨 쪽으로 제안이 있었던 모양이야."

"아~ 그거라면 이해가 되네."

이야기만 보면 방송국도 아이디어 자체는 재미있다고 느낀 모양이었다. 하지만 '편성할 시간이 없다'는 문제가 치명적이었다.

편성 시간은 중요했다. 영화라면 2시간 전후, 텔레비전 방송에서도 드라마라면 1시간이 기본적인 편성 시간이었다. 이 시간에 맞추지 못하면 명작이라는 소리를 듣는 시나리오도 바꿀 필요가 있었다.

그러나 인터넷 스트리밍은——— '애초에 편성 시간이라는 개념이 없다'.

테츠히코가 손가락을 튕겼다.

"──그래서 결론인데, 대항책으로써 우리는 되도록 빨리 다큐멘터리를 공개해서 '진실은 이렇다' 는 것을 분명하게 세상 사람들에 호소해야 해. 그리고 콜렉트와 손을 잡고 진 엔딩을 만드는 대신 우리가 만든 다큐멘터리를 공개하게 하는 거지. 주간지 쪽을 나쁜 놈으로 만드는 거야. 물론 다큐멘터리가 공개되기 전까지 안 좋은 방향으로 시끄러워지지 않게 인터넷과 텔레비전 방송을 통제시키고 주간지 측이 사죄하도록 협력을 받을 생각이야. 뭐, 보수는 다소 양보하게 되겠지만 상대편도 스에하루가 상처를 받아서 진 엔딩이 없었던 이야기가 될 바에는 도와주려고 하겠지. 이걸로 그 쓰레기 사장 놈의 꿍꿍이는 끝장나는 거야."

마리아가 팔짱을 끼며 고개를 끄덕였다.

"그렇군요……. 거대 기업이 같은 편이 되어 주는 건 무시무시한 임팩트와 강점이 있다고 생각해요……. 모모도 이의는 없어요. 소이치로 아저씨께서 아무리 대기업의 사장님이시고 사무소의 일을 대신해 주신다고 해도 전문가는 아니시니까요. 엔터테인먼트에 강한 기업의 원조…… 처음에는 방송국을 기대했는데 콜렉트 재팬 TV라면 불만은 없어요."

"그렇구나. 그래서 내 허가가 필요하다는 건가."

콜렉트 재팬 TV 측 조건은 내가 진 엔딩에 출연하는 것이다. 당연히 내가 싫다고 하면 성립되지 않는다. 또한 내 과거 다큐멘터리를 공개하는 것도 테츠히코는 처음부터 내 허가가 없으면 할 생각은 없다고 분명히 말했다.

애초에 이 주간지 보도에 내가 '아무래도 상관없어' 하고 말하면 대항 조치를 취할 필요도 없다. 그걸로 끝나는 이야기였다.

그러나 내가 이 보도에 분노하고 슬퍼하는 것을 모두가 이해하기에 제안하고 싶은 것 있었다.

나는 심호흡을 하고 자리에서 일어났다.

"──다들 힘을 빌려줘."

나는 분명하게 말했다. 협력을 구하는 이상은 그게 예의라고 생각했기 때문이다.

"어머니가 돌아가시고 은퇴나 다름없는 상태였던 건 사실이야. 하지만 언급되고 싶지 않은 과거는 있잖아. 스스로 말하는 거라면 몰라도 타인이 멋대로 떠드는 게 참을 수 없을 정도로 화가 날 때가 있지 않아? 나에게는 그게 바로 지금이야."

자신도 모르게 손에 힘이 들어갔다. 주먹을 쥐며 나는 말을 이었다.

"내가 멍청한 짓을 해서 웃음을 사는 건 괜찮아! 자업자득인데다가 각오하고 있으니까! 하지만 타인이 멋대로 내 과거를 비극이라면서 왈가왈부하고, 내가 감사하게 생각하는 사람들을 비난하며 돈을 벌려고 하는 그 '심보'만큼은 정말로 마음에 안 들어! 내 기사를 쓸 거라면 적어도 나에게 허락을 구하란 말이야! 그렇게 생각하지 않아?!"

테츠히코, 쿠로하, 시로쿠사, 마리아, 레나── 모두가 말없이 고개를 끄덕였다.

"그럼 하는 거지? 스에하루."

"그래!"

나는 세운 엄지를 거꾸로 뒤집었다.

"──아주 뭉개 주겠어!"

테츠히코가 또다시 소악당 같은 웃음을 지으며 정리하기 위해 손뼉을 크게 한 번 쳤다.

"좋아, 그럼 지금부터 대책 회의를 하자. 역할을 정해야지."

"그래, 우선은 전체 구성과 스케줄을 짜야 해."

"맡겨 줘. 구상은 어느 정도 잡혀 있으니까."

"모모의 인맥을 활용해 주세요. 사정 봐주지 말자고요."

우리는 분주하게 움직이기 시작했다.

하디 슌이 뒤에서 손을 쓰며 나에게 대미지를 주려 하고 있다 면── 면전에서 말해 주고 싶다.

군청동맹을, 내 친구들을 얕보지 말라는 말을.

*

테츠히코가 이미 방침을 세워두었기 때문에 이 자리에서 정할 필요가 있었던 건 다큐멘터리의 제작 방법이었다.

그리고 뜻밖에도 그건 눈 깜짝할 사이에 정해졌다.

"하루, 우리 세 사람이 각자 하루의 추억이 남아 있는 장소로 데리고 가 줄 테니까 거기서 당시의 일을 떠올리며 이야기를 들려 줘. 그걸 하나의 영상으로 통합해서 다큐멘터리로 만드는 건 어떨까?"

"추억이 남아 있는 장소……?"

"처음은 나야. 스짱은 우리 집에 와 주면 돼."

시로쿠사가 그렇게 말하자 곧바로 마리아가 끼어들었다.

"두 번째는 모모예요. 장소는―― 비밀이랍니다~."

"마지막은 나야. 나도 장소는 비밀로 해 둘까. 그리운 장소라는 것만은 확실해."

매끄럽게 진행해 나가는 게 아무래도 이미 셋이서 이야기를 나누고 정한 모양이었다.

이렇게까지 완벽하게 준비되니 조금 위화감이 있었다. 물론 나쁘다는 건 아니지만 느닷없이 좌우에서 팔을 붙잡혀서 목적지도 듣지 못한 채 고급차에 태워지는 듯한 싸한 느낌이 있었다.

뭐, 그래도 신경 쓸 정도는 아닌가. 이 애들의 성격상 사전에 내 마음고생을 덜어 주려고 이야기를 나눈 거겠지.

"테츠히코, 괜찮을까?"

"뭐, 괜찮아. 이번 다큐멘터리는 너에게서 얼마나 적절한 정보를 끌어내는가에 달려 있으니까. 영상은 여자애들이 찍는다고 보면 될까?"

"응, 그렇게 할게."

"얘네들은 카메라를 잘 다루지 못할 텐데 괜찮아?"

테츠히코가 별일 아니라는 것처럼 말했다.

"좋은 내용이 나오면 앵글이 안 좋아도 다시 찍으면 될 뿐이니까 신경 쓰지 마."

"……아, 그렇구나. 어떤 내용을 공개하는가가 훨씬 중요하니까."

이야기하는 장소가 지금 있는 부실이어도 딱히 상관은 없었다.

이 애들이 나를 추억의 장소로 데려가 주는 건 더욱 선명하게 당시의 일을 떠올려서 내 안에 잠든 마음을 정확하게 끄집어내겠다는 의도가 있기 때문이겠지. 그렇다면 이 애들을 믿고 따르는 게 정답이지 않을까.

"테츠히코, 언제부터 찍을까?"

"되도록 빠른 편이 좋아. 이미 대중에 정보가 새어 나간 상태니까. 정보는 시간이 지날수록 살이 붙으며 변질해. 그러니 아무튼 너는 다큐멘터리를 신속하게 찍고 와. '차일드 킹'의 진엔딩도 뒤로 미뤄야지. 전반적인 교섭은 나에게 맡겨 줘. 그동안 내가 최대한 매스컴을 통제하고 있을게. 다큐멘터리의 편집 작업을 맡길 업자도 구해 놓을 테니까 찍은 영상은 바로 나에게 넘기고."

"알았어. 그 외의 일도 스케줄이 파악되는 대로 알려줘."

테츠히코가 머리를 긁었다.

"참 나. 저번에 오키나와에서 찍은 PV의 편집도 못 끝냈는데 바쁘게 만든다니까."

"스짱, 그럼 바로 오늘 오후에 우리 집에 올 수 있어?"

문제는 없었기에 나는 고개를 끄덕이며 답했다.

그렇다면—— 하고 테츠히코가 군청동맹의 비품인 카메라를 시로쿠사에게 건넸다.

문득 쿠로하, 시로쿠사, 마리아 세 사람이 서로 시선을 주고받는 모습이 보였다.

방금 그건 뭐지?

그러고 보니 자기들끼리 이미 다큐멘터리 제작 방법을 정해 뒀단 말이지…….

어떤 합의가 있었는지 궁금했지만 일단은 오늘 있을 촬영에 집중하기로 했다.

*

점심으로 아사기가 사다 준 햄버거를 먹고 나는 차를 불러서 스짱과 함께 세타가야에 있는 집으로 향했다.

뒷좌석에 함께 앉은 스짱은 조금 긴장한 듯했다. 한 번은 봉인했었던 과거를 찾는 여행이므로 긴장하지 않을 리가 없겠지.

정적 속에서 나는 스짱과 만나기 전의 일을 떠올렸다.

…….

………….

………………..

스짱과 만나기 전의 나는 다른 사람보다 뛰어난 점이라고는 아무것도 없는 그저 겁만 많은 여자애였다.

태어났을 때 어머니를 잃고 아버지는 사장으로 일하느라 식사조차 함께할 수 없었다. 돌봐 주는 사람은 많이 있었지만 마음을 터놓고 지낼 수 있는 사람은 없어서 커다란 저택에서 나는 고독했다.

학교에서도 나는 고립되어 있었다.

원래 병약해서 학교를 쉬기 일쑤였다. 그 탓에 친구를 만들 타이밍을 놓치고 말았다.

게다가 사람을 대하는 게 서툰 성격에 곱게 자라서 세상 물정도 몰랐다. 이따금 말을 걸어오는 애가 있어도 화제와 템포가 맞지 않았고 그런 탓에 나는 책을 읽는데 열중해서 더 고독해진다는 악순환이 되었다.

그런 고독 속에서 초등학교 4학년이 된 나에게 처음으로 친구가 생겼다.

그 애의 이름은 오라기 시온이라고 했다.

겁쟁이 같은 나와는 다르게 시온은 마음에 들지 않는 게 있으면 태연히 말했다.

그래서—— 남자애에게 놀림을 받아서 울 뻔한 나를 감싸줬다.

'이거 봐, 카치가 또 책을 읽고 있어!'

'이러지 마! 책 돌려줘!'

초등학교 4학년이 된 뒤로 반의 리더격인 남자애가 나에게 장난을 치기 시작했다. 그때 시온이 당당히 사이에 끼어들었다.

'뭐 하는 거죠?! 천재적인 제 눈을 속일 수 있을 것 같나요? 아무 짓도 안 한 사람을 괴롭히다니 부끄러움도 모르나요? 엄청나게 꼴불견이거든요? 쿡쿡, 만약 다음에 또 같은 짓을 하면 바로 선생님을 불러올 테니 각오하시죠!'

이 일을 계기로 이야기하게 되었고 시온은 내 첫 번째 친구가 되었다.

시온은 나와 처지가 조금 비슷했다.

──어머니가 없었다.

다만 내가 태어났을 때 돌아가신 내 어머니와는 다르게 시온의 어머니는 이혼한 탓에 없었다.

사이가 좋아짐에 따라 우리는 다양한 이야기를 하게 되었다. 그런 가운데 시온이 무심코 말했었다.

'──우리 엄마는 최악의 인간이에요.'

사람 좋은 부친이 자신에게 반한 것을 구실삼아 방만하게 굴었고, 끝내는 거액의 빚을 지고 남자를 만들어서 도망쳤다고 했다. 솔직히 초등학생의 인생 이야기로는 무척 무거운 내용이었다.

시온은 다정한 부친을 무척 좋아했지만 제멋대로 구는 모친을 용인한 것만큼은 진심으로 한탄스럽게 생각했다. 덕분에 시온은 연애에 강한 혐오감을 가져서 '합리적인 인생'을 목표로 삼게 됐다.

시온의 '합리적인 인생'이란 안정적인 공무원이 되어서 적당한 취미를 가지고 결혼하는 일도 없이 마음대로 살아가는 것이었다. 막연했지만 경제적인 불안도 없이 즐겁고 검소하게 살아가고 싶다는 사고방식은 충분히 공감되었다.

시온 덕분에 학교생활은 평온하고 즐거워졌지만 여름이 지난 뒤로 돌연히 시온의 결석이 늘었다.

당시에는 몰랐지만 실은 시온의 아버지가 큰 병에 걸렸기 때문이었다.

시온의 결석이 늘어남으로써 내 상황은 변했다. 지켜 주는 사람이 없어진 것이다.

이전부터 나를 노리던 반의 리더격 남자애가 시온이 없을 때를 노려서 나에게 간섭하기 시작했다. 물건을 감추거나 장난을 치거나. 하지만 다들 웃기만 할 뿐 도와주지는 않았다.

나는 괴롭고 슬펐지만 그렇다고 바쁜 아버지에게 폐를 끼칠 수는 없어서 누구에게도 상담하지 못했고——.

그런 끝에 어느 날 돌연히 실이 끊어진 것처럼 침대에서 나오지 못하게 되었다.

방 밖에 나가는 것이 무서웠다. 학교가 악마의 거처처럼 느껴졌다.

결국 이변을 느낀 것이겠지. 그로부터 아버지가 여러 가지로 나를 신경 써 주어서 아버지와 지내는 시간이 늘었다.

하지만 마음의 상처는 쉽게 아물지 않았다. 밖은 여전히 무서웠다.

그런 가운데 아버지와 드라마를 보았고 나는—— 빠져들었
다.

『흐으윽, 싫어……. 왜 나만 이런 꼴을 당해야 하는 거야…….』

드라마 속에서 주인공 소년은 금방 마음이 꺾일 뻔했다. 나는
그 약한 마음에 공감했다.

하지만—— 나와 주인공 소년의 사이에는 결정적으로 다른
부분이 있었다.

『웃기지 마! 내가 포기할 것 같아?! 반드시 엄마를 찾아낼 거
야!』

소년은 씩씩했다. 낙심하며 좌절해도 금방 재기했고 그럴 때
마다 강해졌다.

연기라는 건 알고 있었다. 그래도 나는 주인공 소년에게 강한
동경심을 품었다.

그리고—— 운명의 날이 찾아왔다.

……………….

………….

…….

집에 도착한 나는 우선 스짱을 응접실에서 기다리게 한 뒤 방
으로 달려갔다. 스짱 인형처럼 보여서는 안 될 것들을 제대로
숨겼는지 최종 체크하기 위해서였다.

청소는 언제나 가정부가 해 주니 괜찮다. 문제의 물건들도 제
대로 숨겨 뒀다.

따라서 완벽히 준비를 마친 나는 스짱을 방으로 안내했다.

그리고 카메라의 녹화 버튼을 누른 나는 스짱을 향해 카메라를 들며 말하기 시작했다.

"스짱, 그거 기억나? 이 방에서 나와 스짱이 처음으로 만났잖아."

"응, 떠오르기 시작했어……."

스짱이 방을 둘러보며 탄성을 냈다.

"그때는 이렇게 여자애 같은 방이 아니었지? 기억하기론 책으로 가득했던 것 같은데……."

"그 시절의 나는 그게 가장 마음 편했거든. 도서관 안에서 사는 것 같아서."

"머리카락도 부석부석했고. 특히 앞머리를 길러서 눈이 가려졌지?"

"차암, 그건 말하지 마! 그때는 말이지, 남들과 눈을 마주치는 게 무서웠어. 그래서 뭔가 차폐물이 있었으면 해서."

"그게 앞머리였다는 건가."

"맞아."

"그렇게 생각하면 당시와 지금의 시로는 너무 달라서 알려 주지 않으면 모를 거야. 당시에는 말투도 남자애 같았잖아."

"그건 남자애가 속눈썹이 길다느니 눈이 크다느니 하며 놀려서 자신을 지키기 위해 그런 말투를 쓴 거였는데……."

"그거 아마 시로를…… 그래, 초등학생 남자애니까……."

스짱이 묘하게 납득된다는 것처럼 말했지만 나는 잘 이해가 되지 않았다.

"말투도 남자애 같았는데 깨달아 주지 않아서 슬펐다고 하는 건 너무하지 않아?"

스짱의 말은 정론이었다. 그러나 마음은 다른 결론을 도출했다.

"그래도 깨달아 줬으면 했어!"

"아하하, 그렇지. 응, 미안해. 이 이상 변명을 하면 더 혼날 것 같으니 그만할게."

스짱이 이해한다는 듯한 웃음을 지어 보였다. 기억해 줬으면 한다는 건 그저 투정일 뿐인데 나를 질책하지 않았다. 나는 스짱의 그런 너그러운 마음이 좋았다.

나는 스짱에게 의자를 권했다. 그리고 작은 테이블을 사이에 두고 반대쪽에 있는 다른 의자에 마주 앉았다.

왠지 모르게 신기한 광경이었다.

나는 언제나 이 작은 테이블에서 공부하거나 노트북을 놓고 집필을 했다. 그런 일상적인 장소에 고등학생이 된 스짱이 앉아 있었다. 그것만으로도 뭔가 머리가 어질어질해졌다.

"카메라 좀 고정할게."

내가 생각해도 한심하지만 이야기를 나누며 촬영을 하니 흔들림이 심하다는 것을 자각했다. 그래서 카메라를 고정하고 인터뷰처럼 이야기에 전념하는 게 가장 좋겠다고 생각했다.

"……응, 됐어."

"저기 말이야, 뭔가 셋이서 순서대로 나를 데리고 간다는 이야기가 된 모양인데 뭔가 의도라도 있어?"

나는 고개를 끄덕였다.

"그 애들이 장소를 말하지 않아서 잘 이해가 안 됐겠지만 단순해. 나는 스짱이 아역 시절에 생각했던 거나 그때의 심정을 물어볼 생각이야. 우리 집에 왔을 때 스짱은 전성기였잖아?"

"'차일드 스타' 이후니까 그렇게 말해도 문제는 없겠지."

"다음 차례인 모모사카가 어머니의 사고 전후, 그리고 시다양이 사고 뒤의 일을 담당해. 그렇게 나누는 게 각자의 추억과 가장 밀접하게 관련됐다고 생각했거든. 이상해 보여?"

"아니, 여전히 정확한 분석이라고 생각해. 그나저나 일 처리가 깔끔한데. 역시 아쿠타미상 작가야."

"전부 스짱 덕분이야."

나는 오래된 추억을 머릿속으로 그리며 이야기했다.

"그 시절의 나는 정말로 무력했어. 그저 책을 좋아할 뿐인 세상 물정 모르는 여자애여서 자신감이고 사교성이고 아무것도 없었지. 하지만 스짱은 그런 나를 칭찬해 줬어. 기억나?"

"……지식량을 칭찬했었지?"

"맞아!"

기뻐진 나는 그만 흥분한 목소리로 대답하고 말았다.

"내 이야기를 많이 듣고 '그런 걸 다 아는구나~' 하고 말해 줬어. 그건 날 격려하기 위해서였어?"

"아니, 그렇지는 않았어. 시로는 정말로 지식이 풍부했으니까 솔직하게 칭찬했던 것뿐이야. 당시의 나는 지금보다도 더 아무 생각이 없었으니까."

"그 부분을 자세히 들려줘. '차일드 스타'가 대히트했었잖
아. 그때 일하며 무슨 생각을 했었어?"

스짱은 팔짱을 끼며 천장을 올려다보았다.

"솔직히 변한 건 없다고 할까…… 어머니와 함께 그때그때 맡
은 배역을 열심히 연기했을 뿐이야. 물론 '차일드 스타'는 지상
파 드라마의 주역이라 나에게는 가장 큰 일이었고 무척 보람차
다고 생각했지만."

"중압감은 없었어?"

"그보다도 기뻤어."

"뭐가?"

"주목받는 게."

너무나도 솔직한 말에 나는 무심결에 웃음을 터트리고 말았
다.

"그도 그럴 게 말이야, 다른 사람의 연기를 보는 건 싫어하지
않았지만 단역의 현장이란 한가했으니까. 어차피 연기할 거라
면 역시 출연이 많고 가슴이 뛰는 배역으로 카메라 앞에 서고 싶
어지잖아?"

"역시 스짱이야……. 나는 솔직히 카메라 앞에 서는 게 부담
돼……."

"뭐, 그건 사람마다 다르니까. 나는 달리 잘하는 게 없었으니
까 주목받는 게 기뻤고 히어로가 된 것처럼 기분이 좋아서 많은
사람이 봐 줄수록 힘이 솟아났었어."

나는 다큐멘터리라는 것을 의식하며 의도적으로 이야기의 방향을 바꿨다.

"그렇게 느낄 수 있는 것도 대단한 재능이라고 생각하지만…… '달리 잘하는 게 없다' 는 부분을 좀 더 자세히 말해 줄 수 있어? 예를 들어 학교에서는 어땠어?"

"잘하는 게 없다는 건 정말로 말 그대로의 의미인데, 나는 학교에서는 운동도 공부도 주목을 받을 정도로 잘하지는 못했어. 주목을 받을 수 있었던 건 연기뿐이었다는 거지."

"춤은 잘 추지 않았어?"

"아, 그렇지. 춤은 잘 췄어. 아, 하지만 신나서 춤을 추다 보면 다른 애들과 안 맞거나 잘난 척하는 거냐고 트집잡히기도 해서 뭔가 학교에서 췄던 춤은 그다지 좋은 기억이 없단 말이지."

"좀 의외야……. 스짱은 학교에서도 스타라고 생각했었는데……."

스짱의 인기는 정말로 대단했다. 일본 국민의 9할 정도는 알지 않았을까 하는 수준이었다. 그런데 학교에서는 별 볼 일 없었다는 건 쉽게 믿기지 않았다.

"음…… 좀 더 정확하게 말하면 방금 그건 '차일드 스타' 이전의 일이야. 그전까지는 주위 애들이 '잘은 모르겠지만 극단에 소속되어 있는 녀석' 정도로 봤을 뿐이거든. 그런 거 있잖아. 쟤 축구로 꽤 유명하대, 실은 엄청나게 글을 잘 쓴대, 같은 거. 화제가 좀 되기는 하지만 실제로 직접 본 적도 없으니 관심이 없어서 굳이 알아보지도 않는 그런 느낌 말이야."

"그렇구나…….."

확실히 자신을 비추어 생각해 보아도 소설가로 데뷔했을 무렵에는 '고등학생인데 소설가 데뷔를 한 모양'이라는 정도의 인식이어서 말을 붙일 계기로 쓰일 때는 있어도 정말로 작품에 관심이 있어서 말을 거는 사람은 거의 없었다. 주위로부터 압도적인 주목을 받게 된 건 역시 아쿠타미상을 받은 뒤로, 모르는 사람에게 책을 읽었다는 이야기를 듣게 된 것도 아쿠타미상 수상이후의 일이었다. 그때까지는 자신의 작품을 읽어 보고 싶을 정도로 관심이 생기지는 않았던 거겠지.

"'차일드 스타' 이후는?"

"우선은 학교에 갈 수 있는 날 자체가 엄청나게 줄었어. 일주일에 한두 번 정도. 그리고 이상하게 구는 녀석들이 많아졌어. 모르는 녀석이 느닷없이 찾아와서 친구인 척하거나. 반대로 사이좋았던 녀석은 데면데면해지거나. 전혀 변하지 않았던 건 쿠로뿐이었지."

"…………."

시다 양의 이름을 듣고 내 혈압이 올라갔다.

질투와 공포와 조바심. 온갖 감정이 뒤섞이며 고동이 빨라졌다.

"학교에서 내 팬이라고 말하는 녀석도 생겼는데, 나는 달라진 게 없는데 느닷없이 태도가 180도 달라지니까 좀 아리송한 기분이었어."

"그럼 나도 성가셨어……?"

"그건 아니야."

스짱이 아무 일도 아니라는 것처럼 말했다.

"시로는 드라마를 제대로 봐 줬고 재미있는 이야기도 많이 해 줬으니까. 그때의 유행이라서가 아니라 나와 대등하게 대화를 나누려고 했었잖아? 당시에는 학교에서도 일터에서도 묘하게 추켜세워 주다 보니 같은 눈높이에서 대화할 또래는 쿠로와 모모 정도였거든."

모모사카의 이름이 나와서 가슴이 뛰었다.

역시 그 애도 스짱의 마음에 강하게 남아 있었다. 그런 사실에 질투심이 샘솟았다.

"그래서 시로의 존재는 당시의 나에게 귀중했고 시로가 글을 쓰겠다고 했을 때는 정말로 기뻤어. 진지하게 시로가 쓴 작품으로 연기를 해 보고 싶었고. 그게 6년 후에 CF 승부로 실현될 줄은 몰랐지만."

가슴에 따뜻한 것이 퍼져 나갔다. 내 마음을 제대로 이해해 주었다. 그 사실이 무엇보다도 기뻤다.

"스짱은 '이야기의 신'을 기억해?"

"……뭐였더라?"

"그럼 힌트를 하나 더 줄게. 나를 집 밖으로 데리고 나가려 했을 때의 일은 기억나?"

"아——."

눈이 커진 스짱이 그대로 굳었다.

"생각났어……! 맞아, '이야기의 신'은 내가 말한 거였지……!"

"겨우 생각났어?"

나는 입을 내밀며 살짝 토라진 듯한 말투로 말했다.

그도 그럴 게 도무지 떠올려 주질 않으니까. 조금 정도는 토라져도 내 잘못은 아닐 터였다.

"미, 미안! 순간적으로 나온 말이어서——."

"응, 알고 있어. 나중에 찾아봤더니 그런 신이 없길래 놀랐어."

그날—— 스짱과 몇 번인가 만나서 상당히 친해졌을 무렵의 일이었다.

스짱이 돌연히 외출하자고 말을 꺼냈다. 여기에는 일단 이유가 있었는데, 스짱이 촬영으로 올라간 도쿄 타워의 경치가 최고였다는 이야기를 해 줘서 '나도 보고 싶은데…….' 하고 말하자 '좋아, 시간도 있으니까 지금부터 가 보자!' 하는 이야기가 되어 버렸다.

나는 당황했다. 방 밖으로도 못 나가는 나에게 도쿄 타워는 마경으로밖에 느껴지지 않았다.

그래도 계속 가자며 손을 끄는 스짱의 고집에 져서 방을 나가는 데까지는 의외로 간단하게 할 수 있었다.

그러나—— 집 밖은 별개였다.

스짱이 가정부들에게 들키지 않게 밖에 나가는 방법을 물어서 뒷문으로 안내했는데 그 문을 연 시점에서 나는 주저앉고 말았다.

무서워진 나는 울음을 터트렸다. 스짱은 당황했고 나는 동경하는 스짱이 그런 표정을 짓게 만든 자기 자신이 한심해져서 더 크게 울어 버렸다.

그런 악순환 속에서 스짱이 돌연히 이런 이야기를 꺼냈다.

'실은 촬영 현장에는 이야기의 신이라는 신이 있대. 엄청나게 기분파라서 드물게 무진장 좋은 애드립을 할 수 있게 해 주지만 기본적으로는 심술궂은 신이거든. 연기자를 NG 지옥에 빠트려서 힘들게 만드는 무서운 신이야…….'

'어?!'

'하지만 노력하는 사람에게는 응해 주는 상냥한 신이기도 해. 그래서 나는 잘하지 못할 때도 일단은 긍정적으로 노력해. 뭐, 안 되면 안 되는 대로 어쩔 수 없다고 말이야. 그렇게 우선은 노력을 해 봐.'

'스짱도 실패할 때가 있어?'

'당연하지! 나는 주역이라서 중압감이 엄청나니까! NG를 연발하면 한숨 나온다는 표정을 짓는다고! 하지만 일단은 해 볼 수밖에 없잖아. 물론 못했을 때를 반성하면서 조금씩 방식을 바꿔가며 말이야. 그러니 시로우도 도전해 보지 않을래?'

나는 정말로 놀랐다. 왜냐하면 나에게 스짱은 슈퍼맨이었으니까.

그렇다면 나는 얼마나 노력을 안 한 거냐고 생각했다.

스짱 정도로 재능이 있는 슈퍼맨도 못 하는 건 많이 있지만 그래도 포기하지 않고 노력했다. 아무런 장점도 없는 내가 스짱과 나란히 서기 위해서는 스짱의 몇 배나 더 노력해야 하지 않은가.

그런 당연한 사실을 나는 이때 처음으로 깨달았다.

그래서 나는 집 밖이 너무도 무서워서 견딜 수 없었지만——
스짱이 잡아준 손이 따듯해서. 그 온기를 용기로 바꿔서 고개를
끄덕였다.

'——도전해 볼게. 스짱, 나를 도쿄 타워로 데려가 줘.'

그 순간부터 세계가 변했다.

무서웠던 세계가 갑자기 빛이 나기 시작했고 잡아끌어 주는
손힘이 두근거림을 낳았다.

나는 마치 책에서 읽었던 사랑의 도피행 같다고 생각했다.

붙잡혀 있었던 건 아니었지만 줄곧 나가지 못했던 집에서 동
경하는 남자애가 살며시 손을 잡아끌어 데리고 나와 줬다. 그
애를 따라가면 어디든지 갈 수 있을 것 같은 기분이 들었다. 이
대로 줄곧 어디까지고 가고 싶었다. 세계의 끝에도 갈 수 있을
것 같은 기분이 들었다.

하지만 끝은 맥없이 찾아왔다. 역에서 사람들에게 둘러싸였
기 때문이다.

'차일드 스타' 이후로 스짱은 터무니없을 정도로 유명해졌
다. 스짱은 차로 이동하는 게 기본이다 보니 길에서 둘러싸인
경험이 없었는지 문제없으리라고 생각한 모양이었다.

그렇게 내 도피행은 5분 정도로 끝을 맺었다.

그러나 그 5분은 내 인생에서 가장 두근거리는 시간이었다.

누가 뭐라 말하더라도 그건 사랑의 도피행이었다.

그리고 그 5분으로 나는 다시 태어났다.

좀 더 두근거리고 싶어서. 스짱과 그 시간의 다음을 체험하고 싶어서. 동경만으로는 끝낼 수 없어서. 그래서 나는———.

"이 세상에 스짱이 있어 줘서 다행이야."

나는 솔직한 마음을 입에 담고 있었다.

"스짱은 당시와 지금의 자신을 비교하며 중압감을 느낄지도 몰라. 그건 어쩔 수 없는 일일 테고 부정할 생각은 없어. 그래도 스짱은 당시에 분명히 한 여자애의 마음을 구원했고 재기할 수 있게 해 줬어. 이 사실은 변하지 않아. 그 사실만큼은 기억해 줬으면 좋겠어."

"시로……."

나에게 있어서 스짱은 용기의 근원이었다. 스짱이 있어서 나는 강해지고 노력할 수 있었다. 이제는 무슨 말로 감사를 전해야 할지 알 수 없었다. 그저 한결같이 마음에 품는 것밖에 못 한다.

무서워서, 겁이 나서.

겁쟁이인 나는 고백을 못 하지만.

그래도 믿고 있었다.

스짱에게 고백받는 날을. 그리고 둘이서 걸어갈 빛나는 미래를.

*

나는 시로쿠사의 집에서 촬영이 끝난 뒤에 도쿄 타워에 가 보지 않겠냐고 권했다. 시로쿠사가 가고 싶어 하는 것처럼 느껴졌기 때문이다.

시로쿠사는 굉장히 기뻐했다. 옷을 갈아입어야겠다며 30분 뒤에 나온 시로쿠사는 조금 어른스러워 보였다.

연갈색 니트 원피스에 검은 레깅스라는 차림으로 낙낙한 미드 스커트에서 어른의 여유 같은 게 느껴졌다.

"이번에는 들키지 않게."

그렇게 말하며 시로쿠사가 모자와 선글라스를 건네줬다.

나와 시로쿠사 둘 중 누가 더 지명도가 있는지는 모르겠지만 동영상 조회수가 100만 회 이상이고 CF 승부가 그런대로 주목을 받았으니까 어느 정도 얼굴이 알려졌을 것이다. 조심하는 편이 좋겠지.

그렇게 6년 만의…… 데이트? 라고 할 수 있을까.

우리는 전철을 타고 도쿄 타워로 향했다.

시로쿠사는 언제나 나와 일정 거리를 둔다. 쿠로하는 어느 사이엔가 가까이에 있었고, 마리아는 가깝다기보다도 착 달라붙는 수준이었지만 시로쿠사는 이성적이기 때문인지, 아직 심리적인 거리감이 있기 때문인지 반 발짝의 거리를 유지했다.

하지만 시로쿠사와는 그 거리감이 반대로 마음 편했다.

너무 가깝지도 너무 멀지도 않다. 떨어지지 않게 수시로 확인하고 그때마다 눈이 마주쳐서 서로 시선을 내리고 만다. 뭔가 낯간지럽다.

할 이야기도 별로 없었다. 왠지 긴장되어서 혀가 말랐다. 그래도 역시 마음은 편했다.

그렇게 풋풋한 느낌으로 도쿄 타워에 도착한 우리는 전망대에서 보이는 풍경을 구경하고 기념사진을 몇 장인가 찍었다.

그걸로 끝이었다. 특별한 일은 없었다.

하지만 그게 좋았다. 그걸로 충분했다.

머릿속이 들떠서 뭔가 꿈속에 있는 듯한 한때였다.

"──어서 오세요."

그런 꿈도 우리 집 현관에서 기다리고 있던 메이드복 차림의 오라기를 보고 한순간에 깼다.

오라기가 시로쿠사에게 웃는 얼굴로 말을 걸었다.

"즐거워 보이시네요. 좋은 일이라도 있었나요?"

"……응! 아, 저녁 찬거리를 사 왔으니까 바로 만들게!"

시로쿠사가 슈퍼의 봉지를 들고 부엌으로 향했다.

남겨진 나는 오라기와 눈이 마주쳤다.

그 순간 언제나 졸려 보이는 눈에 살의가 담겼다.

오라기가 턱으로 2층을 가리켰다. 목소리로 내지는 않았지만 '잠깐 이쪽으로 와 보시죠, 이 굼벵이!'라는 환청이 들려왔다.

마음이 무거워졌지만 집에서는 도망칠 데가 없었다. 나는 어쩔 수 없이 2층으로 따라갔다.

"……시로에게 무슨 짓을 한 거죠?"

우리는 2층 복도 안쪽에서 마주 섰다.

오라기가 거친 콧김을 내뿜으며 범죄자를 보듯이 노려보았다.

"특별한 건 없었어. 시로네 집에서 다큐멘터리 촬영을 하고 그 뒤에 도쿄 타워에 데리고 갔을 뿐이야. 옛날이야기를 하다가 예전에 데려가 주지 못한 게 떠올라서."

"도쿄 타워…… 그렇군요."

심상치 않은 분노의 오라가 느껴졌다.

오라기가 이를 악물며 손가락 관절에서 소리를 냈다.

"자랑하는 건가요?"

——그렇게 싸늘한 말투로 말함과 동시에 오라기의 오른손이 내 목을 덮쳤다.

"윽——."

조이지는 않지만 언제라도 조일 수 있는 상태였다.

아마 진심으로 떨쳐 내려고 하면 할 수 있을 것이다. 다만 오른손에 깁스한 현재로선 힘 조절이 어려워서 다치게 할지도 모른다.

"마음에 안 들어…… 정말 마음에 안 들어요……! 갑자기 튀어나온 주제에 시로가 동경하는 사람이라는 특별한 포지션이 되다니……!"

목을 잡은 오른손이 조금씩 조여들었다.

"그렇게 순수하고 귀여운 애는 달리 없잖아요……! 그래서 제가 지켜 왔는데…… 제가 다시 일으켜 세울 사람이었는데……!"

아——.

나는 큰 착각을 했는지도 모른다.

줄곧 오라기는 감시역이라고 생각했다. 메이드복을 입어서 시로쿠사네 집의 '문제가 있지만 충실한 사용인'이라는 인상이 강했다.

하지만 이 애는―― '시로쿠사의 소꿉친구'이자 '보호자'였다. 게다가 오라기에게는 줄곧 시로쿠사를 지켜보며 도와줬다는 자부심이 있었다.

나를 싫어한 건 남성이 싫다는 이유만이 아니라 자신이 해야 할 역할을 나에게 빼앗긴 데다가 내가 특별한 위치였기 때문이었나……?

"정말로……? 정말로 시로에게 이상한 짓은 안 했겠죠……?"

완전히 죽일 생각으로 노려보고 있다…….

나는 도망치기 위해 휴대전화를 들었다.

"증거 사진이 여기 있으니까. ……봐 봐."

서둘러 도쿄 타워에서 촬영한 시로쿠사의 사진을 보여 줬다. 전망대를 배경으로 최고의 웃음을 보여 주고 있는 시로쿠사가 찍혀 있었다.

눈이 커진 오라기가 내 휴대전화를 뺏어 들고 사진을 뚫어지게 쳐다보았다.

"귀, 귀, 귀여워어어어어어어어어어!"

"…………응?"

어라, 오라기는 이런 리액션을 하는 애였던가……?

"아~ 시로가 너무 귀여워! 어느 집 아가씨지? 우리 아가씨지! 으으으, 귀여워서 무서울 정도야…… 세계를 제패해 버리겠어……."

그렇군. 오라기는 이 정도로 시로쿠사를 좋아했던 건가…….

이건 귀중한 정보였다. 왜냐하면 오라기는 약점투성이인 것처럼 보여도 실은 약점이 없었기 때문이다.

내가 오라기를 몰아붙여도 전혀 신경 쓰지 않았다.

'이 바보가 무슨 말을 하는 건지~ 쿡쿡.'

이런 느낌으로 완전히 무시해 버린다.

그러나 '좋아함'은 '약점'이 되기도 한다.

나는 씨익 웃었다.

"오라기, 나와 거래를 하지 않겠어?"

불온한 분위기를 느낀 거겠지.

오라기가 몸을 뒤로 젖혔다.

"거, 거래……?! 미, 미리 말해 두겠는데 바보의 거래에 응할 생각은 없어요!"

"자아, 여기에 귀엽고도 귀여운 시로의 자연스러운 사진이 있습니다. 태어나서 처음으로 도쿄 타워에 간 시로가 보여 준 최고의 웃는 얼굴입니다."

"꿀꺽."

오라기가 침을 삼켰다.

"나는 평온한 생활을 보내고 싶을 뿐인데 말이지……. 맨날 그렇게 심한 말을 하거나 방해를 하면 마음이 심란해……. 내일은 모모, 모레는 쿠로가 묵으러 올 예정인데 너는 감시역으로 계속 있어야 하잖아? 그러니까 태도를 좀 고쳐 줬으면 좋겠는데……. 까놓고 말해서 이 사진을 넘기는 대신 좀 더 우호적으로 대해 주지 않겠어? 응? 시온~!"

"큭, 이, 이 악당이! 천재인 전 비겁한 거래에는 응하지 않아요! 그리고 이름으로 부르지도 마세요!"

"뭐, 어때~. 귀여운 이름인데~."

"소, 소름 끼치거든요! 저질! 죽어 버리세요!"

"흠~ 그렇게 나오는 거야~? 그럼 사진은 필요 없는 거지~? 조금 전에 슬쩍 봤으니 알겠지만 최고의 한 장이란 말이지~. 지금이라면 다른 장소에서 찍은 사진도 건네줄 수 있는데 말이야~. 그런 태도라면 보여 주지도 않을 거고 당연히 줄 수도 없겠지~."

"꿀꺽."

이런, 무진장 즐거운데! 이상한 성벽에 눈을 뜰 것 같아!

그렇게 나를 깔보며 심한 말을 하던 시온이 미간을 찌푸리고 이를 악문 채 내 시선을 노골적으로 피했다.

나는 우월감에 빠지며 위압적으로 내려다보았다.

"대답은?"

"끄, 끄으으으응."

울상으로 실컷 고민한 뒤에 몸을 꼼지락거리며 시온이 말했다.

"가지고 싶어요…….."

"뭐~? 안 들리는데~?"

"가지고 싶다고요, 이 쓰레기! 인간 취급을 해 줄 테니까 고맙게 생각하시죠! 이 시로 주변을 날아다니는 파리남!"

"그래그래. 나는 약속을 지키는 남자니까. 대등한 인간으로서 취급해 준다면 기꺼이 넘겨 줄게."

시온이 울상을 한 채 "시로 사진 말고 다른 걸 보내면 죽일 거예요." 하고 말하며 핫라인 계정을 알려줬다.

좀 더 뜸을 들일 수도 있었지만 나는 순순히 사진을 보냈다. 메이드를 길들이는 주인님이 된 기분이 들어서 솔직히 무진장 즐거웠지만 그다지 좋은 행동은 아닌 것 같으니 이 정도로 끝내기로 했다.

"자, 이걸로 다 보냈어."

내가 그렇게 말하자 시온이 꺼림칙한 웃음소리를 냈다.

"쿠후후후…… 마루 씨는 여전히 바보네요……. 이걸로 제 약점은 없어졌어요……!"

그렇게 말하며 양손으로 허리를 짚고 가슴을 폈다. 딱 맞는 메이드복이어서 적당한 크기의 가슴이 강조되는데 그 부분은 신경 쓰이지 않는 모양이었다.

"제가 당신과의 약속을 지킬 줄 알았나요? 쿡쿡, 천재인 저와 파리남인 당신 사이에 약속이 성립될 리가 없잖아요……! 약속하는 척하고 농락한 거예요……! 후후후, 내 두뇌는 내가 생각해도 너무 천재적이어서 겁이 날 정도야!"

"말해 두겠는데 이런 일도 있을까 싶어서 아직 찍어온 사진의 반밖에 안 넘겼으니까."

"…………."

시온이 양손으로 허리를 짚은 채 굳었다.

"……예? 사진 다 보냈다고 했었잖아요."

"했었지. 하지만 안 됐네. 그건 거짓말이야."

"거짓말을 하다니 너무하잖아요!"

"자기 입으로 농락했다고 떠벌려 놓고 그런 말이 나오냐!"

정말 모자란 애다. 처음에는 어떻게 반응하면 좋을지 알 수 없었지만 대응책을 알고 나니 뭔가 즐거워지기 시작했다.

그러고 있을 때 1층에서 시로쿠사의 목소리가 들려왔다.

"스짱~ 시온~ 좀 도와줬으면 하는데 괜찮을까~?"

""예~!""

목소리가 완전히 겹쳐졌다.

나는 놀라서 눈을 크게 떴을 뿐이지만 시온은 진심으로 싫다는 듯한 표정을 지었다.

"칫."

다 들리도록 혀를 찬다.

하지만 이젠 안 무섭단 말이지. 오히려 웃음이 나왔다.

"시온은 말이지, 초등학교 5학년 때 아버지께서 병으로 돌아가셨어. 어머니는 그보다 전에 이혼해서 소식을 알 수 없는 상태라 의지할 사람이 없어졌거든. 그걸 안 우리 아빠가 거둬 주신 거야. 아빠와 시온네 아버지는 싱글 파더끼리 마음이 맞으셨던 모양인지 때때로 부녀가 함께 우리 집에 올 정도의 관계였거든."

저녁 식사를 하며 시온이 어째서 메이드로 일하는 건지 물으니 시로쿠사가 그런 이야기를 해 줬다.

"시로!"

"스짱이니 괜찮잖아. 말하지 말아 달라고 하면 절대로 비밀을 지켜 줄 거야."

"그건 시로의 망상이에요! 저는 마루 씨를 전혀 신용하지 않으니까요!"

오늘의 저녁밥은 전골이었다. 슈퍼에서 시판 육수를 사 와서 채소와 고기를 자르고 냄비에서 끓일 뿐인 단순한 조리법이었다. 도쿄 타워에 갔다가 돌아오는 길에 시로쿠사가 '전골을 만들어 보고 싶어.' 하고 말을 꺼냈다. 오키나와 여행 때의 일이 머릿속에 남았던 거겠지.

시로쿠사는 어깨를 으쓱이며 내 몫의 전골을 떠 줬다.

"그럼 왜 메이드로 일하는 건데? 사용인이 아니라 자매 같은 거여야 하지 않아?"

"……시온, 말해도 돼?"

"하아……."

시온이 크게 한숨을 내쉬었다.

"보아하니 어차피 제가 없을 때 말해 버릴 거잖아요."

"윽, 그, 그렇지는——."

"할 거잖아요. 분명 할 거예요. 그럴 거라면 제가 스스로 말하겠어요."

시온은 뒤에선 시로쿠사에게 엄청 무르지만 시로쿠사와 함께 있을 때는 비교적 냉정하단 말이지. '지켜주고 있다'는 자부심이 있는 탓인지 시로쿠사에게는 언니처럼 대하고 싶은 모양이었다.

시온이 한숨 섞인 목소리로 이야기했다.

"우리 집은 어머니가 최악의 인간이어서 빚을 아버지에게 떠넘기고 남자와 도망쳤어요. 그 탓에 고생한 아버지는 병에 걸려서 돌아가셨죠……. 그렇게 망연자실한 저를 구해 주신 분이 소우 아저씨였어요. 상속 포기 같은 절차를 전부 해 주셨을 뿐만이 아니라 저를 시로의 자매 같은 느낌으로 거둬 주셨죠. 평생을 바쳐도 다 갚지 못할 은혜예요. 그래서 저는 조금이라도 보답을 하고 싶어서 메이드로서 최대한 집안일을 돕고 있어요. 물론 편의를 많이 봐주셔서 어느 정도는 놀 시간과 공부할 시간도 있으니 걱정하지 마시길."

"그렇구나~."

시온도 고생이 많았구나. 시온의 이야기는 솔직히 마리아의 과거와 1, 2위를 다툴 정도로 무거운 내용이었다.

이 애가 '효율적' '합리적' '천재' 같은 말을 곧잘 쓰는 건 최악의 모친에 대한 반발심에서 비롯된 거구나. 감정적인 행동을 혐오하는 기색이 있었다. 그러면서도 부친을 향한 애정이 엿보였고 소이치로 아저씨를 향한 은의도 강하게 느껴졌다. 그리고 시로쿠사를 향한 우정도 분명히 가지고 있다.

몹시 언밸런스하고 극단적이었다. 조금 모자란 부분이 폭주한 결과, 친밀한 시로쿠사를 향한 애정이 나를 배제하려는 행동으로 이어졌다.

시로쿠사가 '나쁜 애는 아니다' 라고 말할만했다. 시로쿠사에게 시온은 언제나 조건 없이 자신의 편이 되어 주는 여자애였을 테니까.

그리고 이 이야기에서 깜짝 놀란 건 소이치로 아저씨의 행동이었다. 소이치로 아저씨 진짜 성인이잖아. 이건 이제 부자의 여유니 하는 말로는 끝내지 못할 수준이었다. 너무 좋은 사람이어서 떠받들고 싶을 정도다.

"시온은 너무 고지식해. 아빠도 딱히 보답을 기대하는 건 아니야."

"시로는 그렇게 생각해도 제가 하고 싶은 거예요! 이건 예절의 문제예요!"

그렇구나, 시온이 시로쿠사를 엄청나게 소중히 하는 건 소이치로 아저씨에 대한 보은이라는 면이 있는 것일지도 모른다. 시온은 여러 가지 의미로 시로쿠사의 '소꿉친구' 이자 '가족' 이며 '보호자' 였다.

두부를 수저로 떠서 입에 넣었다. ……뜨겁다.

후후 불며 겨우겨우 삼킨 뒤에 나는 말했다.

"그런 관계였구나……. 좀 안심했어."

"응? 스짱, 무슨 의미야?"

"시로는 대단한 노력가라고 생각해. 하지만 그렇게 줄곧 혼자 노력하느라 힘들었겠다고 생각했는데 시온의 도움도 있었던 거구나."

"아니, 없었는데?"

"그런 적 없는데요?"

"푸읍!"

나는 배추를 입에 넣다가 무심결에 뿜어 버렸다.

"뭐?! 왜?! 시온은 시로를 소중히 생각한다며."

그것도 가족이나 다름없이. 그렇다면 노력하는 모습이 눈에 들어올 텐데. 그럼 도와주고 싶은 게 사람의 정이잖아.

"마루 씨, 뇌가 작은 건 알겠는데 조금은 합리적으로 생각해 주시겠어요?"

"뇌가 작은 건 사실일지도 모르지만 그건 그렇다 치고 합리적 이라니?"

"시로 정도로 돈이 많은 미인이 노력할 필요가 어디 있죠?"

"……………아, 정말이네. 없구나."

완전 맹점이었어! 전혀 깨닫지 못했어!

"딱히 공부하지 않아도 시로가 생활하는 데 곤란할 일은 없어 요. 게다가 이만큼 미인이잖아요. 일본에서도 손꼽힐 남자들이 줄지어 구혼하러 올 게 당연하지 않나요?"

"시온도 참. 구혼하러 올 리가 없잖아."

아니, 온다. 반드시 온다. 만약 전국에서 모집하면 아마 천 명 이상은 올 거다. 아니, 만 명 이상이 올지도…….

"저는 시로가 행복해졌으면 좋겠어요. 그러니 좋아하는 소설 을 쓰며 마음 편히 살면 된다고 말하는 거예요. 소설도 이미 프 로가 된 데다가 일본에서 이름을 떨칠 상을 받았잖아요. 이 이 상 노력할 필요가 어디 있어요. 그런데 시로는 여러 가지 일에 손을 대며 괜한 고생을 하고 있어요.”

“이건 내가 하고 싶어서 하는 거야! 시온이 무슨 말을 하든 관둘 생각은 없으니까!”

“언제나 이래요. 저로서는 막을 수 없으니 어쩔 수 없이 묵인하는 거예요. 도와주지 않음으로써 빨리 노력을 멈추라고 호소하는데 말이죠……”

“나도 알아. 하지만 관두지 않을 거야.”

시로쿠사가 고개를 홱 돌리며 불만을 어필했다.

홀로 댄스를 연습하는 시로쿠사가 묘하게 익숙해 보인다고 생각했다. 역시 연습은 줄곧 혼자였구나.

지금 생각해 보면 시로쿠사가 친구인 미네 메이코에게 넋두리를 했던 건 시온에게 말하면 ‘그럼 군청동맹 같은 건 관두면 되잖아요.’ 하는 말을 듣기 때문이었나…… 납득했다.

“시온이 이래선 시로도 고생이 많겠네.”

이 두 사람은 서로 달랐다.

노력가에 머리가 좋지만 멘탈이 약한 시로쿠사.

실속파에 조금 모자라지만 자신의 길을 가는 시온.

두 사람의 사고방식은 정반대였다.

“그렇지는 않아. 시온이 힘이 되어 줄 때도 많으니까. 함께 있어 주면 무척 든든해.”

“그래요! 저희는 서로의 힘이 되어 주는 나이스하고 멋진 관계예요!”

“그, 그래?”

잘 믿어지지 않는다만⋯⋯.

그래도 반드시 같은 편이라면 이런 폭주하는 성격이 든든할지도 모르겠다. 가장 먼저 나서 주는 돌격대장 같은 건가. 겁많은 시로쿠사의 입장에서는 아무 생각 없이 돌격해서 상대의 반응을 끌어내는 시온은 내 상상보다도 더 든든하게 느껴질지도 모른다.

"하지만 그 정도로 폭주하면 뒤처리가 힘들지 않아?"

살짝 목소리를 낮춰서 물어보았다.

"시온도 나쁜 마음은 없어⋯⋯ 다만 이야기가 복잡해지니까 지금까지 스짱에게 소개하지 않았어⋯⋯."

"역시 고생했구나⋯⋯."

말을 흐리는 데서 이해가 되었다.

"좀 모자란 애니까⋯⋯."

"친구를 생각해 주는 애야⋯⋯. 그저 조금 우쭐해지기 쉬운 성격일 뿐이고⋯⋯."

두둔하는 것을 보아 성격은 달라도 정말로 사이는 좋은 듯했다.

"둘이서 무슨 이야기를 하는 건가요? 마루 씨의 딱한 지능으로 시로의 이야기가 이해는 되나요?"

"딱하지 않거든. 내가 보기엔 시온도 충분히⋯⋯ 아니, 그만하자."

"말하다가 끊지 마세요! 상처받는다고요!"

"어? 상처받아?"

"쿡쿡, 그냥 해 본 말이거든요? 아, 또 속았죠?!"

나는 말 없이 아이언 클로를 먹였다.

"자, 잠깐, 항복, 항복할게요!"

"알았으면 됐어."

애도 레나처럼 다루면 되는구나. 아니, 오히려 그보다도 더 강하게 나가야겠다. 대처법을 알 것 같았다.

"그러고 보니 스짱, 어느 사이엔가 시온을 이름으로 부르고 있는데 생각났어?"

"……………응? 뭐라고? 다시 한번 말해 줘."

"시온을 이름으로 부르고 있는데 생각났어?"

"……생각이 나?"

"응."

"옛날에 만났던가?"

"어라, 생각난 게 아니었어?"

"어? 언제 만났었는데?"

"나를 촬영 현장에 데려가 줬을 때 시온도 있었잖아."

"…………아."

아~ 있었어! 분명히 있었어!

그때는 시로쿠사가 남자인 줄 알아서 '친구를 데리고 온댔는데 왜 여자애지?' 하고 생각했었지.

그리고 나는 평소에 학교에서 쿠로하를 제외한 여자애와 사이좋게 지낸 적이 없는 전형적인 남자애여서 어떻게 대해야 할지 곤란했었다.

"걔가 시온이었구나……."

"그랬는데, 왜요?"

"시로가 무진장 들떴던 게 기억나는데 시온은 저기압이지 않았어?"

"시로가 저를 두고 기뻐하길래 끼어들지 못해서요."

……그렇구나. 시로쿠사를 아끼는 시온에게 나는 라이벌이자 방해꾼이다. 그리고 촬영장에 데려가 내 주가가 올라가는 모습을 보게 되었다. 그야 마음에 안 들겠지.

아…… 6년 전 시점에서 이미 미움받을 에피소드가 있었을 줄이야…….

"뭐, 그 무렵은 아버지의 건강이 좋지 않을 때여서 그다지 들뜰 기분이 아니기도 했지만요. **초등학생 남자애가 깨달을 리도 없지만 그래도 조금은 신경 써 줬으면 했다**고 생각한 적은 전혀 없으니까요."

"으아아아아아…… 미안했어……."

들으면 들을수록 나와 시온은 상성이 나쁜걸. 아무튼 타이밍이 안 좋다고 할까, 사사건건 어긋나기만 했다. 시로쿠사와 사이좋게 지냈을 뿐인데 노린 것처럼 시온의 지뢰를 몇 번이나 밟았다. 이래선 미움받는 것도 당연했다.

"시온, 그런 거라면 나도 사과할게."

"예? 시로가 왜요?"

"그치만 나도 시온을 신경 써 주지 못하고 신나서 스짱을 따라다니기만 했었으니까."

"아니, 그게요……! 그런 말이 아니라……!"

시로쿠사가 동요하는 시온을 보며 작게 미소 지었다.

"……응, 나도 알아. 하지만 어릴 적에 한 번 만났으니까 둘도 되도록 사이좋게 지냈으면 좋겠다 싶어서. 그래서 조금 짓궂게 말해 버렸어."

아마도 시로쿠사는 일부러 나와 시온의 관계를 '소꿉친구'라고 표현하지 않았을 것이다.

나와 시온은 어릴 적에 만났었지만 '소꿉친구'라고는 할 수 없었다. 그리고 그렇게 말하자면 시로쿠사도 어릴 적에 몇 번 만났을 뿐이었다. '소꿉친구'라고 할 수 있을지 미묘했다.

다만 나는 시로쿠사는 '소꿉친구'의 범주에 넣어도 괜찮지 않을까 생각했다. 물론 그렇지 않다고 생각하는 사람도 있을 테고 그것도 틀린 말은 아니겠지.

'소꿉친구'라고 할 수 있는 한 가지 기준으로 공통된 추억이 있다고 생각한다. 그것도 서로의 마음이 통한 추억이다. 몇 년이 지나도 서로를 그리워하며 떠올리고 이야기를 나눌 수 있는 관계라면 '소꿉친구'라고 해도 괜찮지 않을까. 반대로 줄곧 곁에 있어도 서로의 마음이 통한 적이 없는 상대라면 '소꿉친구'라고 하기는 어렵겠지.

"시온, 손을 내밀어 봐."

"예?"

되물으면서도 시온이 손을 내밀었다. 그 손목을 시로쿠사가 잡았다.

"스짱, 손을 내밀어 봐."

"어?"

나도 왼손을 내밀자 마찬가지로 시로쿠사가 손목을 잡았다.

"자, 악수~."

냄비 옆에서 시로쿠사가 억지로 우리의 손을 맞대었다.

갑작스러운 일이어서 나도 시온도 반응하지 못했다. 그래서 손을 잡기는커녕 손등이 닿았을 뿐이었다.

그러나 시온의 반응은 너무했다.

"부, 불결해요! 손이 썩어 버릴 거예요! 손 씻고 올게요!"

"너무해!"

이런 말을 태연하게 하는 애라는 것을 알아도 상처받는단 말이지.

그래서 반격을 좀 해 보았다.

"그런 말을 한단 말이지~?"

나는 휴대전화를 살짝 들어 보였다.

그래도 조금 전에 부탁한 '우호적으로' 라는 말은 기억하는 모양이었다.

시온이 엄청나게 싫은 표정을 지으며 손을 내밀었다.

"시로가 사이좋게 지내라니까 어쩔 수 없네요……."

"야, 얼굴이 경직되어 있거든."

"시끄러운 파리네요……. 속이 좁은 남자는 인기 없다고요."

"몰래 테이블 밑으로 남자 다리를 차는 여자도 인기 없다고."

"딱히 인기가 많고 싶은 건 아니니까 상관없는데요……. 자,

이걸로 화해한 거죠!"

결국 손은 잡았지만 한순간이었고 손아귀에 힘까지 줬다. 여자애치고는 악력이 꽤 셌지만 견딜 수 있는 수준이어서 봐주기로 했다.

"두 사람도 참."

시로쿠사는 어깨를 으쓱였을 뿐이었다.

하지만 뭔가 무척 기뻐 보였다.

＊

밤이 되어 스에하루와 시온이 잠들어도 시로쿠사는 거실에서 홀로 노트북 앞에 앉아 있었다.

줄곧 꿈꿔 왔던 스에하루와 함께 가는 도쿄 타워. 그게 이루어져서 흥분으로 잠이 오지 않았다.

"후후후, 이긴 거나 다름없어⋯⋯."

기쁨은 승리의 확신으로 변했다.

첫사랑 상대라는 특별한 지위는 이미 손에 넣었다.

그러나 바짝 따라오는 라이벌은 소꿉친구라는 지위를 적극적으로 활용해 왔다.

'소꿉친구'라는 호칭으로 다툰다면 자신이 가장 추억이 적다는 것을 시로쿠사도 자각했기에 그 부분을 끄집어내서 보강할 필요가 있었다.

그리고 그건 이번 일로 완벽하게 보완되었다. 게다가 라이벌과 거리를 벌리는 큰 한 걸음이 있었다.

"스짱과 첫 데이트……."

자신도 모르게 실실대며 표정이 풀어졌다.

이제 사귀는 사이나 다름없지 않아?! 데이트의 즐거움은 스짱의 뇌리에 새겨져 있을 터! 그렇다면 또 데이트가 하고 싶어질 테고 거리도 점점 가까워져서——.

"나도 참 상스럽게……."

뺨이 뜨거워졌지만 망상은 더욱 과격해져 갔다.

그런 망상을 즐기며 시로쿠사는 고속으로 타이핑을 이어 나갔다.

제3장
파트너

＊

"스짱, 일어나. 아침이야."

"으음, 졸린데…… 좀 더 자게 해 줘……."

흐릿한 의식 속에서 나는 겨우겨우 그 한마디를 했다.

"알았어………………………………………………
………………………………………………스짱, 자?"

"새근새근……."

"후후, 자는 얼굴이 귀여워……. ………………아무도 없지………… 괜찮을까? 조금 정도는 괜찮겠지…… 모처럼의 기회인데…… 뺨에 살짝 키, 키키, 키스를 해도…… 괜찮지……?"

음? 뭔가 따스한 공기가 다가오는 듯한……. 특히 뺨 언저리에…….

졸리지만 눈을 뜨는 편이 좋으려나……?

"──스에하루 오빠, 좋은 아침이에요! 오빠의 모모가 도착했어요!"

"음…… 모모? 벌써 그런 시간이야……?"

내가 눈을 비비며 일어나자 만면에 웃음을 짓고 있는 마리아가 방문 앞에 서 있었다.

그리고——.

"칫!!!"

방구석에서 시로쿠사가 어째서인지 이를 악물고 있었다.

……대체 무슨 일이 있었던 거지.

"시로쿠사 선배님도 참 방심할 수 없는 분이시네요……. 오라기 씨도 체크가 어설퍼요."

"시온은 아침 식사를 차리느라 바빠."

"아~ 그 틈을 노리고."

"말이 왜 그래? 역할 분담이야. 나는 스짱을 깨우는 역할을 맡았을 뿐이고."

"……뭐, 참고할게요."

씨익, 하고 마리아가 웃는 것을 보고 시로쿠사가 몸을 떨었다.

"설마 너 내일——."

"모모는 아무 말 안 했는데요? 억측은 그만두시죠?"

"이 애가 정말……!"

"저기요. 옷 갈아입고 싶은데."

"미, 미안해, 스짱."

시로쿠사가 얼굴을 붉히며 몸을 돌렸다. 하지만 마리아는 반대로 다가왔다.

"스에하루 오빠, 도와드릴게요. 단추를 풀면 되나요?"

"괜찮아. 학교 갈 때라면 몰라도 휴일은 딱히 급한 것도 아니니까. 어제도 옷은 혼자서 갈아입었어."

옷을 갈아입을 땐 속옷도 드러나니까 부끄럽단 말이지. 파자

마의 단추는 커서 잠그고 풀기도 쉽고 옷도 셔츠에 재킷이라면 딱히 힘들지도 않다. 바지의 단추는 하나뿐이니까 천천히 하면 될 뿐이고.

"하지만 시간은 걸리잖아요. 자, 스에하루 오빠, 벗겨 드릴게요~."

"야야, 모모!"

마리아가 다짜고짜 내 파자마의 단추를 풀기 시작했다.

과일향이 코를 간지럽혔다. 복숭아 계열의 농밀하고 달콤한 냄새가 마리아의 풍성한 머리카락에서 풍겨와 한창때 여자애라는 걸 새삼 깨달았다. 허물없는 사이여서 깜빡할 때도 있지만 마리아는 '이상적인 여동생'이라고 불릴 정도로 귀엽고 애교가 있는 소녀였다.

"어, 어쩜 저런 엉큼한 짓을……!"

시로쿠사가 양손으로 눈을 가리며 그런 말을 했지만——.

"시로 너…… 보고 있지?"

"으응?!"

깜짝 놀랐는지 시로쿠사가 이상한 목소리를 냈다.

"손가락 틈으로 보는 게 뻔히 다 보이거든. 시로가 엉큼하면 어떡해."

"무, 무슨 말이야?! 나, 나는 그런 상스러운 여자가 아닌걸."

뭔가 불쌍해지기 시작했는데……. 나도 거짓말이 서투니까 시로쿠사의 반응은 이해가 되었다. 지적하는 건 그만하자…….

"그리고 모모도 은근슬쩍 내의까지 벗기려고 하지 마."

아무 말도 없이 내의까지 걷어 올리면 깜짝 놀란다고!

"아, 스에하루 오빠도 복근을 꽤 단련하셨네요."

"말 좀 들어."

"혹시 6년 전부터 단련은 계속하신 건가요?"

"좀 버릇이 되어 버렸거든. 하지만 당시만큼 철저하게 하지는 않아."

"와~ 단단해요! 대단해~ 재밌네요~!"

뭔가 뭔지는 잘 모르겠지만 마리아가 무진장 기뻐했다.

"잠깐, 모모사카? 독차지하는 건 너무하잖아!"

"어쩔 수 없네요. 조금은 양보해 드리죠."

"저기, 내 의견은?"

내 말을 전혀 듣질 않은 채 시로쿠사가 내 복근을 만졌다.

"……와, 단단해. 남자의 근육이란 이런 느낌이구나."

"……모모도 실은 만지는 건 처음이어서요…… 흥미롭네요……."

움직일 수가 없다…….

뭔가 부끄럽지만…… 솔직히 여자애가 만져주는 게 그렇게까지 나쁜 기분은 안 들고…….

그런 생각을 하다가 헤실거리는 표정을 짓고 말았던 걸까.

조용한 발걸음으로 찾아온 시온이 복도에 나타났다. 문이 활짝 열려 있어서 당연히 우리 모습이 뻔히 보였다.

"………….."

시온의 표정이 조용히 사라졌다.

"이 파리남! 무슨 엉큼한 짓을 하는 거죠?! 지금 당장 경찰에 넘겨 버리겠어요!"

"아니, 잠깐만! 이번에는 내가 한 짓이 아니라고! 그리고 그런 식으로 말하면 이웃이 오해하잖아!"

그때 창밖에서 목소리가 들려왔다.

"야, 스에하루! 엉큼한 짓이라니 그게 무슨 소리야?!"

"미도리 너는 왜 그 부분만 듣는 거냐고오오오!"

아침 댓바람부터 베란다에서 할 말이 아니잖아! 배려를 좀 하라고, 미도리! 나중에 설교 들을 각오하고 있어!

…………………

…………

……

결국 미도리가 쳐들어올 뻔했지만 시로쿠사가 오해라고 말하자 순순히 물러났다.

내가 설명해도 전혀 믿어 주지 않았는데 말이지……. 역시 다음에 만나면 설교해야겠군…….

그렇게 한바탕한 뒤에 옷을 갈아입고 1층 거실로 내려가서 아침 식사를 시작했다. 나는 시리얼만으로 충분했지만 시온이 수프와 샐러드를 준비했다.

애도 요리는 잘한단 말이지. 그리고 은근슬쩍 메뉴가 호화롭다. 이런 부분에서 부잣집에서 메이드로 일한다는 실감이 들었다.

"음? 시로는 안 먹어?"

시로쿠사는 시리얼엔 손도 대지 않았고 김이 피어오르는 수프도 바라보고만 있을 뿐이었다.

"……시온, 오렌지 주스 줄래?"

"또 밤새우셨나요?"

"쓸 수 있을 때 써 두고 싶어서."

요컨대 그 말은…….

"시로, 신작 소설 쓰고 있어?"

"응. 최근에는 군청동맹 일과 시험으로 바빠서 좀처럼 시간을 못 냈지만 슬슬 시작했어."

"그래도 갑자기 밤새우는 건 너무 무리하는 거 아니야?"

시온이 건넨 오렌지 주스를 시로쿠사가 조금 입에 머금었다.

"나는 조금씩 쓰기보다는 기세를 탔을 때 단숨에 쓰는 타입이라서. 어제는 스짱과 도쿄 타워에 갔었잖아? 뭔가 기쁘고 흥분되어서…… 그랬더니 집필하고 싶어서 참을 수 없었거든. 그대로 밤새워 버렸어."

"그러세요. 도쿄 타워에 가셨나요. 좋으셨겠네요."

이미 집에서 아침 식사를 하고 온 거겠지. 소파에 편히 앉아 있던 마리아가 싸늘한 눈으로 중얼거렸다.

"신작은 어떤 이야기야?"

어둠의 오라를 발산하는 마리아는 위험하니 모른 체 무시하며 시로쿠사에게 물었다. 한 명의 팬으로서 궁금했다.

"복수하는 이야기야."

"호오~."

"때는 다이쇼 시대. 유서 깊은 가문에서 태어난 여자애가 주인공인데 그 애에게는 사랑하는 동갑 남자애가 있어."

"흠흠."

"남자애는 가부키의 종가 집안으로 무척 인기가 있어서 이웃에 사는 후원자의 딸과 의붓여동생에게 노려지고 있었어."

"흠············ 응?"

"주인공 여자애는 눈부신 연애 끝에 남자애와 사랑의 도피를 하는데 아까 말한 후원자의 딸과 의붓여동생의 암약으로 잠시 눈을 뗀 사이에 남자애가 사라져 버려. 절망한 주인공 여자애가 그 **썩을 악녀**인 후원자의 딸과 **최악의 인간**인 의붓여동생을 그 **더러운 심성**에 걸맞은 말로로 몰아붙인 뒤에 마지막에는 남자애를 구출해서 해피 엔딩을 맞이한다는 이야기야."

"잠깐잠깐, 상대 여자애들 부분만 뭔가 묘하게 힘이 들어가지 않았어?"

"기분 탓이야."

마리아가 작게 중얼거렸다.

"소재가 뻔히 보이는 건 소설가로서 괜찮나 싶은데요……."

"불만이라도 있어?"

"아뇨. 모모는 내용만 재미있으면 소재는 아무래도 좋다고 생각하거든요."

마리아는 연기자로서 프로 의식이 높다 보니 내용만 재미있으면 뭐든 좋다고 생각한단 말이지.

"……아, 오전 아홉 시가 되었네요. 배턴터치예요."

마리아가 손목시계로 시선을 내리며 말했다.

이 룰은 어떻게 정한 건지…….

쿠로하, 시로쿠사, 마리아 세 사람이 이야기를 나눈 거겠지만 그 셋만 모여서 이야기를 나눴다면 지옥 같은 광경이 펼쳐지지 않았을까.

……응, 겁나서 못 물어보겠다!

"난 돌아가서 잘래……."

시로쿠사가 하품을 했다. 언제나 빠릿빠릿한 시로쿠사가 하품을 하는 모습은 처음 봤다.

"어라, 이상하네……. 뭔가 갑자기 피로가 몰려와……."

"그야 밤새우면 그렇게 되지."

시온이 고개를 끄덕이자 마리아가 끼어들었다.

"이제부터 스에하루 오빠와 외출할 거니까 시로쿠사 선배님은 여기서 한숨 자고 돌아가시는 편이 낫지 않나요? 시온 씨는 어차피 집에 계실 거잖아요."

"그렇네요. 시로, 그렇게 하지 그래요?"

"응. 그럼…… 모처럼이니…… 그럴 게……."

테이블에 윤기 나는 검은 머리칼이 내려앉았다. 그대로 눈꺼풀이 내려가며 바로 조용한 숨소리를 내기 시작했다.

뭔가 신선했다. 무방비한 시로쿠사가 묘하게 사랑스러워서 한없이 보고 싶은 기분이었다.

"……오빠, 너무 보는 거 아니에요?"

"……?!"

나는 휘파람을 불었다. 소리는 안 났다.

"따, 딱히? 보, 본 적 없는데?"

"평소 일상에서는 스에하루 오빠가 못 봐 줄 연기를 한다는 건 알았지만 여전히 보는 게 괴롭네요."

"그거 바보 취급받는 것보다 상처받으니까 하지 마!"

결국 시로쿠사를 이불 위로 옮기는 것도 포함해서 시온에게 맡기게 되었고 나와 마리아는 나란히 현관을 나섰다.

마리아가 부른 택시가 이미 와 있었다. 나는 몰라도 마리아는 상당히 눈에 띄니 선뜻 전철로 이동할 수도 없었다.

"어디 가는지 비밀이랬지? 슬슬 가르쳐 줘."

택시 안에서 내가 묻자 마리아가 귀엽게 입술에 검지를 대었다.

"재촉 안 하셔도 얼마 후면 알게 되니 조금만 더 참으세요."

"그건 그렇지만."

"도착할 때까지 옛날이야기를 하지 않겠어요? 모모와 스에하루 오빠의 사이가 좋아진 뒤의 일을 말이에요."

"물론 좋아."

마리아가 작게 웃으며 천천히 이야기하기 시작했다.

어딘가 먼 곳을 보는 눈에는 과거가 비치고 있었다.

＊

'모모…… 힘내 볼게. 그쪽을 따라잡을 정도로…… 힘낼 거

야. 그때까지 기다려 줄래?'

'······당연하지.'

　약속을 한 날. 운명이 바뀐 날.

　나는 언니에게 부탁해서 가능한 한 가장 좋은 미용실을 찾았고 그 안에서도 가장 인기인 미용사를 지명해 머리를 잘랐다.

　'맡길게요. 당신이 생각하는 가장 귀여운 헤어스타일로 해 주세요.'

　그때까지 나는 자포자기 상태에 가까웠다. 그런 마음이 머리카락까지 드러나서 마음대로 자라도록 내버려 둔 헤어스타일이었다.

　그런 헤어스타일이라도 프로가 정돈하면 그럭저럭 귀엽게 보인다. 그러나 스에하루 오빠를 따라잡기 위해서는 '그럭저럭'으로는 평생 불가능하다고 생각했다.

　나는 자신의 인생을 정했다. 연예인으로 유명해진다. 스에하루 오빠와 어깨를 나란히 할 정도로. 그리고 돈을 많이 모아서 언니에게 보답한다.

　그걸 진심으로 이루려면 전력을 다해야 했다. 그러기 위해서 우선 용모를 가꾸기로 했다. 물론 당시의 나와 언니에게는 뼈를 깎는 듯한 지출이었지만 선행 투자를 아끼는 이에게 커다란 보상은 돌아오지 않는다고 생각했다.

　그 효과는······ 바로 나타났다.

　'어, 저 애······ 이름이 뭐야? 저런 애가 있었던가?'

지금까지는 스에하루 오빠의 들러리로 곁에 있었을 뿐이었지만 점점 사람들의 눈에 들게 되었다. 그리고 나는 용모에 걸맞은 —— 정확하게 말하자면 지금의 내 용모를 본 사람들이 어떤 성격을 기대하는지 고민하고 언동을 거기에 맞췄다.

그러자 잇따라서 일이 들어오게 되었다.

'……쟤 귀여워서 좋네. 모모사카…… 마리아? 단역이라도 써 볼까.'

'애 눈에 띄는데……. 대사가 좀 더 많은 역할을 보고 싶어.'

'모모는 크랭크 업한 뒤에 스태프 한 사람 한 사람에게 예의 바르게 인사하며 다닌단 말이지. 그런 부분이 굉장히 좋아. 이쪽도 사람이다 보니 그런 인사를 받으면 또 기용하고 싶어져.'

'모모는 주변 상황을 잘 본단 말이지. 아무튼 머리가 좋아. 포인트를 잡았으면 하는 부분을 확실하게 해내. 초등학생 중에 이 정도로 할 수 있는 애는 없지. 뭐, 마루는 독보적으로 빼어나서 주위 분위기마저 고조시키는 타입이니까 비교할 수는 없지만.'

처음에는 스에하루 오빠의 옵션으로 함께 받았던 일이 점점 나를 지명해서 들어오게 되었다. 그런 사실이 당혹스럽지 않았다고 하면 거짓말일 것이다.

그도 그럴 게 나는 나인 채로 아무것도 변한 게 없었으니까.

딱히 다시 태어난 것도 아니었고 주위 사람들에 대한 불신감도 여전했다.

변한 부분은 목표가 생긴 것과 긍정적으로 생각하게 된 것. 그리고 목표를 달성하기 위해서 용모와 성격의 표현법을 바꾼 것.

그뿐이었다.

그런데 그것뿐인 변화가 엄청나게 큰 차이였다. 내가 '조금'이라고 느낀 차이는 바깥 세계에서는 '인생을 뒤바꿀 정도의 커다란 차이'였다.

그런 계기를 만들어 준 게 스에하루 오빠였다.

처음에는 반발로 시작된 마음이 이 무렵에는 순수한 연심으로 변해 있었다.

그것도 당연했다.

미래에 절망만 품고 있었고 언니에게 부담만 줄 뿐이던 최악의 인생이었는데 갑자기 빛나기 시작했다.

노력하면 해낼 수 있다는 기쁨. 미래가 더욱 좋아진다는 희망.

다시 태어난 게 아닐까 착각할 정도의 경험이었다.

거기까지 이끌어 준 동년배 남자애에게 특별한 감정을 품지 않는다는 게 오히려 무리였다.

'스에하루 오빠, 무슨 음식 좋아해요?'

'응? 아, 어디 보자── 앗, 미안! 불러서 가 볼게!'

내가 바빠졌다고 해도 스에하루 오빠와 비교하면 아직 멀었다.

스에하루 오빠는 '국민 아역'이라고 불릴 정도인 진정한 스타였다. 출연한 작품은 전부 시청률이 높아서 낮은 시청률에 고심하는 텔레비전 방송의 구세주라고 하는 사람마저 있었다.

스에하루 오빠는 그 뒤로도 더욱 바빠졌다. 이전에는 내가 한가해서 스에하루 오빠의 빈 시간에 이야기를 나눌 수 있었지만 지금은 나도 일이 들어오게 되어서 이야기를 나눌 시간이 많이 줄어들었다.

'모모. 하루 군이 좋아하는 음식은 내가 알려 줄게.'

'어머님……!'

스에하루 오빠의 어머니와는 이전부터 면식이 있었다. 다만 그 무렵에는 언니 말고는 마음을 열지 않을 생각이어서 만나는 시간이 지금보다 많았음에도 거의 이야기도 나누지 않았었다.

그 일을 반성해서 지금은 '어머님'이라고 불러 장래의 복선을 깔고 있었는데—— 그걸 제외하더라도 스에하루 오빠의 어머니는 좋은 분이셨다.

'하루 군은 말이지, 고기 감자조림이나 닭튀김 같은 일식을 좋아한단다. 물론 햄버그 스테이크와 오므라이스도 좋아하지만 전반적으로는 일식을 좋아해. 된장국을 좋아해서 아침에 된장국이 없으면 조금 토라질 때도 있어.'

온화한 인격자라고 생각했다. 그리고 '토라질 때도 있어' 하고 말한 뒤에 생긋 웃으며 윙크를 하는 모습이 참 어울려 보이는 게, 나이를 먹어도 애교가 있었다. '배우를 꿈꿨지만 재능이 없었다'고 본인은 자학하는 느낌으로 말했지만 그 자리에 있는 것만으로도 모두가 웃는 얼굴이 되는 매력은 틀림없이 있었다.

나는 모친에게 좋은 기억이 전혀 없었던 만큼 처음에는 경계했었다. 그러나 어머님의 다정함, 애교, 매력을 알아감에 따라 따르게 되었다.

스에하루 오빠가 운명의 사람인데 어머니도 좋은 분이시라니

이젠 결혼할 수밖에 없지 않나? 좋아, 지금부터 점수를 따 두자
── 그렇게 생각했다.

　그래서──.

　"스에하루 오빠, 도착했어요. 이곳이 모모가 데려오고 싶었
던 장소예요."
　택시에서 내린 나는 카메라의 스위치를 켜서 촬영을 시작했
다.
　스에하루 오빠는 택시에서 내린 뒤로 한 발짝도 움직이지 못
하고 멈춰 서 있었다.
　"…………."
　"화나셨어요?"
　"……아니, 한 번은 와야 할 장소라고 생각했어."
　"그런가요……."
　내가 데리고 온 곳은 어떤 주택가의 한구석에 있는 공원의 입
구였다.
　특별한 설비가 있는 건 아니었다. 다만 스에하루 오빠에게 있
어서 운명의 장소라는 건 틀림없었다.
　이곳은──.

　──스에하루 오빠의 어머니가 돌아가신 장소였다.

지금 이 장소는 내가 손을 써서 되도록 사람이 지나다니지 않게 해 두었다. 그래서 잠시뿐이지만 다른 사람의 시선을 신경 쓰지 않고 있을 수 있었다.

"스에하루 오빠…… 분명 괴로우시겠지만 당시의 일을── 어머님께서 돌아가셨을 때의 상황을 설명해 주실 수 있나요? 동영상을 보는 분들을 위해서. 모모도 이야기로는 들었지만 그래도 자세히는 모르거든요."

"……알았어."

스에하루 오빠가 눈을 감았다. 불과 1초 정도의 시간이었다.

그러나 눈을 떴을 때는 각오를 다진 남자의 얼굴이었다.

그 표정에 내 가슴이 두근거렸지만 그런 가슴을 억누르며 카메라로 계속 촬영했다.

"'차일드 킹'…… 다들 알려나? 시청률은 좋았다고 기억하는데."

"아는 것을 전제로 말씀하셔도 될 거예요."

"그래? 내가 주역을 맡은 드라마로 6년 정도 전에 방송했었지. 그 '차일드 킹'의 1화에서 나온 주인공의 모친── 그 사람이 실제 내 어머니이기도 했어. 현실의 모자가 드라마에서도 모자를 연기하는 화제성을 노렸다고 기억하는데 화제가 되긴 했어?"

"솔직히 말해서 그다지요. 선전이나 잡지에서는 언급했지만요."

"우리 어머니는 옛날에 배우를 지망해서 연극 무대에 서거나 사무소에 소속되기도 했었는데 결국 싹을 틔우지 못했어. 내가 극단에 들어가서 아역이 된 것도 어머니의 희망이었지."

"덧붙여서 모모는 그 극단에는 들어가지 않았지만 스에하루 오빠가 아역 시절에 소속했던 소속사에 들어갔는데 스에하루 오빠와 세트로 추천해 주셨었죠. 그래서 모모가 이 자리까지 오게 된 건 스에하루 오빠 덕분인 부분도 많아요."

나는 시청자를 위해서 첨언하며 마음속으로 수긍했다.

스에하루 오빠와 만나지 않았다면 지금의 나는 존재하지 않는다.

"'차일드 킹'은 월요일 밤 아홉 시 편성이었는데 어머니가 꿈꿔 오던 시간대여서 모친 역할로 나오게 되어 무척 기뻐했던 것이 기억나."

스에하루 오빠는 눈을 가늘게 좁히며 공원의 입구를 나와서 바로 앞의 신호등이 없는 횡단보도로 이동했다.

"여기서 어머니가 차에 치이셨어. '차일드 킹'은 1화에 주인공의 모친이 사망하니까 그런 장면이 있었을 뿐이야. 스턴트를 쓰지 않았던 것도 우리 어머니가 원해서였지. 이건 분명하게 말해 둬야 한다고 생각하는데, 나중에 알아보니까 우리 어머니는 차와 전혀 접촉하지 않았어. 요컨대 우리 어머니는 차에 부딪힌 연기를 했을 뿐이야. 박진감 있는 연기를 하려고 한계 이상으로 뛰었던 거겠지. 콘크리트 바닥에 떨어졌을 때 머리를 부딪쳤는데 닿은 부위가 좋지 않아서…… 그게 사인이었어."

스에하루 오빠의 마음속에는 어떤 감정이 오고 있을까.

……모르겠다.

스에하루 오빠는 살짝 쓸쓸한 표정을 지으면서도 울지도 않고 한탄하는 일도 없이 담담히 말했다.

"여기야. 어머니가 쓰러졌던 장소가."

스에하루 오빠는 무릎을 꿇고 콘크리트 바닥을 매만졌다.

"역시 피 같은 건 안 남아 있네. 그야 그렇겠지."

6년이나 지났다. 시간과 비에 흔적이 씻겨 내려간 거겠지.

"경찰도 왔었고 뭔가 사람들이 이것저것 말했던 것 같은데 그다지 기억나지 않아. 다만 우리 어머니의 죽음을 공표하고 '차일드 킹'의 제작을 중지한다는 이야기가 나왔을 때 가장 크게 반대한 사람은 나였어. 어머니가 꿈꿔 온 무대에서 목숨을 걸고 했던 연기가 빛을 보지 못하는 것만큼은 참을 수 없었거든. 스태프는 아무도 잘못하지 않았어. 어머니의 죽음은 정말로 불행한 사고였을 뿐이니까. 그래서 공표하지 않고 장례식도 친척들끼리 끝낸 뒤에 나는 '차일드 킹'에 전력을 쏟았어. 어머니와 처음이자 마지막으로 함께 연기한 작품이었으니까."

"스에하루 오빠……."

어째서 이렇게 근사한 걸까…….

그림이 된다. 애수 어린 옆얼굴에 내 가슴이 더욱 크게 뛰었다. 그럴 자리가 아닌데도 두근거림이 더욱 빨라졌다.

"이 사건 뒤에 나는 어머니의 죽음을 아무도 깨닫지 못한 채 촬영이 계속되었다는 사실이 뭔가 무서워졌어. '차일드 킹'만큼은 죽을 각오로 끝냈지만 그 뒤로는 실이 끊어진 인형처럼 되어 버렸지. 무대 위에 서거나 카메라 앞에 서면 공포심이 되살

아나서 아버지의 권유로 연예계에서 거리를 뒀어. 어머니의 죽음은 감췄으니 갑작스럽게 사라진 것처럼 보였을 거야. 그게 내가 사실상 은퇴를 하게 된 전말이지."

스에하루 오빠는 꺼림칙해 보일 정도로 침착했다.

무거운 내용의 이야기여서 괴로우리라는 것은 누가 보더라도 알 수 있었다. 하지만 그게 겉으로 드러나지 않았다.

"스에하루 오빠…… 괴로운 이야기를 고백해 줘서 고마워요……. 괜찮으세요?"

"응? 응, 어째서인지는 모르겠지만 실제로 이야기해 보니 꽤 담담한 기분이야. 이 장소도 줄곧 무서웠는데 실제로 와 보니 의외로 별 것 아니었다고 할까. 시간이 지나서 마음속으로 납득한 것일지도 모르겠어."

"그런가요……."

내가 찍고 있는 카메라 앞에서 스에하루 오빠가 힘없이 웃었다.

그 표정에 나는 가슴의 아픔을 느끼면서도 마음속으로는 이렇게 중얼거렸다.

——계획대로야……!

스에하루 오빠의 과거를 파헤치는 다큐멘터리의 제작 이야기가 나왔을 때, 나는 궁리한 결과 '군청동맹의 여자 셋이 각자가 접했던 과거를 떠올리게 해서 하나의 다큐멘터리로 만든다'는 것이 최선이라는 결론에 이르렀다.

스에하루 오빠와의 과거를 떠올리는 것은 단둘이서 하고 싶었다. 소중한 추억이니까. 그건 아마도 쿠로하 선배님과 시로쿠사 선배님도 마찬가지라고 생각한다.

그래서 다 같이 스에하루 오빠를 따라가서 촬영한다는 일반적인 방법은 여기서 제외되었다.

다음 문제는 각자가 과거를 떠올릴 때 누가 가장 이득을 보느냐였다.

그리고 생각을 거듭한 결과 내가 가장 이득을 본다는 결론에 이르렀다. 왜냐하면 스에하루 오빠의 과거에서 가장 큰 사건이라고 한다면 당연히 '어머니의 죽음' 말고는 없었기 때문이다.

연예계를 사실상 은퇴하게 된 사건이고 그 뒤에 무대에 서지 못한다는 트라우마를 앓는 것도 알았다. 좋고 나쁨을 떠나서 스에하루 오빠에게는 출세작인 '차일드 스타' 출연보다도 커다란 사건으로 기억에 남았을 게 분명했다.

그럼 여기서 더 생각해 보면, 스에하루 오빠가 어머니의 죽음과 마주할 때 '큰 슬픔을 느낄 것' 은 더 말할 필요도 없는 일이다.

그리고 그거야말로——.

모모 대승리!

——로 이어지는 전개의 키워드였다.

아마도 스에하루 오빠에게 나는 '여동생' 에 가까운 존재일

모모
대승리!

것이다. 그건 거리가 가깝다는 의미이니 꼭 나쁜 것만은 아니지만 연애 대상으로 보이려면 노력이 필요했다.

그렇다면 무슨 노력이 필요할까.

내가 내놓은 대답은 지금까지 본 적이 없는 일면을 보여 준다, 였다.

구체적으로 말하자면──'포용력'을 보여 주고 싶었다. '포용력'은 '여동생'의 이미지와 상반된 것이었으니까.

내 이점은 스에하루 오빠와 마찬가지로 연기자가 본업이라는 것이다. 요컨대 기쁨을 서로 나눌 수 있다. 생애의 파트너가 될 수 있다. 그러나 나는 도움만 받을 뿐이지 스에하루 오빠의 힘이 된 적이 없었다.

요컨대 '큰 슬픔을 느끼는' 상황에 함께 있음으로써──.

기쁨이 아니라 슬픔도 서로 나눌 수 있다는 것을 인식하게 해서 호감도를 올리는 것이다!

게다가 상냥하게 포용해서 포용력도 강조할 수 있다!

그 효과로 '여동생'에서 벗어날 수 있다!

스에하루 오빠는 나를 연애 대상으로 보게 되고 거리가 가까워지면서──.

완전승리모모!

──가 되는 것이다.

너무나도 계산적인 생각이라서 나로서도 기가 막히기는 했지만 라이벌은 강적투성이였다.

그렇다면 어중간한 양심은 개밥으로 줘 버리고 확실하게 과실을 쟁취해야 할 것이다.

"뭔가 무척 슬픈 기분은 들지만 말이지……."

"슬픈 기분이 든다는 건 슬픈 것과 뭐가 다른가요?"

나는 되도록 다정한 목소리를 의식하며 말했다.

"혼란해서인지 잘 모르겠어. 슬프다는 마음도."

"혹시 '차일드 킹'의 촬영 중에도 그런 기분이었나요?"

"……글쎄, 잘 모르겠네."

"모모가 '차일드 킹'에 출연했을 때, 촬영장에 함께 오셨던 게 아버님이셔서 위화감이 들었어요. 하지만 스에하루 오빠에게 그렇게 슬픈 일이 있었다는 건 알 수 없었어요. 때때로 멍하니 있다고 생각했을 정도고요. 왠지 모르게 지금과 비슷한 느낌이에요."

"으음, 역시 '치일드 킹'의 촬영은 그다지 생각이 안 난난 날이지……."

"돌이켜 보니 위화감은 꽤 들었던 것 같아요. 스태프분들도 그다지 농담을 안 했고 스에하루 오빠의 차례에서는 몹시 긴장했었죠. 스에하루 오빠의 열연에 눈물을 흘리는 스태프도 있었고요."

"……그랬구나."

"아무리 제가 초등학교 4학년이었다지만 스태프분들도 말해주셨으면 좋았을 텐데 말이죠. 그랬다면——."

그만 멈추자고 생각했다. 지금은 넋두리할 타이밍이 아니다.

떠올리자. 지금 필요한 건 여동생 취급에서 벗어나기 위한 큰 포용력이다. 그리고 슬픔에 잠긴 스에하루 오빠를 위로하는 상냥함이었다.

그러므로 넋두리를 하는 건 말도 안 된다.

아무리 듣지 못한 탓에——깨닫지 못한 탓에——스에하루 오빠가 연예계를 관두겠다고 했을 때 그렇게 심한 말을 해 버렸다고 하더라도.

'오빠는 대단해요! 오빠는 히어로예요! 연기를 못 하게 됐다니 말도 안 돼요! 오빠는 모모가 올라올 때까지 기다려 주겠다고 했잖아요!'

나는 감정에 휩쓸리지는 않는다. 더는 후회하지 않는다.

계산적이라는 말을 들어도 완벽하게. 철저하게 계산대로 일을 진행한다.

"……죄송, 해요……."

그러나 왜일까.

무의식중에 입 밖으로 낸 건——사죄의 말이었다.

"모모……."

"줄곧 제대로 사과를 해야 한다고 생각했어요……."

안 돼, 안 돼, 안 돼!

이럴 생각이 아니었다. 위로하는 쪽이 우는 건 말도 안 된다.

그런데 어째서 내가 우는 거지……?

"이변은 많이 있었는데, 깨달을 수 있는 곳에 있었는데, 저는 아무것도 깨닫지 못했어요……. 그러면서 충격으로 연기를 못 하게 된 스에하루 오빠에게 저는 심한 말을 해 버렸어요……."

……한심했다.

나는 오늘 사과할 생각은 없었다. 좀 더 다른 기회로 제대로 된 장소에서 하겠다고 생각했었다. 왜냐하면 오늘은 스에하루 오빠의 다큐멘터리를 찍기 위해 이곳으로 데리고 온 거였으니까.

그런데── 나는 언제나 자기 생각만 했다.

"재회했을 때 말했잖아. 딱히 신경 안 쓴다고."

"──그래도요!"

나는 카메라를 공원 입구의 돌비석 위에 놓았다. 카메라로 찍고 있기가 힘들어졌다.

"스에하루 오빠는 상냥하니까 그렇게 말해 주지만 모모는 자신의 어리석음을 용서할 수가 없어요……!"

"모모……."

"저는 언제나 제 생각만 해요! 당시에도 스에하루 오빠의 심정을 생각하지 않았어요! 지금도 스에하루 오빠의 다큐멘터리인데 자기가 하고 싶은 말만 하고! 스스로 생각해도 저 자신이 한심해요……!"

"넌 여전히 완벽주의자구나."

스에하루 오빠가 내 머리 위에 손을 올리며 상냥하게 쓰다듬었다.

"······뭐, 이렇게 말해도 순순히 들을 네가 아니지만······ 너무 신경 쓰지 마."

쓰다듬는 손이 너무나도 편안해서 또다시 눈물이 나왔다.

위로해 주고 싶었는데 위로를 받아서——.

포용력을 보이고 싶었는데 도리어 상냥하게 다독여 줘서——.

결국 자신의 미숙함과 한심함을 깨닫는 결과가 되어서. 그 탓에 자신도 모르게 할 생각이 없었던 말을 계산도 잊고 입 밖으로 냈다.

"모모는······ 스에하루 오빠의 어머니를 정말 좋아했어요······. 다정하고 귀여우신 모모의 이상적인 어머니였어요······. 그래서 돌아가신 것을 알았을 때 정말로 슬펐어요······."

힘없이 웃고 있던 스에하루 오빠의 눈이 커졌다. 그리고 한껏 커진 상태로 정지했고—— 돌연히 한줄기 눈물이 흘러내렸다.

"어라······. 뭐지, 이제 와서······."

나는 스에하루 오빠를 부둥켜안았다.

기억 속에 있는 것보다도 훨씬 근육질이고 넓은 가슴이었다.

그러자 스에하루 오빠도 나를 끌어안아 줬다.

"······미안······ 뭔가 슬퍼져서······."

"괜찮아요······ 오빠······ 그게 자연스러운 거예요······."

"······진짜로 잠시만 이러고 있을 테니까······."

"······걱정하지 마세요. 비밀로 할게요. 모모가 다른 사람에게 말할 리가 없잖아요······."

스에하루 오빠의 오열이 들려왔다. 내 눈에서도 계속 눈물이 나왔다.

이건 앞으로 나아가는데 필요한 중요한 의식이다.

전혀 계산대로 되지는 않았지만—— 이 의식을 스에하루 오빠와 맞이하게 된 것에 나는 감사했다. 만약 혼자였다면 지나치게 슬픈 나머지 서 있지 못했을 테니까.

*

나는 어머니가 돌아가신 장소 옆에 꽃을 두고 공원을 뒤로했다.

울음을 그친 뒤에 진정된 우리는 다시 다큐멘터리 영상을 찍었다. 울었던 게 도움이 되었는지 이상할 정도로 후련한 기분이었다. 덕분에 당시 일을 떠올려도 트라우마에 휩싸이는 일 없이 끝까지 이야기할 수 있었다.

이런 심경을 매듭을 지었다고 하는 것일지도 모른다.

그 뒤에 둘이서 점심을 먹고 옛 추억의 장소를 몇 군데 둘러본 다음에 저녁때가 되어 귀가했다.

"모모, 고마워. 네가 데려가 주지 않았다면 나는 언제까지고 가지 못했을 거야."

지쳐서 거실의 소파에 앉아 기지개를 켜는 마리아에게 나는 홍차를 건넸다.

어머니의 묘에는 갈 수 있어도 돌아가신 장소는 무리였다. 그런 탓에 자신의 머릿속에서 무서운 장소라는 이미지가 점점 강해져서 상상하는 것도 두려워하게 되었다.

그게 사라졌다. 상쾌한 기분이었다.

"위로해 드릴까요? 모모의 가슴팍에서 또 우셔도 되는데요."

"바, 바보야……! 놀리지 말고……!"

"후후후, 스에하루 오빠는 정말 귀엽네요. 우구우구."

"어린애 달래는 것처럼 하지도 마! 너도 울었잖아!"

"……무슨 말씀이신지."

고개를 돌리며 시치미를 떼는 건 평소와 같았지만 지금은 뺨이 살짝 붉게 물들었다. 아무리 마리아라도 울었던 건 상당히 부끄러운 모양이다.

"얼굴이 빨개서 부끄러워하는 걸 감추지 못하고 있는데."

"이익!"

마리아가 도토리를 입안에 가득 넣은 다람쥐처럼 입을 부풀리며 내 가슴을 토닥토닥 때렸다.

"심술쟁이! 언제부터 그렇게 심술쟁이가 된 건가요!"

때리고는 있지만 화나지 않았다는 건 뻔히 보였다. 전혀 아프지도 않았고 목소리에도 어리광을 부리는 기색이 섞였다.

"하하하, 미안미안."

"미안하시다면 태도로 보여 주세요."

"푸딩이라도 사 줄게."

"마음의 상처는 푸딩으로 치유하지 못해요!"

"그럼 어떻게 해 주면 되는데."

"상처를 치유하기 위해서는 상처 부위를 핥는 게 가장 좋다는 건 고금동서의 상식이에요. 그러니 핥아 주세요."

"왜 마음의 상처가 입술에 생긴 건데!"

마리아가 가리킨 곳은 입술이었다.

완전히 키스하라는 소리잖아!

"마음의 상처가 가슴에 생긴다는 법이라도 있나요? 아, 혹시 가슴을 핥고 싶어서 그런 말을…….."

"그러니까 그런 말이 아니래도!"

마리아가 쿡쿡거리며 웃었다.

뭔가 안심되었다. 마리아답다고 할까.

즐거운 일도 슬픈 일도 같은 시점에서 공유할 수 있는 존재는 귀중했다. 게다가 마리아는 연기자 동료이기도 해서 사이가 더 각별했다. 연인이나 친구라는 구분과는 관계없이 이 애와는 계속 즐겁게 지낼 수 있겠다는 기분이 들었다.

"삐이이이익!"

느닷없이 휘슬 소리가 울렸다. 당연히 휘슬을 분 사람은 그 문제아였다.

"거기, 두 분! '러브 협정 위반' 이에요!"

나는 얼굴을 찡그렸을 뿐이었지만 마리아는 더 심했다. 미간을 찌푸리며 시온을 머리끝에서 발끝까지 샅샅이 보았다. 어떻게 혼쭐을 낼지 생각하는 것만 같았다.

"……전부터 생각한 건데 시온 씨 좀 무례하지 않나요? 모모가 혼내 줄까요?"

"쿡쿡, 혼낸다고요? 저는 다툴 생각은 없지만 상대해 줄 수는 있는데요. 천재인 저와 맞설 수 있을 것 같지는 않지만요!"

애는 또 지뢰를 밟는 발언을…….

그래도 이 두 사람이 부딪치면 내가 어느 쪽에 붙을지는 정해져 있단 말이지.

"모모, 해 줄 말이 좀 있는데——."

마리아와 시온이 대립한다면 나는 당연히 마리아 쪽에 붙는다.

그야 시온은 나를 미워하고 쌀쌀맞게 대하니까……. 혼자서 상대하기에는 골치 아픈 상대지만 마리아라는 파트너가 있다면 충분히 대응이 가능할 터였다.

후후후, 하고 짓궂은 표정을 지으며 나는 마리아에게 시온의 약점을 말해 줬다.

"……그렇군요, 시온 씨는 합리주의자지만 시로쿠사 선배님에게만은 엄청 무르다는 거죠……."

"어제도 시로쿠사의 사진을 살짝 보여 줬더니……."

"아, 과연! 역시 스에하루 오빠예요. 그건 쓸만하네요……."

"삐이이이익! 그러니까 '러브 협정 위반'이라니까요! 두 분 모두 전부터 말했다시피 제 앞에서 애정행각을 벌이지 말아 주시겠어요? 아니면 그런 것도 못 지키는 건가요? 원숭이 수준의 지능이네요! 쿡쿡, 안타깝게도."

나와 마리아는 서로의 얼굴을 마주 본 뒤에 우쭐대는 시온을 보며 히죽 웃었다.

"뭐, 뭔가요……."

"아무것도 아니에요. 아, 혹시 시온 씨도 보고 싶나요? 스에하루 오빠의 앨범."

"예? 느닷없이 무슨 말을 하는가 했더니……. 마루 씨의 사진 따위엔 털끝만치도 관심이 없는데요."

"모모는 시로쿠사 선배님이 옛날에 어땠는지 궁금했거든요~. 그럴 게 스에하루 오빠는 시로쿠사 선배님을 남자애로 착각했었다면서요?"

"……?!"

시온의 눈이 커졌다.

"아, 하지만 잘 생각해 보니 그런 건 아무래도 좋은 일이네요. 그보다 스에하루 오빠, 모모가 찍힌 앨범을 찾아봐요. 그러고 보니 저녁 식사 말인데, 시온 씨가 만들어 주시나요?"

"……일단은 재료는 준비해 놨는데요."

"그럼 내일 쿠로하 선배님이 오실 때 써 주세요. 오늘은 셰프를 부를 거라 필요 없거든요."

"셰, 셰프라고……?!"

느닷없이 튀어나온 낯선 단어에 나는 혼란스러워졌다.

"전에 별이 붙을 정도인 레스토랑에서 식사했을 때, 그곳 셰프가 모모의 팬이라고 해 주셨거든요. 연락처를 교환했었는데 물어보니 조금 전에 출장 서비스가 가능하다는 답변을 받았어요."

끝내준다! 고급 레스토랑의 셰프가 집에 와서 요리를 만들어 준다고?! 그런 호사······!

하지만 신경 쓰이는 점도 있었다.

"모, 모모…… 돈은……."

"오늘은 모모가 낼게요! 평소에 사치를 부리는 건 아니니까 이 정도는 괜찮아요. 안심하세요."

"그, 그래도……."

궁상스러운 나에게는 너무 상류사회 같은 상황이라 겁이 났다.

"그치만 오늘은 특별한 날이잖아요. 스에하루 오빠와 모모가 과거를 마주 보고 새롭게 걸음을 내디딘 날이에요. 그런 중요한 날을 장식하는 연출이라고 생각하면 이 정도의 지출은 얼마 안 되는걸요!"

……그렇구나. 마리아의 말대로 오늘은 특별한 날이었다.

특별한 날에는 특별한 것을. 그렇게 함으로써 더욱 추억이 깊은 날이 되어 나중에 웃으며 이야기를 나눌 수 있다.

그렇다면── 순순히 호의를 받아들이도록 할까.

"미안. 다음에 기회를 봐서 답례할 테니까."

"기대하고 있을게요. 그리고 저녁 식사를 차리는 시간이 아깝다는 이유도 있어요. 이걸 오늘 중에 함께 전부 보고 싶었거든요."

마리아가 거실 한쪽에 놓아두었던 봉투의 내용물을 꺼냈다. 가방과는 별개로 들고 있어서 내용물이 궁금했었다.

"짜잔~ '차일드 킹' 전편이 수록된 블루레이 박스예요!"

"아~ 그렇네. 그러고 보니 찾아서 본 적 없었어……."

내가 주역을 연기했으니까 당연히 우리 집에도 블루레이가 왔다. 하지만 뭔가 무섭게 느껴져서 포장도 뜯지 않은 채 어딘가에 뒀고—— 현재는 어디 있는지 알 수 없는 상태였다. 그런 상황이어서 실은 이 드라마를 제대로 본 적이 없었다.

"총 10화라서 오프닝과 엔딩, 다음 예고를 전부 스킵하면 본편 45분이네요. 그렇다면 합쳐서 7시간 반 정도…… 지금이 17시니까 이런저런 시간도 포함해서 오전 두 시 정도까지는 전부 볼 수 있을 것 같아요."

"와, 뭔가 그립네……. 초등학생 때 때때로 그렇게 몰아 보기를 했었지……."

드라마와 애니 같은 건 보기 시작하면 멈출 수가 없단 말이지. 우리 집은 어머니가 원래 드라마와 애니를 좋아해서 아버지와 나도 함께 보거나 했었다.

"두 분 모두 무슨 소리를 하는 건가요? 내일은 월요일인데요? 그리고 저녁에 공부는 안 하시나요? 이래서 바보들은 곤란하네요!"

그때 시온이 찬물을 끼얹었다.

게다가 웬일로 정론이었다. 얘도 가끔은 멀쩡한 소리를 하는구나. 조금 다시 봤다.

"흐흥, 역시 시로예요! 이런 전개를 내다보고 저에게 조언해 주었다니 역시 시로는 세계를 제패하겠어요."

……그렇군. 시로쿠사가 가르쳐 준 거였나. 괜히 다시 봤다.

"금요일에 시험이 끝난 참이니까 괜찮잖아. 어제도 시로와 함께 최소한의 공부는 끝냈고."

"매일 하는 게 중요하다는 걸 시로를 보고 배우지 못한 건가요? 정말이지, 파리남과 얼빵녀가 세트가 되니 답이 없네요. 시로가 경계하는 것도 당연해요."

"……딱히 당신의 허가가 필요한 건 아니에요. 저희는 마음대로 할 테니 당신도 마음대로 하시죠."

마리아가 검지로 턱을 짚으며 우아하게 미소 지었다.

"안됐지만 시로에게 마루 씨의 공부를 감시하라는 부탁을 받아서 그럴 수는 없겠네요!"

"그럼 아까 이야기했던 시로쿠사 선배님의 어린 시절 사진은 안 봐도 되는 거죠?"

"예……?!"

여기서 비장의 무기를 꺼내는 건가……!

역시 마리아다. 아슬아슬할 때까지 상황을 주시하고 있었다. 아까 앨범 이야기를 했을 때 꺼낼 줄 알았더니 유효한 수라는 것만 확인하고 상대의 반응을 지켜보았다.

"모모는 지금 고민 중이거든요……. 시로쿠사 선배님의 옛날 사진을 볼지 말지……. 궁금하기는 하지만 '차일드 킹'을 빨리 봐 두고 싶기도 하고요…… 맞다, 공부도 하랬으니까 앨범 찾을 시간은 없을 것 같네요……."

"윽…… 끄응……."

시온이 갈등했다.

그 분해 보이는 표정을 보고 마리아가 작게 웃었다. 나는 마리아의 어깨를 짚었다.

"모모, 거기까지 해. 시온이 고민하잖아. 어떻게 할지 내가 정할 테니까."

"스에하루 오빠…… 알았어요. 맡길게요."

"그럼 앨범 찾는 건 관두자. 드라마를 보면서 앨범도 볼 생각이었는데…… 공부하라며 시끄럽게 구니까 앨범은 포기할 수밖에 없지."

"예?!"

시온이 말문이 막힌 모양이었다.

나와 마리아는 시선을 주고받으며 동시에 승리의 미소를 지었다.

"그렇네요~. 그렇게 될 거 같았어요."

"아~ 하지만 모모가 찍힌 앨범은 분명 금방 찾을 수 있을 테니까 바로 가져올게."

"예, 부탁드릴게요."

"그 옆에 시로가 찍힌 앨범도 있었던가 없었던가……."

"뭐, 시간도 없고 확인해 보는 것도 귀찮으니까요."

"역시 모모는 척하면 척이야~."

"후후, 스에하루 오빠야 말로요~."

우리끼리 신나서 떠들고 있는 옆에서 시온이 몸을 떨고 있었다.

"어머나, 광견 씨 왜 그러세요? 사사건건 짖어대던 조금 전 태도와는 많이 다르시네요. 뭐하시면 패배한 개의 집으로 돌아가시겠어요? 모모가 택시를 불러 드리죠."

오오, 도발이 매서운데……. 나는 따라 하지도 못할 어휘력…… 무서운 애다…….

그 도발이 묘하게 공감되는 건 분명 시온의 인상을 완벽하게 표현했기 때문이겠지.

시로쿠사도 시온도 갯과 속성으로 융통성이 없는 고지식한 성격이었다. 마음에 든 상대에게만 꼬리를 흔들고 다른 사람은 쳐다보지도 않는 충신. 아마도 두 사람은 성격이 비슷해서 사이가 좋아진 거겠지.

그런 시온을 '광견'이라고 한 건 대단한 비유였다. 폭주해서 무슨 짓을 할지 알 수 없는 무서움을 완벽하게 표현했다.

"……알겠어요."

쥐어짜 내는 듯한 말을 나와 마리아는 똑똑히 들었다.

우리는 아이콘택트로 즉각 의사소통해서 한순간에 못 들은 척하기로 했다.

"어라아~? 모모에게는 잘 안 들리는데요~? 스에하루 오빠는 들으셨어요~?"

"아니~? 시온이 뭔가 말했나 싶은 정도~?"

"그렇죠~?"

시온이 이를 악물며 몸을 떠는 모습이 최고로 즐거웠다.

그래서 나는 마무리를 짓기 위해 손뼉을 쳤다.

"시온이 무슨 말을 할지 기대되는데!"

"죽어 버리세요!"

"억?!"

……너무 도발했나.

고개를 내민 내 머리에 손날이 내리쳐졌다. 강렬한 통증에 나는 고통스러워했다.

"알았어요! 오늘은 못 본 척할 테니까 지금 당장 앨범을 보여 주세요!"

"우후후, 그렇게 금방 꼬리를 내리실 거면서. 모모는 시온 씨가 좀 마음에 들기 시작했어요."

"끄으으응. 말도 안 되게 성가신 사람들이네요! 한 명만 있어도 참기 힘든데 둘이 함께 있으니 정말이지……!"

"아쉽게 되셨네요! 모모와 스에하루 오빠는 최강의 파트너거든요!"

파트너.

그렇구나, 확실히 마리아와는 파트너라는 표현이 가장 와 닿는다.

연하라서 여동생이라는 이미지는 물론 있지만 같은 생각으로 같은 행동을 한다. 연기도 그렇고 이런 일상적인 행동에서도 그랬다.

쿠로하는 내 약점을 보완해 준다. 시로쿠사는 내 장점을 살리는 방향으로 도와준다.

그러나 마리아는 달랐다. 함께 행동해 혼자서 하는 것보다 큰 성과를 냈다.

시온의 콧대를 눌러주는 것을 쿠로하와 시로쿠사는 결코 함께 해 주지 않는다. 그런 의미로는 마리아가 가장 감성과 사고방식이 비슷할지도 모르겠다.

오늘 하루 함께 지내보면서 새삼 그렇게 생각했다.

완전승리한 우리는 바로 앨범을 가져와서 시온에게 보여 줬다.

드라마도 바로 재생하기 시작해서 집에 온 셰프가 요리를 만들어 주는 사이에도 텔레비전 앞에서 계속 보고 있었다. 그리고 조금 예절이 좋지는 못하지만 소파에서 드라마를 보며 최고로 맛있는 식사를 했고—— 화장실을 가거나 목욕할 때를 제외하곤 줄곧 '차일드 킹'을 보았다.

『미안하지만 나는 킹이 될 남자거든. 여기서 질 수는 없어.』

『큭, 잊지 마! 이 천재 투자자인 카라사와 히나키는 두 번 다시 지지 않을 테니까!』

보다가 생각났다. 그러고 보니 이 드라마는 어머니와 처음이자 마지막으로 함께 출연한 작품일 뿐만이 아니라 나와 마리아가 함께 처음으로 주연을 연기한 작품이기도 했다는 것을.

말하자면 추억의 작품이었다. 그걸 무섭다며 봉인한 건 마리아에게 실례되는 행동이 아니었을까. 아마도 마리아는 줄곧 소중한 작품으로 생각해 주었을 테니.

그리고—— 깨달은 게 한 가지 더 있었다.

『후후후…… 하하하하! 해냈어! 해냈다고! 내가 킹이야! 돈, 돈, 돈! 이것 좀 봐! 바닥이 지폐에 가려져서 보이질 않아! 나를 거지라고 바보 취급했던 인간들아 보이냐고! 당신들이 이런 돈을 벌 수 있을 것 같아?! 꼴좋다! 내가 초등학생이라고 우습게

봤기 때문이야! 하지만…… 아직 안 끝났어! 아직 진짜 목표가 남았어……! 마침내 당신과 대등한 위치까지 왔다고……! 엄마를 살해한 것을 죽을 정도로 후회하게 만들어 주겠어! 하하하하!』

새삼 자신의 연기를 보고 이런 박진감 넘치는 연기를 했었던 거냐며 놀랐다.

"스에하루 오빠…… 역시 대단해요……."

"저 사람 정말로 마루 씨예요……? 초등학생이 저런 연기를 하다니 말도 안 돼……."

처음에는 테이블에서 공부하며 힐끗거리던 시온이었지만 어느 사이엔가 소파로 이동해서 집중한 채 함께 보고 있었다. 뭐, 때때로 내 얼굴을 슬쩍 보며 한숨을 내쉬는 건 정말로 그만했으면 싶지만 일단 드라마는 칭찬해 주고 있으니 좋게좋게 생각하자.

즐거운 시간이 눈 깜짝할 사이에 지나가며 드라마가 마지막 회에 이르렀다.

클라이맥스인 최대의 적—— 숙부와 대치하는 장면이 되었다.

『삼촌…… 저는 엄마를 살해한 것과 이름을 숨기고 길러준 아빠를 살해한 것을 사과하길 바랄 뿐이에요…….』

『……후후후후, 어리석은 녀석. 사과하라고? 그런 짓을 하는 인간이 킹이 될 수 있다고 생각한 거냐! 약자를 짓밟고 지배하며 계속해서 나아가는 인간만이 킹이다! 나는 죽을 때까지 후회 따윈 하지 않아! 죄를 비웃으며 지옥으로 떨어져 주마! 아무리

깨끗한 척 꾸며도 너도 나와 마찬가지다, 렌! 다음은 네가 그런 존재가 되는 것이다! 유일무이한 킹이!』

빌딩의 한 방에 경찰이 들이닥치며 이야기가 끝나간다.

모든 것이 끝나고 기다리는 사람들이 있는 곳으로 돌아가려고 빌딩을 나서는 렌.

그런 렌에게——.

『윽…….』

누군가가 부딪쳐 왔다. 그 순간 배에 강렬한 통증이 퍼져 나갔다.

렌이 고개를 들자 숙부의 아들—— 언제나 렌을 괴롭히던 사촌의 모습이 그곳에 있었다.

『히히히! 전부! 전부 네 탓이야! 나는 다 알아! 네가 비겁한 수법으로 아빠를 함정에 빠트린 거야! 아빠가 경찰에게 붙잡히는 건 말도 안 되는 일이라고! 그러니 이건 정의의 철퇴야! 이 악당아, 꼴좋다! 으히히히히!』

그 자리에 무너져 내리는 렌. 배에서 피가 뿜어져 나오며 땅바닥을 붉게 물들였다.

흘러가는 인과 속에서 렌의 의식이 꺼져 갔다.

『…………한 번 더 그 애들과…… 만나고 싶어…… 한 번…… 만이라도…….』

『꺄아아악!』

귀청을 찢는 비명과 함께 암전되며 이야기가 에필로그로——.

"미안한데 여기서 멈출게."

나는 정지 버튼을 눌렀다. 옆을 보니 마리아도 시온도 울고 있었다.

"아니, 뭐 하시는 거예요! 중요한 부분이었는데!"

예상 못 한 시온의 말에 나도 모르게 눈을 깜빡였다.

"……나도 알아. 그렇게 푹 빠져 줘서 고마워."

"빠, 빠진 적 없거든요?! 바보세요?!"

"하지만 울고 있잖아."

"운 적 없어요! 정말이에요! 전혀 안 울었다고요!"

그렇게 말하면서도 소매로 눈물을 닦는 모습에 조금 웃음이 나왔다.

"멈춘 이유는 이어서 나올 배우의 연기에 영향을 받고 싶지 않았기 때문이야. 나는 줄곧 과거의 자신을 봐 왔어. 그 과거에서 지금으로 연결해야 해. 테츠히코는 진 엔딩이라고 했지만 나에게는 과거의 자신과 싸우는 것이라는 걸 이제서야 깨달았어. 그러니까 미안한데 일단 멈추게 해 줘. 내가 없을 때 이어서 봐도 되니까."

"모모도 여기서 그만 볼래요."

마리아가 일어섰다.

"모모도 진 엔딩에서 연기해야 하니 스에하루 오빠와 같은 마음이에요. 물론 과거의 자신과 뒷 내용을 연기한 여배우를 간단하게 뛰어넘을 자신은 있지만요."

"……알았어요. 그럼 저도 안 볼 거예요."

시온이 떨어진 과자부스러기를 치우기 시작했다.

"——하지만 그 대신 최고의 엔딩을 만들어 주세요. ……일단은 여기까진 재미있었으니까요."

솔직하지 못한 시온이 그런 말을 할 줄은 몰랐다.

나는 시선으로 마리아에게 말했다.

불타오른다고.

마리아는 아무 말도 하지 않고 고개를 끄덕였다.

그것만으로도 서로 이해했다는 확신이 들었다.

때때로 우리는 말이 필요 없을 때가 있었다.

그도 그럴 게 우리는 파트너니까.

제4장
소 꿉 여 친

＊

토요일에 시로쿠사가 묵고 일요일에는 마리아가 묵으며 나를 돌봐 줬다.

그리고 월요일인 오늘은 방과 후에 쿠로하가 묵으러 오기로 했다.

"아~ 뭔가 오랜만에 느긋하게 지내는 것 같은데."

점심시간의 안뜰.

나는 집에서 가지고 온 샌드위치를 한 손에 들고 중얼거렸다.

오늘은 쉬는 시간에 마리아가 들이닥치지도 않았고 쿠로하와 시로쿠사도 뭐랄까 평범한 느낌이었다. 덕분에 테츠히코와 느긋하게 둘이서 점심을 먹고 있었다.

"음? 뭐냐. 돈가스 샌드위치 맛있어 보이는데 마리아가 만들어 준 거야?"

"아니, 마리아가 부른 셰프가 만들어 줬어."

"……오늘은 안뜰로 오길 잘했네. 교실이었다면 그 한마디로 살해당했을 거니까."

"하긴……."

큰일 날 뻔했다. 딱히 숨길 필요도 없는 일이라고 생각해서 자연스럽게 이야기하고 말았다.

셰프라는 단어도 호사스러움이 느껴져서 위험했고 마리아를 언급하면 일요일인데 집에 온 거냐며 추궁당하는 전개가 된다.

나는 평범하게 사는데 왜 이렇게 주변이 지뢰투성이인 거야? 사치스러운 상황이라는 것을 자각해야겠다……

"그러고 보니 그 주간지의 대응 말인데 꽤 잘 풀리고 있어."

대처하겠다고 말한 지 며칠밖에 안 됐는데 벌써 성과가 나올 줄이야……

"너무 빨라서 깜짝 놀랄 정도인데. 어제 모모랑 검색해 보니까 주간지도 상당히 욕먹고 있던데…… 그 덕분인가."

"방송국이 무시해 준 게 도움이 되었어. 와이드쇼에서 다뤘다면 억누르지 못했을 거야."

"콜렉트가 같은 편이 되어 준 보람이 있네."

방송국이 모여서 만들어진 콜렉트 재팬 TV의 힘은 기대대로였다고 할까.

"뭐, 그리고 이번에는 이쪽에 대의명분이 있다는 점도 컸지. 네가 아직 미성년자니까."

"납득되네."

"하지만 아직 불씨는 남은 느낌이야. 여론을 완전히 컨트롤할 수는 없으니까. 내용 자체가 상당히 흥미를 끄는 것이다 보니 속보를 기다리는 목소리도 있어. 그러니 다큐멘터리를 빨리 올려서 수습할 필요가 있지. 너무 시간을 주면 그 쓰레기 사장 놈이 또 어디선가 불을 지를지 알 수 없으니까."

이번 다큐멘터리 제작은 나, 쿠로하, 시로쿠사, 마리아가 담당해서 테츠히코는 완전히 백업하는 입장이었다.

뭐, 주간지에 반격하는 거나 기업과의 교섭은 테츠히코에게 맞는 일이었으니 맡기는 게 최선이리라는 결론이다.

"슌 사장이 관여했다는 건 확정이야?"

"그렇지는 않지만 나는 확신하고 있어."

슌 사장과 테츠히코는 과거에 무슨 일이 있었던 게 분명해 보인단 말이지. 물어보면 얼버무리니까 증거는 없지만.

나는 테츠히코의 말을 듣고 슌 사장 흑막설은 확정이라고 느꼈다.

테츠히코의 슌 사장을 향한 이상할 정도의 집착과 단언을 고려하면 그 판단은 옳다고 직감했기 때문이다.

"시로와 모모가 촬영한 영상은 받았어?"

"받아서 프로 편집자에게 넘겼어. 완성되는 대로 데이터를 보낼 테니까 그때는 서둘러서 확인해 줘."

"알았어. 오늘 쿠로의 촬영이 순조롭게 끝나면 언제쯤에 올릴 수 있을 것 같아?"

"뭐, 대략 열흘 뒤려나."

역시 프로다. 테츠히코는 아직 오키나와 여행의 PV도 편집하지 못했는데 이 정도 속도인가.

다만 그렇다고는 해도 그 프로는 우리가 학교에 가 있을 때도 작업을 할 테니까. 프로의 실력이니 완성 속도가 비교가 안 되는 건 당연하겠지.

"진 엔딩은?"

"그쪽은 이번 주 주말 촬영을 목표로 움직이고 있어. 콜렉트 측은 다큐멘터리와 같은 타이밍에 올리고 싶다는데 괜찮냐?"

"진 엔딩이 제때 완성된다면 상관없어. 그러고 보니 나와 모모 이외의 배역은 누가 맡는데? 그런 스케줄로 부를 수 있겠어?"

나는 샌드위치를 입에 넣었다.

진 엔딩에서 주인공인 렌은 6년 뒤에 눈을 뜬다.

그 자리에 있던 건 소꿉친구 소녀, 렌이 위기에서 도와준 영애, 그리고 투자가 소녀로 세 사람이었다. 투자가 소녀는 원래 마리아가 연기했었으니 이어서 배역을 맡는 건 당연하겠지.

문제는 소꿉친구 소녀와 렌이 위기에서 도와준 영애다. 이 두 사람을 누가 맡느냐인데.

"콜렉트는 당시의 아역을 써서 모두가 성장한 모습으로 찍고 싶었던 모양인데――."

"음? 그게 안 돼?"

"한 사람은 운동선수를 지망해서 그다지 소란스러워지고 싶지 않다며 거절한 모양이야. 다른 한 사람은 연예계를 은퇴해서 연락이 안 되는 듯하고."

"진짜로? 그럼 어떻게 할 건데? 인기 여배우라도 쓸 거야?"

"그게 말인데, 역시 동영상 스트리밍으로 세계와 싸우려는 회사는 생각이 트였는지 남은 두 사람의 배역으로 시다와 카치를 지명했어."

"······뭐어?!"

그래도 되나? 그건 생각이 트였다기보다 무모함에 가깝지 않아?

"적당한 배우를 쓰는 것보다는 훨씬 화제성이 있으니까. 그 왜, 아직 저번 CF 승부의 이미지도 남아 있잖아. 연기하는 시간으로 말하면 애시드 스네이크의 뮤직비디오보다도 짧고."

"뭐, 그쪽에서 괜찮다면 상관없는데······. 근데 그 두 사람이······ 특히 쿠로가 받아들이려나······."

CF 승부 때도 시로쿠사는 적극적으로 출연해 줬지만 쿠로하는 마지못해서 참가했었다. 애초에 쿠로하는 눈에 띄는 걸 기뻐하기보다 피하려는 타입이고 배우에도 관심이 없었다.

"그렇게 되었으니까 네가 이걸 건네줘."

테츠히코가 옆에 두었던 종이봉투 안에서 대본 두 권을 꺼냈다.

"너와 시다의 대본이야. 어차피 오늘은 다큐멘터리 촬영하러 갈 거잖아. 그때 건네주는 김에 설득해 줘."

"전부 나에게 떠넘기는 거냐······."

"나는 기업과 교섭하는 역할이라고. 연기와 여자애들을 설득하는 건 네 역할이잖아."

"뭐, 그렇게 되겠지만."

딱히 명확한 역할 분담을 정해 둔 건 아니었지만 생각해 보면 자연스럽게 이렇게 된다.

"그래도 난 쿠로에게 강요는 안 할 거야."

"뭐, 그런 부분은 너에게 맡길 테니까."

이건 딱히 쿠로하뿐만이 아니었다. 나는 다른 멤버도 본인이 수락하지 않는다면 연기를 시킬 생각은 없었다. 연기는 억지로 할 게 아니라고 생각하기 때문이다.

특히 동영상으로 세상에 공개하니 얼굴이 팔릴 리스크도 있었다. 그런 건 본인의 납득도 없이 할 일이 아니겠지.

다만 테츠히코의 표정을 보니 쿠로하가 받아들이리라고 확신하는 모양이었다.

"쿠로가 받아들이지 않으면?"

"뭐, 적당히 대역을 찾을 테니까 신경 쓰지 마. 아마 괜찮을 것 같지만 말이지."

"그걸 어떻게 아냐."

"딱히 안다기보다는 혼자 소외되는 건 누구라도 싫어할 테니까."

배역을 담당하지 않을 뿐이지 소외될 만한 상황은 아니라고 생각하지만—— 뭐, 일단은 쿠로하에게 물어볼까.

*

나는 하루를 좋아한다.

그게 언제부터였는지는 분명하게 기억하고 있지 않지만 초등학교 저학년 무렵에는 가지고 있던 감정이라고 생각한다.

이유는 찾아보면 얼마든지 있었다.

그냥 성격이 잘 맞는다든지, 이야기를 나누면 즐겁다든지. 네 자매의 장녀로 태어난 탓에 부모님께 어리광을 부리지 못했던 내가 유일하게 어리광부릴 수 있는 상대라든지.

하지만 아니다.

가장 큰 이유는—— '이유 같은 건 없다' 였다.

사랑에는 계산이 통하지 않는다. 외모와 머리가 좋거나 운동을 잘한다는 이유로 좋아하게 되는 것을 나쁘다곤 하진 않겠지만 그것만으로 사람이 사람을 좋아하게 된다고는 생각할 수 없었다. 좀 더 마음 깊은 곳에 있는 감정이 바라는 것—— 그게 사랑이라고 생각한다.

내가 하루를 열렬히 바라고 하루가 나를 열렬히 바랐던 건 언제였을까.

그걸 떠올려 보니 하루가 연예계를 사실상 은퇴하게 되었을 때라는 생각이 들었다.

하루는 초등학교 2학년까지는 주위 애들과 다를 것 없는 평범한 아이였다. 뭐, 바보 같아서 눈에 띄는 편이기는 했지만.

문제도 일으키지만 무드메이커 같은 존재여서 주위 사람들도 좋아했다고 생각한다.

나는 반장 같은 걸 할 때가 많아서 입장적으로는 자주 대립했었다. 그러나 둘이 함께 있으면 학급이 원만하게 흘러갔기에 선생님에게 세트로 일을 부탁받을 때가 많았다. 이미 이 시점에서 찰떡궁합 같은 사이였다고 생각한다.

하루는 초등학교 3학년 때 데뷔했다. 한동안은 대단한 배역을 받지 못했지만 4학년 때 주역으로 발탁된 '차일드 스타' 이후로는 사정이 크게 바뀌었다.

학교에도 그다지 오지 않게 되었고 오더라도 옆 반에서까지 애들이 몰려들어서 하루는 곤란해 했다.

하루는 연기를 할 때면 몰라도 사생활에서는 옛날부터 무게를 잡는 게 서툴렀다. 하루는 어느 반이나 한 사람은 있는 전형적인 '재미있는 남자애'였다.

'폼 잡는 게 부끄러워.'

'웃긴 짓을 해서 애들을 즐겁게 하는 게 재밌어.'

'기회가 있을 때 적극적으로 웃겨야 해.'

이렇게 생각하는 구석이 있어서 좋게 말하자면 '거드름 피우지 않는 성격'이었다.

그래서 남에게 칭찬을 들으면——.

'후하하하! 그래, 끝내주지?!'

이런 느낌으로 처음에는 우쭐하지만 잠시 뒤에는 거북하다는 듯이.

'아니, 그게…… 뭐, 대단한 건 아니라니까. 그보다 피구나 하러 가자!'

그렇게 칭찬받기를 거부해 버릴 때가 있었다.

'모처럼 칭찬해 줬더니만.'

그런 소리를 하는 동급생도 있었지만 하루를 잘 모르니까 할 수 있는 말이었다.

하루는 근본적으로 칭찬을 받는 게 성격에 맞지 않았다. 하루는 모두에게 칭찬을 받고 싶은 게 아니라 함께 즐겁게 지내고 싶을 뿐이었다.

그 때문인지 하루는 스타가 된 뒤로 점점 주위 애들과 벽을 느끼기 시작한 모양이었다. 주목을 받고 선망의 대상이 된다는 게 거북스러웠을지도 모른다.

그렇게 조금씩 고립되어 갔다.

다만 그래도 원래 사이가 좋았던 동급생들은 변호할 여지가 있었다. 친구가 스타가 되어 버려서 어떻게 대하면 좋을지 알 수 없어진 것이다.

친구인데 노골적으로 칭찬하는 것도 이상했지만 그렇다고 대단한 성과를 언급하지 않을 수도 없었다. 이전처럼 대해도 괜찮은 건지 알 수 없어서 망설이는 사이에 구경꾼들이 몰려들고 말았다. 그래서 원래 사이가 좋았던 동급생은 하루가 사실상 은퇴를 한 뒤에 다시 관계를 구축해서 친구로 돌아간 패턴도 많았다.

그러나 다시 친구가 된 건 중학생 이후의 일이었다.

초등학교 5학년 때 어머니께서 돌아가시고 중학교에 올라가기까지의 1년 남짓 동안 하루는 급속하게 사람을 싫어하게 되었고, 전부터 고립되기도 해서 아무도 말을 붙일 수 없는 상태가 되었다.

'꼴좋다. 우쭐대니까 그렇게 되는 거야.'

'저번에 말을 걸어 주니까 딴 데로 가 버리라고 하던데.'

'텔레비전에서는 멋졌는데 말이지~. 왜 관둔 건지.'

그런 무책임한 말이 하루에게 쏟아졌다.

　그건 하루네 어머니의 죽음을 숨겨야 했던 영향도 있었다. 하루는 학교에서 입소문이 돌아 '차일드 킹'의 영상 매체 발매가 중지되는 것을 두려워했다.

　'하루, 좀 더 부드럽게 말할 수는 없어? 무서워하는 여자애들도 있는데.'

　'아무래도 좋잖아. 칭찬하든 무서워하든 마찬가지니까.'

　교실에서 내가 말을 걸어도 이런 태도였다.

　그 정도로 하루는 상처를 받아서 초췌해졌고 고독했다. 그래서 나는 오히려 적극적으로 관여했다.

　'그건 알겠는데 학급위원 일을 무시하면 안 되지!'

　'알았어, 알았다니까!'

　고맙게도 하루는 나에게는 그다지 변함없이 있어 줬다.

　그리고 그 밖에도 하루가 거의 변함없이 대하던 몇 없는 예외가 있었다.

　그건── 동생들이었다.

　'야~ 스에하루! 캐치볼 하자!'

　'하루 오빠가 아빠역을 해 줄 수 있어요?'

　'하루 오빠, 스도쿠 대결하자.'

　'……참 나, 할 수 없지.'

　그 애들은 하루가 스타가 되기 전에도 된 후에도 태도가 전혀 변하지 않았다. 아니, 그보다는 스타라는 것을 이해할 수 있는 나이가 아니었다. 오히려 그게 다행이었다.

그리고 이건 내 개인적인 추측이지만 원래 하루는 아무리 마음이 심란해도 순진한 연하에게 화풀이하는 난폭한 성격이 아니었다. 하루는 그런 상냥함을 가졌다.

피폐했던 시절의 하루는 곧잘 우리 집에 왔었다. 하루네 어머니가 돌아가시고 하루네 아버지가 쉴 틈도 없이 일을 받게 된 탓이었다.

지금이라면 이해가 되는데 아마 무척 슬프셨기 때문일 것이다. 적극적으로 받기 시작한 일이 아이들에게 교통사고의 위험성을 가르치는 '교통사고 현장을 재현하는 스턴트맨'인 데서 그건 명백했다.

하루네 아버지와 우리 아빠는 죽마고우셨다. 어머니끼리도 사이가 좋으셔서 가족처럼 지냈었다. 그래서 집에 혼자 있게 된 하루가 우리 집에 오는 건 당연한 귀결이었다.

동생들을 상대해 줬던 건 저녁 식사 전후의 한가한 시간이었다.

'와, 끝내준다! 아카네, 엄청 빨라! 스도쿠는 그렇게 빨리 풀 수 있는 거였어?!'

'풀렸어.'

'아카네, 대단해!'

'꺄하하, 스에하루! 네 살이나 어린 아카네에게 지는 거야?!'

'미도리, 시끄럽거든?!'

동생들과 즐겁게 지내는 하루.

학교에서 고립된 하루.

스타로 찬사를 받던 하루.

은퇴해서 낙심한 하루.

나만이 모든 하루를 보고 있었다. 좋은 부분도 나쁜 부분도, 희망도 절망도, 나는 전부 알고 있었다.

소꿉친구니까.

하루네 아버지도 학교에서의 하루는 모르신다. 내가 가장 하루를 잘 알고 있었다.

만약 내가 모르는 하루가 있다면 '연기자인 하루' 뿐이다. 그런 이유로 나는 연기의 재능이 있어서 대단하다고 생각하면서도 적극적으로 응원하지는 않았다.

독점욕일지도 모른다. 나를 두고 가는 것 같아서 쓸쓸했던 것일지도 모른다.

주위에는 하루가 연예계를 사실상 은퇴하면서 실망하는 사람들뿐이었지만 나는 실은 안심하고 있었다. 내가 아는 하루로 돌아와 준 것처럼 느꼈다.

그래서 나는 은근히 하루 옆에 있으면서 최대한 도움을 줬지만 하루는 점점 우리 집에 들르지 않게 되었다.

'하루, 왜 우리 집에 밥 먹으러 안 와?'

'뭔가 미안해서……'

'별로 신경 안 써도 되는데. 그럼 저녁에는 뭐 먹어?'

'대충 먹어. 햄버거나 소고기덮밥 같은 거.'

'바보야. 군말 말고 우리 집으로 먹으러 와. 영양 밸런스가 안 좋잖아.'

'아파아파! 알았으니까 귀 좀 놔!'

조금씩 거리를 두려고 하는 하루가 걱정되었다. 하지만 이런 저런 이유를 대며 우리 집으로 데려오는 게 고작이었다.

이게 소꿉친구의── 한계였다.

다행히도 하루는 고립되어도 엇나가지는 않았고 그렇게 초등 학교 생활이 끝났다.

나와 하루 사이에 큰 변화가 있었던 건 중학교 진학을 앞둔 봄방학이었다.

발단은 나였다. 엄마가 다시 일을 시작하시게 된 것이 원인이 었다.

원래 엄마는 간호사였다. 아이가 넷이나 생겨서 그만두셨지만 아이들이 자라면 복귀할 생각이었다고 한다. 내가 중학생이 되는 타이밍이 마침 좋다고 판단했고, 무사히 근처 병원에 채용되었다고 했었다.

'앞으로 바빠질 것 같으니 여러 가지로 부탁할게, 쿠로하.'

엄마의 별 것 아닌 한마디에 나는 폭발했다.

'왜 나만 그래야 하는데?! 나도 앞으로 클럽 활동이나 공부로 바빠지는데! 장녀라서야?! 그럴 거였으면 나도 동생으로 태어났지!'

지금까지 자각하지 못한 채 쌓인 불만이 엄마의 의도치 않은 한 마디에 분출된 것이었다.

'됐어! 몰라!'

나는 집을 뛰쳐나갔다. 태어나서 처음으로 한 가출이었다.

다만 그렇다고는 해도 어른 말을 잘 들으며 자라온 나에게 느닷없이 먼 곳에 갈 용기는 없었다.

우선 집을 나와 근처 담벼락 뒤에 숨어서 가족이 쫓아오는지를 살폈다.

15분 정도 지켜봤지만 쫓아오지 않았다. 나는 더 화가 났다.

'엄마는 바보야……! 흥, 비뚤어질 거야!'

그게 내 최대한의 반항이었다.

그렇지만 모범생이었던 나는 비뚤어지는 방법도 떠올리지 못했다.

그래서──하루의 뒤를 미행하기로 했다.

거의 매일 저녁 식사 시간이 되면 하루가 외출한다는 건 파악하고 있었다. 다만 어딜 가는지는 몰랐다. 그래서 몰래 미행해서 함께 비뚤어지자고 생각했다.

이건 하루를 신뢰하고 있었기에 할 수 있는 생각이었다. 하루가 범죄에 손을 물들이거나 타인을 겁박하는 행동을 하지 않으리라는 확신이 있어서 그런 태평한 생각을 할 수 있었다. 나에게는 '밤늦게까지 집에 돌아가지 않는 것'이라는 행동 자체가 '비뚤어진 행동'이었고, 그거라면 괜찮았기에 '하루와 함께 비뚤어지자'는 발상으로 이어졌다.

평소의 하루라면 1시간 이내에 나온다. 만약 나오지 않는다면 하루네 집으로 직접 쳐들어 가 보자. 그런 생각을 하면서 하루네 집 앞에서 감시를 했다.

그러자 잠시 뒤에 가방을 멘 하루가 나왔다. 나를 전혀 깨닫지 못한 채 역으로 향했다.

　햄버거 가게에서 저녁을 먹는가 했더니 하루는 포장해서 밖으로 나왔다.

　햄버거를 들고 어딜 가려는 걸까. 오락실? 아니면 좀 더 수상쩍은 곳?

　나는 가출의 불안함도 잊은 채 어느 사이엔가 즐기고 있었다. 뭔가 탐정이 된 기분이었다.

　'어라…….'

　역에서 벗어난 하루는 집이 있는 곳과는 다른 방향으로 걸어갔다. 주택가로 들어가서 계속 나아갔다. 그리고 도착한 곳은 신사였다.

　주택가 안에는 작은 언덕 하나가 솟아 있었다. 신사는 그 언덕의 중턱에 있었고 바로 옆에는 작지만 공원도 있었다.

　하루는 계단을 올라 신사의 기둥문을 지났다. 그리고 사당으로 향하는가 싶었더니── 나무 사이로 들어갔다.

　'어……?!'

　이미 주위는 어두워지기 시작했다. 그런데 불빛도 없는 숲으로 들어가다니, 완전히 익숙한 행동이었다.

　나는 황급히 뒤를 좇았다. 하루는 길 없는 길을 나아가서 점점 보이지 않게 되었다.

　'하루……!'

　나는 무심결에 소리쳤다.

　하루가 멈춰 서서 돌아보았다.

그리고 내 얼굴을 본 하루는———.

'엑.'

하고 말했다. 가출해서 자포자기 상태였던 나는 그대로 폭발했다.

'엑은 무슨 엑이야! 너무하잖아!'

'으아…….'

하루는 질겁한 표정을 지었지만 도망치지는 않았다.

'하루, 여기서 뭐 해?!'

'그건 내가 할 말이잖아! 따라온 거야?!'

아픈 곳을 찔렸지만 나는 뻔뻔하게 나가기로 했다.

'뭐?! 그럼 안 돼?!'

'아니, 안 된다고 한 적은 없는데…….'

'그래서 뭐 하려고 했는데?! 알려 줄 때까지 안 돌아갈 거야!'

'왜?!'

'내 맘이거든?!'

조용한 신사의 숲에 우리의 목소리가 울려 퍼졌다. 덕분에 언덕 아래 공원에 있던 어른들이 올려다보며 뭔가 대화를 나누는 모습이 보였다.

'이런…… 쿠로. 알았으니까 목소리 좀 낮춰 줘. 데리고 갈 테니까.'

'처음부터 그렇게 말하란 말이야.'

그렇게 나는 하루의 안내를 받아 숲 안쪽으로 나아갔다.

그리고 그곳에 있던 것은———.

'동굴……?'

'헤헤, 비밀기지야.'

하루가 가방에서 랜턴을 꺼냈다.

'누구를 데리고 오는 건 처음이니까 절대로 말하지 마.'

'……알았어.'

동굴 입구는 좁았다. 초등학교를 졸업한 참인 우리도 수그려야 겨우 들어갈 정도였다. 하지만 조금 나아가자 설 수 있을 정도로는 넓어졌다.

'아마 옛날에 방공호로 썼던 곳일 거야.'

'아! 그렇네. 넓이도 꽤 되고 바닥도 다져져 있네?'

'응. 그리고 이걸 보고 왠지 그럴 거 같았어.'

가장 깊은 곳에 도착했다.

넓이는 2평 정도일까. 이곳까지의 거리는 약 5미터 정도. 그것만으로도 제법 방다운 느낌이 들었다.

하루는 이미 이곳에 여러 물건을 들여놓았다.

바닥에는 돗자리가 깔려 있었다. 돗자리의 사방에 누름돌처럼 놓인 건 책이었다.

응? 요컨대 이건…….

'혹시 하루가 우리 집에 그다지 들르지 않게 된 건 이곳에 오느라 그랬던 거야?'

'……응, 뭐.'

확실히 이런 것에 관심이 없는 나도 두근거리는 시추에이션이었다. 모험을 좋아하는 하루에게는 흥분되는 장소였겠지.

'아무튼 거기 앉아.'

하루가 신발을 벗고 돗자리 위에 책상다리를 하고 앉았다. 나는 왠지 지저분한 느낌이 들어서 신발을 신은 채 구석에 앉았다.

'하루는 왜 이런 곳에 온 거야?'

'응? 실은 여긴 옛날에 지역 소년단 일로 신사 축제를 도우러 왔을 때 찾은 동굴이야. 그런데 얼마 전에 이곳이 생각나서 조금씩 개조하는 중이고.'

'그런 의미가 아니라.'

'뭐? 그러면?'

'하루에게는 자기 집이 있는데 왜 이런 좁은 곳에 일부러 오는 건데?'

랜턴으로 비추고 있어도 어두웠고 으슬으슬했다. 아무리 두근거리는 시추에이션이라고 해도 집에 있는 것보다는 훨씬 불편해서 몇 번이나 찾을 장소는 아니었다.

랜턴의 붉은 기가 도는 불빛이 하루의 옆얼굴을 어렴풋하게 비추었다. 평소보다 어른스럽게 보여서 고동이 빨라졌다.

잠시 조용하던 하루가 불현듯 햄버거 가게의 봉투에서 콜라를 꺼냈다.

'뭔가, 말하는 것도 부끄러운데.'

그리고 빨대로 마시며 한숨 돌린다. 얼음이 종이컵에 부딪히는 소리가 들렸다.

'집이…… 무서워서.'

'……뭐?'

생각지도 못한 말에 나는 말문이 막혔다.

'집이 너무 넓어서. 아무도 없는 게 왠지 무서워서. 여기 오면 안심되거든.'

'그, 그럼 우리 집에 좀 더 자주 오면 되잖아!'

'그건 좀……'

'왜?!'

'……반대로 너무 시끌벅적해서 집에 돌아가면 반동이 와서 힘들었어.'

나는 자신의 무지함에 진저리가 났다.

듣고 보니 당연하게 느껴졌다. 그런 하루의 심경에 전혀 생각이 미치지 못한 자신이 바보 같았다.

'미안…… 그런 줄도 몰랐어…….'

'앗, 쿠로가 왜 우는데?!'

저절로 눈물이 났으니까.

누구보다도 가까이에 있고, 유일하게 자신만이 집과 학교에서의 모든 하루를 안다며 자부했었는데 이런 꼬락서니였다.

과신해서 좋아하는 사람이 가장 괴로울 때 알아주지도 못했다니 자기 자신을 갈기갈기 찢고 싶을 정도였다.

'그, 그보다 쿠로는 왜 날 미행한 거야? 아줌마가 시켰어? 아줌마에게 안 들키려고 방에 불을 켜 두고 왔는데 말이지…….'

내 추측이지만 아마도 우리 엄마는 하루가 이곳에 있는 것을 눈치챘기에 내버려 뒀을 것이다. 만약 역 앞에서 위험한 사람과 놀러 다니기라도 했다면 곧바로 막지 않았을까.

아, 그렇다는 건 아마도 하루가 고독하단 사실을 알았던 거겠지.

으아, 그럼 설마 내 행동도 전부 예상한 거야? 혼자 비행을 저지를 근성도 없으니 하루를 따라가려고 한 것까지 들켰을 것 같다. 아, 그래서 가출해도 쫓아오지 않았던 건가?

……어른이란 무섭다.

'쿠로, 왜 그래?'

'아무것도 아니야. 내가 하루를 쫓아온 건 실은 가출했기 때문이야.'

'뭐?! 쿠로가 가출?! 왜?! 앗, 알겠다! 네가 만든 밥을 억지로 동생들에게 먹인 거지?! 그래서 동생이 병원에 가게 되어서 집에 있기 불편해진 거야?'

'맞을래?'

알긴 뭘 알아! 아무것도 모르잖아!

'……그게 아니라면 뭔데. 너 모범생이잖아. 부모님의 속을 썩이는 건 처음 아니야?'

'……실은 엄마가 다시 일을 시작한다고 해서.'

하루가 힘들어한다는 것을 알자마자 넋두리를 하는 건 한심했지만 그래도 물어보니 나도 모르게 다시 화가 나서 단숨에 가출 경위를 이야기하고 있었다.

'뭐, 넌 옛날부터 장녀처럼 행동해야 했으니까. 그런 만큼 불이익이 많았던 걸 나도 봐 왔고. 불만이 쌓이는 것도 어쩔 수 없다고 봐.'

'……고마워. 하지만 괜찮아.'

'엉?'

내가 느닷없이 한걸음 물러나자 하루는 당혹스러웠던 모양이었다.

하지만 정말로 괜찮았다. 하루의 이야기를 듣고 그런 기분이 들고 말았다.

'그치만 먼저 태어난 건 바꿀 수 없잖아. 딱히 장녀로 지내는 게 싫은 것도 아니고 동생들도 귀여우니까. 하루의 고민에 비하면 바보 같아서 도리어 사치스러운 고민이라고 느꼈어.'

하루의 괴로움은 가족을 잃은 것에서 비롯되었다. 한편 내 고민은 가족이 많아서 짜증 난다는 수준의 이야기였다. 무게감이 전혀 달랐다.

'딱히 내 고민과 비교할 건 아니잖아.'

'그래도 괜찮아. 고마워, 하루.'

그렇게 말하자 두 눈이 커진 하루가 돌연히 고개를 돌렸다.

'바보야. 고마워해야 할 사람은 나잖아…….'

'——어?'

하루를 등을 돌려서 얼굴을 숨기며 말을 이었다.

'나는 자포자기해서 쿠로에게 싫은 소리를 한 적도 있는데 쿠로가 옆에서 많이 도와줬으니까……. 쿠로가 없었다면 분명 따돌림을 당했을 거야……. 언제나 말을 걸어 주고, 언제나 신경을 써 줘서 정말로 감사하고 있어……. 화풀이를 하고 싶어도 쿠로가 싫은 표정을 지을 걸 생각하니 바보 같은 행동을 할 수 없었어……. 아마도 지금 내가 어떻게든 지낼 수 있는 건 쿠로가 있어 준 덕분일 거야……. 정말 고마워…….'

내 눈에서 눈물이 흘러나왔다.

──내 마음은 전해지고 있었다.

그 사실이 기뻐서 참을 수가 없었다.

동생들에게 아무리 잘해 줘도 당연한 일로 받아들여진다. 세상이란 그랬다. 아무리 모범생이라는 말을 들을 정도로 배려해도 진심으로 감사의 말을 듣는 일은 없다.

하지만── 하루의 말은── 지금까지의 내 노력을 전부 긍정해 줬다. 내가 쏟은 마음보다 많은 것을 느껴 주었다.

너무너무 기뻤다.

참을 수 없는 기쁨에 눈물이 나왔다.

'바보야, 뭘 우는 거야…….'

하루가 나를 놀렸다. 나는 눈물을 닦으며 반박했다.

'하루도 울고 있잖아…….'

'딱히 상관없잖아…….'

'응, 딱히 상관없지…….'

유대가 그곳에 있었다.

서로가 버팀목이 되고 힘이 되고 있다는 실감이 들었다.

사진 같은 건 없어도 된다. 일기도 필요 없다. 지금 느낀 마음만 기억하면 된다.

특별한 유대가 있다고 실감한 설명하기 힘든 고양감.

그거야말로 최고의 추억이었다.

'자네의 법칙' 이라는 것이 있다.

'인생에서 시간의 심리적 길이는 나이와 반비례한다' 는 내용으로, 열 살 아이에게 1년은 인생의 10분의 1이지만 쉰 살 어른에게 1년은 인생의 50분의 1에 해당한다는 설이었다.

나는 하루와 태어났을 때부터 함께 지내 왔다. 그걸 자네의 법칙에 따라 수명을 여든 살로 가정한다면 하루와 나는 체감 시간으로 인생의 반 이상을 함께 했다는 말이 된다. 놀랍게도 자네의 법칙으로 보면 나와 하루의 관계는 이미 중년 부부에 필적하는 세월 동안 이어진 것이다.

어린 시절의 체험이 선명하게 인상에 남거나 어릴 적 친구와 평생 사귀게 되는 건 추억의 밀도가 짙기 때문이기도 하겠지.

소꿉친구란 분명 밀도가 짙은 추억을 공유할 것이다.

인생을 좌우할 정도의 기쁨과 슬픔을 공유할 것이다.

추억은 영원히 변하지 않는다.

그와 마찬가지로 소꿉친구도 영원한 관계였다.

＊

나는 방과 후에 그리운 비밀기지로 안내받았다. 중학교에 진학하기 전 봄방학 이후로 온 적이 없었던 이 동굴은 누군가가 나쁜 짓에 썼는지 입구가 철책으로 막혀서 세월의 흐름이 느껴졌다.

쿠로하가 카메라로 찍는 가운데 나는 이곳에 왔을 시절의 상황과 심경을 이야기했다.

그리고 떠올렸다. 그때 얼마나 쿠로하의 도움을 받았는지를.

쿠로하가 없었다면 나는 진즉에 비행을 저질러서 복귀는커녕 제대로 된 학교생활도 보내지 못했을 것이다.

역시 쿠로하는 최고의 친구이며 은인이라는 것을 나는 새삼 실감했다.

"언제나 고마워, 쿠로."

나는 무성한 나뭇가지를 손으로 치우며 말했다.

지금은 동굴에서 돌아오는 길이었다. 해도 지기 시작했고 길이 좋지 않아 꽤 위험했다. 옛날에는 어렵지 않게 걸었는데 시간의 경과란 신기했다. 예전과는 상당히 달랐다.

"고마워하는구나?"

"당연하지. 평소에도 그렇게 생각해."

"하지만 그다지 말해 주지 않으니까."

"이런 걸 직접 말하는 건 쑥스럽잖아."

"평소에도 말해 주면 나도 더 기분이 좋을 텐데."

"가끔 말하니까 가치가 생기는 거라고."

"궤변이야."

"그럴지도."

나무들 사이를 지나서 신사로 나왔다.

언덕에서 보이는 저녁놀은 무척 눈부셨고 동시에 그리운 기분이 들었다.

"하루…… 중요한 이야기가 있어."

갑작스러운 말에 놀랐다. 목소리의 울림만으로도 긴장감이 느껴졌다.

나도 모르게 떨리는 목소리로 말했다.

"주, 중요한 이야기……?"

"응, 무척 중요한 이야기야."

돌아보며 쿠로하의 표정을 살펴보았다.

진지한 얼굴이었다. 전혀 농담하는 분위기가 아니었다. 쿠로하는 정말로 무척 중요한 이야기를 하려고 했다.

그렇다면 나도 각오를 하고 들어야 한다. 농담으로 얼버무리며 도망치는 건 실례가 된다.

하지만.

두근, 두근——.

심장이 다급히 뛰었다. 혈액이 전신을 내달리며 손가락 끝까지 전해지는 것을 알 수 있었다.

중요한 이야기—— 의미심장한 말이었다. 자연스럽게 여러 가지 생각이 떠올랐다.

머릿속이 혼란스러웠다. 나도 모르게 '어쩌면' 하고 생각하게 된다. 그리고 '어쩌면'이 지금부터 실제로 일어나지 않을까 하는 망상이 머릿속을 차지해서 긴장감이 더욱 높아져 갔다.

목이 말랐다. 하지만 심장이 너무 시끄러워서 물을 마실 기분조차 들지 않았다.

"하루, 있잖아——."

쿠로하가 클로버 모양 머리핀을 조용히 매만지며 각오를 다진 눈으로 나를 보았다.

"——널 좋아해. 연애 대상으로서 하루를 좋아해."

——!

'어쩌면' 이 현실이 되어 버렸다.

쿠로하에게 받은 두 번째 고백이었다.

'우…… 우오오오오오오오오!'

나는 마음속으로 소리쳤다.

이, 이게 정말 현실인가……?! 정말로 또 고백을 받다니……!

"쿨럭, 쿨럭!"

너무 놀란 나머지 기침이 나왔다.

산소가 부족해서 괴로웠다. 의식이 날아가 버릴 것 같았다.

기뻤다. 기쁜 게 당연했다. 그도 그럴 게 '좋아하는 애의 고백' 이었으니까!

쿠로하는 젖은 눈으로 나를 올려다보았다.

너무너무 기뻐서——.

――싫어.

하지만 기쁨만 있는 것은 아니었다.

여러 가지 생각이 스쳐 지나가는 가운데 나는 우선 이것만큼은 물어야겠다고 생각해서 입을 열었다.

"그럼 어째서…… 쿠로는 나를 찬 거야?"

축제 폐회식에 열리는 학생회 주최 이벤트―― 통칭 '고백제'.

나는 전교생 앞에서 차였었다.

지금 고백할 거라면 어째서 그때는 거절한 거냐는 말이 된다.

"하루가 나를 찼으니까."

"……복수라는 거구나."

"그래. 그렇게 말해도 될 거야. 그도 그럴 게――."

쿠로하가 손을 움켜쥐며 폭풍처럼 쏟아 냈다.

"그도 그럴 게! 나는 하루를 좋아하는데 하루는 미안하다고 하잖아……! 슬프고 분해서 어떻게든 하고 싶었어!"

"내가 미워?"

"미워!"

쿠로하가 딱 잘라 말했다.

"하지만―― 그 이상으로 좋아해!"

강한 마음이 직접 가슴으로 전해졌다.

미안함과 기쁨이 뒤섞이며 내 고동을 더욱 세차게 만들었다.

"고백제에서는 나도 모르게 거절한 거야. 충동적이었다고 하면 될까. 하지만 그런 말로는 하루가 납득을 못하잖아."

으, 그렇긴 했다. 충동적인 행동치고는 대미지가 너무 컸으니까…….

"이런 걸 변명할 수 있을 리가 없잖아! 그 정도의 일 때문에 다들 보는 앞에서 창피를 당했다는 걸 알면 하루는 나를 싫어하게 될 테니까……."

계속 엇갈리다가 마침내 이해했다.

이게 쿠로하의 마음속 깊은 곳에 있던 감정이었다.

그래서 열심히 얼버무리려고 하거나, 다른 방법으로 호의를 전하거나, 다시 시작하려고 하는 등의 다양한 행동을 보였다.

"나, 나는 말이야! 쿠로가 본심을 이야기해 주지 않으니까 뭐가 뭔지 알 수가 없었어!"

누구보다도 잘 안다고 생각했었는데. 누구보다도 서로 통한다고 생각했었는데.

"아까 동굴의 추억처럼 나는 힘들 때 쿠로에게 도움을 받아서! 감사할 게 많이 있어서! 쿠로는 친구고, 누나고, 동료고, 이웃인데! 하지만 그것만은 아니어서——."

뭔가 무슨 말을 하고 싶은 건지 알 수 없게 되어 버렸다.

여러 가지 마음이 소용돌이쳤는데 그 마음 하나하나가 너무나도 커서 전부 품을 수가 없었다.

큰 감사와 큰 애정과 큰 혼란.

그러한 감정을 머릿속에서 폭주시킨 채 나는 소리쳤다.

"그래서 알 수 없는 게 괴롭고 슬프니까…… 나는 쿠로의 본심이 어떻든 솔직하게 말해 줬으면 했어……. 그래서 지금 이렇게 본심을 제대로 이야기해 준 게 우선 나는 무엇보다도 기뻐……."

눈물이 흘러나왔다.

왜 내가 우는 거냐고 생각했지만 눈물이 멈추질 않으니까 어쩔 수 없었다.

눈물은 마음의 땀이라고 누군가가 말했던가.

바로 그런 느낌이었다. 마음이 전력으로 달리고 있으니까 눈물이 멎지 않는다.

"하루──."

쿠로하가 숨을 삼키며 양손으로 입을 가렸다.

쿠로하의 눈에서 눈물이 흘러내렸다.

"미안…… 미안해…… 내가 약하고 비겁해서…… 미안해! 정말 미안해!"

쿠로하가 깊게 고개를 숙였다. 뺨을 타고 뚝뚝 떨어진 눈물이 땅바닥을 적셨다.

나는 크게 숨을 들이쉬었다. 이제 겨우 이 말을 할 수 있었다.

"──신경 쓰지 마. 나도 너에게 많은 폐를 끼쳤으니까 피차일반이야."

그야 고백제에서 차였던 것에 앙금이 없는 건 아니었다.

그렇지만 나도 쿠로하의 첫 고백을 거절해 버렸으니까.

그런 큰 무대에서 고백해 버린 것도 나였다. 다들 보는 앞에서 차이는 게 싫었다면 남모르게 사람이 없는 곳에서 고백하면 될 문제였다. 불만이 있다면 대답을 미루면 좋았을 텐데…… 그런 생각이 들기도 하지만 고백제는 대답을 미룰 분위기가 아니기도 했다.

우리는 많은 실패를 겪고, 많이 돌아가면서도 지금 이렇게 함께 있었다. 서로를 필요로 하고, 가까이에 있어 주기를 바라며 곁에 있었다.

추억의 장소를 둘러보며 새삼 깨달았다. 쿠로하가 큰 버팀목이 되어 줬었다는 것을.

만약 쿠로하가 없었다면 나는 이 자리에 있지 못했을 것이다.

트라우마를 극복하는 것도, 지금의 무척 즐거운 생활도 쿠로하 없이는 절대로 있을 수 없다.

아까 내가 말했다시피 쿠로하는 친구고, 누나고, 동료고, 이웃이지만 그것만은 아니었다.

"고마워, 하루."

쿠로하가 손수건으로 눈물을 닦으며 미소 지었다.

그 사랑스러운 웃는 얼굴을 보고 내 고동이 다시 빨라졌다.

'……그나저나 이야기가 엇나갔지만 쿠로하에게 고백받은 거 맞지……?'

내가 갑자기 쑥스러워하는 게 쿠로하에게도 전해진 거겠지.

두 뺨을 붉게 물들인 쿠로하가 손가락을 꼼지락거리며 나를 올려다보았다.

"있잖아…… 아까 고백…… 대답해 줄 수 있어……?"

작은 동물 같다는 말을 듣는 귀여운 얼굴에 걱정과 기대가 뒤섞여 있었다.

언제나 누나처럼 굴지만 철저해지지는 못하고. 내가 바보짓을 할 때마다 화를 내지만 그래도 용서하고 뒤처리까지 해 준다.그런 쿠로하를 싫어할 리가 없잖아……!

당연히 좋아하지……!

그래서 나는──.

'이 세상에 스짱이 있어 줘서 다행이야.'

──!

가슴에 강렬한 통증이 내달렸다. 통증은 점점 전신을 좀먹으며 고동과 함께 둔한 저릿함을 퍼트렸다.

나는 알고 있다.

이 아픔은── '첫사랑의 독'이다.

시로쿠사는──.

그래, 내가 시로쿠사에게 끌린 건 부정할 수 없다.

다른 사람들에게는 쌀쌀맞으면서 나에게만 마음을 열어 주는 게 무척 기뻤고 솔직히 우월감도 있었다.

하지만 무엇보다도 한결같이 앞을 보며 계속 노력하는 모습이 매력적이었다. 시로쿠사의 목표가 무엇인지는 모르지만 진심으로 응원했다.

다만──.

'──우쭐거리지 말아 주시죠.'

시온의 말은 무시할 수 없었다.

그 애는 '나를 향한 시로쿠사의 감정은 존경이지 사랑이 아니다'라고 말했다.

시온은 합리주의자이며 연애 부정파. 게다가 시로쿠사를 아낀다. 그렇기에 이건 나를 견제하는 말이라고 생각하지 못할 건 없었다.

그러나 시온은 시로쿠사의 자매 같은 존재였다. 그런 시온의 말을 전혀 신빙성이 없다고 결론을 내리기는 어려웠다. 냉정히 생각해 보면 시로쿠사가 나에게 반했다고 생각하고 싶어서 시온을 부정한다는 가능성은 상당히 컸다.

'아쉽게 되셨네요! 모모와 스에하루 오빠는 최강의 파트너거든요!'

──어?!

잠깐만. 잠깐 있어 봐.

왜 여기서 마리아가 떠오르는 거지?

이번 다큐멘터리 촬영으로 마리아가 얼마나 소중하고 서로 잘 맞는지를 실감하기는 했다. 마리아와 함께라면 세계를 상대로도 싸울 수 있을 것만 같았다.

굳이 생각해 볼 것도 없이 마리아는 대중들에게 화제가 될 정도로 귀엽고…… 성장하면 더욱 미인이 될 거라는 것도 보장되어 있고…… 요리도 잘하고…… 무엇이든 요령 좋게 해내고…… 게다가 이미 수입도 많고…… 어라, 마리아와 결혼하면 내가 하고 싶은 배역만 맡으면서 느긋하게 지낼 수 있지 않나? 그런 전개가 펼쳐질 가능성도 있고…….

아, 안 되지. 망상 종료!

지금 그런 것부터 생각하는 건 좋지 않다고!

좋아, 일단 치워 두자. 그렇게 하자.

마리아, 미안해! 딱히 다른 의미가 있는 게 아니라 지금 네가 나오면 수습이 되지 않는다고!

나는 심호흡을 한 번 했다.

논점을 정리하자. 이번 과제는 '쿠로하의 고백을 받아들이느냐 아니냐'였다.

우선 하나씩 분명히 하자.

――쿠로를 좋아하는가.

이 물음에는 망설임 없이 '예스!'라고 대답할 수 있다.

아직 고백하고 1개월 정도밖에 지나지 않았다. 고백했을 때의 마음은 아직 잊지 않았다.

그 뒤에 상처가 커서 단순히 미화할 수는 없지만 쿠로하를 향한 감사와 애정은 변함없이 마음 깊은 곳에 있었다.

――쿠로의 고백을 받아들일 것인가.

……………………………………………받아들이고
……………………………………싶지만.

그래, '하지만'이 붙는다.

이 '하지만'은 물론 '첫사랑의 독' 때문이다.

쿠로하와 사귀면 분명 즐거울 것이다. 분명 행복할 것이다.

하지만 백 퍼센트 쿠로하만 좋아한다고 딱 잘라 말할 수 없는
지금 상황은 쿠로하에게 대단히 실례가 되지 않을까. 여자가 화
를 낼 때 흔히 입에 담는 '나와 있는데 다른 여자 생각했지?'라
는 상황과 일치해 버린다.

잠시 상상만 해 봐도 최악이잖아!

어중간한 마음으로 받아들이는 건 쿠로하에게 실례가 되며 최
악의 행동이었다. 쿠로하를 존경하고 감사하는 마음을 가지고
있으므로 흔들림 없는 분명한 결론을 내리고 싶었다.

──그럼 쿠로의 고백을 거절하고 시로에게 고백하러 갈 것
인가.

윽…… 그건 솔직히 '노'였다.

시온의 그런 말도 있었으니 지금 고백하러 가는 건 '폭주'이
자 '무모함'으로밖에 느껴지지 않았다.

애초에 나는 쿠로하에게도 크게 끌렸다. 그래서 만에 하나로
시로쿠사에게 고백해 잘 풀리더라도 조금 전의 '나와 있는데
다른 여자 생각했지?'의 상황을 이번에는 시로쿠사에게 저지

르고 만다. 좀 더 마음을 정리하고 난 뒤가 아니면 앞으로 나아갈 수 없었다.

그렇다면 나는——.

아아아아아아아아아아아! 어떻게 해야 하는 거야아아아아!

이렇게 쿠로하를 좋아하는데! 고백받아서 기쁜데!
으으으으으으으. 어떻게 할 수가 없잖아아아아아아!
죄악감과 미안함으로 마음이 가득했다.
아무리 생각해 봐도 도무지 답이 나오질 않았다.
하지만 고백을 받았으니 억지로라도 결론을 내릴 필요가 있었다. 어중간한 대답은 안 된다.
그렇다면 가장 중요한 건 진심 어린 대답이었다.
자기 위주로 생각하면 안 된다. 어디까지나 쿠로하에게 있어서 최선이 무엇이냐는 관점에서 결론을 내려야 한다. 물론 현재뿐만이 아니라 미래도 포함해 종합적으로 고려해서 말이다. 그렇게 모든 것을 숙고해서 쿠로하가 가장 행복해질 수 있는 대답을 해야 할 것이다.
……솔직히 미래까지 고려하면 대답은 이미 나왔다.
아무리 쿠로하에게 상처를 주고 나도 상처를 입는다 하더라도.
애매한 태도로 쿠로하를 붙잡아서 괴롭게 할 정도라면 차라리——.
나는 각오를 다지고 입을 열었다.

"쿠로, 나는——."

"——거기까지, 타임오버야."

쿠로하가 손목시계로 시선을 내린 채 말했다.

세찬 바람이 불었다. 휘날린 낙엽이 버스럭거리는 소리를 내며 굴러갔다.

나는 그 말의 의미를 이해하지 못하고.

"⋯⋯⋯⋯⋯⋯⋯⋯⋯⋯⋯⋯⋯엉?"

그렇게 얼빠진 목소리만을 냈다.

"——24초. 미안하지만 개인적인 룰로 10초를 넘은 시점에서 하루의 대답은 듣지 않기로 정했었어. 그러니—— 거기까지야. 나는 더 듣지 않을 거야."

"뭐? 아니, 그게 뭐야? 개인적인 룰?! 고백에 그런 룰이 있어?!"

처음 듣는다만?!

그리고 혼란에 박차가 가해지고 있는 이유는 쿠로하의 표정을 읽을 수 없어서였다.

애초에 해가 져서 표정이 잘 보이지도 않았지만 쿠로하는 지금 대단히 냉정해 보였다. 노여움도 슬픔도, 그리고 조바심도 원망도 없었다.

"나는 하루의 지금 심정을 이해해."

새삼 아카네의 언니였다는 게 생각나는 예언자 같은 눈을 한

채 쿠로하가 또렷한 말투로 말하기 시작했다.

"하루는 나를 연애 대상으로 봐 주고 있지? 아직 고백하고 1개월 정도밖에 지나지 않았으니까. 거기에다 연애 대상으로 보고 있을 뿐만이 아니라 좋아하는 감정도 있을 거야. 왜냐하면 하루의 호의가 느껴지니까. 존경과 감사의 마음도 전해지고 있어."

"물론이지. 너를 싫어할 리가 없잖아."

좋아한다고 말하면 모든 게 무너져 내릴 것만 같아서…… 입에 담지는 못했지만.

말로는 못해도 호의와 존경과 감사하는 마음을 전하고 싶었다.

"그런 하루가 바로 승낙해 주지 않았던 건 망설임이 있기 때문일 거야. …… '어떤 여자애'를 잊지 못해서지?"

"──!"

역시 쿠로하라고 해야 할까.

쿠로하는 전부 꿰뚫어 보았다.

"하루는 분명 이렇게 생각했을 거야. '쿠로는 좋아하지만 어중간한 마음으로 승낙해도 되는 걸까. 자신이 편하다고 망설임을 가진 채 사귀는 건 실례가 된다'고."

"소름 돋았어! 너 초능력자냐?!"

소꿉친구가 내 생각을 완벽하게 파악하고 있어서 무섭다만……. 평생 쿠로하 앞에서 고개를 못 들 거 같은데…….

"그런 하루에 대한 내 생각은 '어떤 의미로는 옳지만 어떤 의미로는 잘못되었다'야."

"미안한데 무슨 말인지 전혀 모르겠어. 설명해 줘."

"있잖아, '어중간한 마음으로 사귀는 건 좋지 않다'는 건 옳은 생각이야. 나도 사귀어 주면 무척 기쁘겠지만 데이트 중에 언제나 다른 여자를 생각하거나 하면 아마도 살의가 치밀 테니까."

"저기요…… 쿠로하 씨…… 살의가 치민다는 말이 너무 무서운데요……."

툭 내뱉은 말이지만 진심에서 비롯된 말이라는 건 한순간에 이해되었다.

"그리고 잘못된 건 '어중간한 채로 사귀는 건 좋지 않으니까 고백을 거절해야겠지'라는 부분이야."

"응……? 미, 미안한데 진짜로 무슨 의미인지 모르겠어. 대답을 보류하라는 말이야?"

"비슷하지만 조금 달라. 보류만으로는 좀 약해. 너무 어중간한 사이니까."

어중간한 사이라는 건 왠지 알 것 같았다.

보류한다는 건 대단히 어중간한 생각이다.

언제 대답해도 되는데? 이전처럼 지내도 되나?

그런 의문이 자연스럽게 떠오른다.

"내가 우선 하고 싶은 말은——."

쿠로하가 숨을 크게 들이쉬고는 분명한 말투로 말했다.

"하루의 마음이 그런 상태라면—— 흑과 백으로만 생각하지 않았으면 해."

"———!"

왜 그런 식으로 표현하는 거야……! 심장이 옥죄이는 것 같잖아……!

"어중간한 건 좋지 않다는 생각에는 나도 동의해. 하지만 세상 모든 것을 흑과 백으로만 생각할 수는 없어. 실제로는 회색투성이니까."

그래, 무슨 말인지 알겠다. 어릴 적에는 용사와 마왕—— 절대적인 정의와 절대적인 악이 있다고 생각했지만 실제로는 그렇지 않았다. 현실에는 다양한 요소가 얽혀 있고 어떤 일에 대한 유일하고 확실한 해결책이란 존재하기 어려웠다.

쿠로하가 다시 숨을 크게 들이쉬고는 눈을 크게 뜨고 단숨에 말했다.

"거기서 나는—— '소꿉여친' 이라는 개념을 제창하겠습니다!"

……응?

ㅇㅇㅇㅇㅇㅇㅇㅇㅇ응?

소꿉여친……?

"뭐?!"

너무나도 뚱딴지같은 전개에 머릿속이 혼란해졌다.

"뭐, 뭐야, 그 '소꿉여친' 이라는 건…….."

"우선 말이지, 나는 예전부터 '친구 이상 연인 미만' 이라는 말의 다른 표현이 없는가 생각했었어."

으음, '친구 이상 연인 미만'이란 말은 그야말로 나와 쿠로하의 관계였다. 그걸 '소꿉친구'라고 표현해도 되지만 그건 우리 같은 사이에서만 쓸 수 있는 말이었다. '소꿉친구'는 동성끼리도 쓸 수 있는 말이었고 이성끼리라도 연애 감정이 전혀 없는 경우도 있으니까. 그렇다면 표현을 바꾸는 건 힘들다고 할 수 있을 것이다.

"'친구 이상 연인 미만'을 '소꿉여친'이라고 표현하는 거야? '소꿉친구 같은 여자친구'를 줄인 말이야?"

"어라, 하루치고는 날카롭네."

"나치고는 이라니……."

평소에 날 어떻게 본 거지…….

"하지만 그것만으로는 50점이야. 그것도 있지만 한 가지 의미가 더 있어."

"무슨 의미인데?"

"'소꿉친구처럼 곁에 두고 싶은 여자친구'라는 의미야."

그렇다는 건…….

"음, 예비로 둔다는 의미도 포함된 거야?"

"여자친구 후보나 준 여자친구 같은 것도 괜찮지만…… 맞아, 그 부분이 포인트야."

쿠로하가 검지를 세웠다.

"하루는 현재 나를 좋아하지만 '지금은 아직' 망설이고 있어. 하지만 고백을 받았으니까 '예스'나 '노'로 대답해야 한다고 생각하지? 상식이라고 해도 되려나? 자신의 형편 때문에 보류하는 건 상대에게 실례가 되고, 그렇게 예비로 두고 다른 애에게 고백하는 건 최악이라는 생각 말이야."

"어어, 응. 엄청…… 그렇게 생각해……."

으윽, 가슴이 아프다. 내 마음을 분명히 하지 않은 탓에 쿠로하를 힘들게 하고 있다. 그렇게 생각하니 가슴이 아팠다. 죄악감이 장난 아니었다.

"하지만 상대방을 생각한다면 정해야 하잖아……. 이건 상식 이전에 매너 아니야……?"

"나는 거기서 단정해 버리는 건 사고정지라고 생각해."

"사고정지라니…… 그다음이 있어?"

그다음을 생각한다는 발상 자체가 내 머릿속에 없었다.

"사귀기 직전 즈음에는 호감도가 가장 높아져 있다고 생각하지 않아? 서로의 호감도가 높은데 사귈지 말지 정하지 못하겠다는 이유로 '거절'하는 건 너무 극단적이라고 생각해."

"뭐, 그렇긴 하네……."

고백하면 두 사람의 관계가 망가져 버려! 라는 건 러브스토리에서도 흔한 이야기였다. 그리고 그건 창작물 속에서만이 아니라 실제로도 있는 일이겠지. 그렇기에 픽션에서도 곧잘 사용되었다.

그리고 그때의 남녀는 당연히 사이가 좋다. 그게 고백 하나로 파탄이 난다.

……그렇군.

고백하고 싶어질 정도로 잘 맞거나 친해질 수 있는 사람은 세상에 그리 많지 않을 것이다. 그런데 '고백'만으로 관계가 무너지는 건 슬픈 일이었기에 다른 방법이 있지 않을까 하는 생각도 들었다.

"물론 아무런 상담도 없이 보류하고 다른 애에게 고백하는 건 최악이라고 생각해. 하지만 처음부터 그런 관계로 있자고 서로 청했다면 딱히 상관없다고 봐."

"설마 그게 '소꿉여친'이라는 거야……?"

고백을 받고 거절하면 아무리 친하더라도 보통은 파탄…… 아니, 친하기에 더욱 파탄이 난다.

하지만 차분히 생각해 보자. 서로 이야기를 나누고 납득하면 파탄 날 일은 없다. 이미 서로 납득하고 있으니 최선의 관계를 모색할 수 있을 터였다. 쿠로하는 그렇게 말하고 싶은 건가.

"'소꿉여친'은…… 나에게는 '소꿉남친'이지만, 이건 상호 승인이 전제인 정의야. '사귀는 사이'까지는 아니너라도 '서로 의식하며 사귀는 사이에 준하는 호의를 가지고 있다'는 것을 서로에게 전한 사이가 전제인 거지. 더군다나 '지금은 아직 사귀지 못하지만 뭔가 계기가 있으면 사귀자고 약속한 사이' ── 그게 '소꿉여친'이자 '소꿉남친'이야."

"……그게 고백을 보류한 상태와 어떻게 다른 건데?"

"고백을 보류한 경우에 주도권은 고백을 보류한 쪽이 가지고 있는 거잖아?"

"그렇지."

예를 들어 이번 상황으로 말하자면 주도권은 나에게 있었다.

쿠로하가 이미 고백을 한 뒤여서 남은 건 내가 어떻게 대답을 하느냐에 달린 상태였다.

"하지만 '소꿉여친'의 관계는 양쪽 모두가 주도권을 가지고 있어. 약속일 뿐이니까 고백한 쪽이 '역시 관둘래. 이런 사이는 그만두자' 하고 말해도 잘못이 아니야. 그런 의미로는 동등한 관계인 거지. 그러니 이 관계를 이어갈지 그만둘지에 대한 결정에 시간제한은 없어."

그렇구나, 확실히 그러면 느낌이 확 변한다.

괜히 기다리게 하면 안 되니까 바로 대답해야지…… 하는 조바심도 없어진다. 반대로 말하면 고백을 받았다고 안주하고 있다가 상대의 애정이 식어도 어쩔 수 없다는 건가.

확실히 동등한 관계였다.

"그리고 이건 '양쪽 모두 호의가 있다'는 확인을 한 상태니까 데이트를 해도 딱히 상관없다고 생각하지 않아? 상대를 좀 더 알고 싶으니까 데이트를 한다는 건 긍정적인 행동이잖아. 이게 만약 보류였다면 킵해 두고 데이트를 즐긴 뒤에 다른 애와도 논다는 식으로 되게 나쁜 짓을 하는 것처럼 보이니까."

"생각보다 느껴지는 게 다르네……."

"상대가 다른 사람과 데이트를 해도 서로 사귀기로 예약을 했을 뿐이라고 처음부터 알고 있다면 그것도 어쩔 수 없는 일이라고 생각하게 되잖아. 자신도 다른 사람과 데이트해도 되는 거고, 돌아보게 하고 싶다면 데이트를 신청하면 돼. 이렇게 '동등' 하고 '자신의 행동으로 관계가 전진할 수도 있고 후퇴할 수도 있다' 는 게 이 관계의 좋은 점이라고 생각해."

뭐라고 할까, 이 '소꿉여친' 이란 서로의 호의가 밝혀진 '소꿉친구' 의 관계를 그대로 보존한 상태 같은 걸…… 아, 애초에 그게 쿠로하의 노림수인가.

좀 더 구체적으로 표현하자면 '소꿉여친' 은 쿠로하가 처음에 말했던 '친구 이상 연인 미만' 을 서로가 확인하고 합의가 있다면 앞으로도 뒤로도 나아갈 수 있는 상태라고 할 수 있을 것이다.

여기까지 듣고 나는 왜 쿠로하가 이런 발상을 하게 되었는지 알 것 같은 기분이 들었다.

우리는 '고백하면 끝!' '거절당하면 거기까지!' 로 끝날 만한 관계가 아니었다. 그 뒤에 서로 불편해지더라도 우리는 소꿉친구 사이였다. 분명 관계가 이어진다.

그렇기에 그저 불편한 관계가 되기만 한다는 건 최악의 결과였으므로 다른 방법을 모색하고 싶다.

소꿉친구이기에 고백하고 나서 솔직한 이야기를 나눌 수 있다. 서로에게 호감도가 높고 잘 맞는다는 건 지내 온 세월이 증명하고 있었다. 함께 이야기를 나눌 수 있다면 양쪽에게 있어 최선의 결론을 찾을 수 있을 터였다.

그렇게 생각한 결과, 쿠로하는 내 행동을 예상하고 최선의 결론을 찾다가 '소꿉여친' 에 다다랐다는 거겠지.

"결국 '소꿉여친' 은 지금까지의 우리와 어떤 부분이 다른 건데?"

"그렇지, 예를 들면——."

쿠로하가 다가와서 느닷없이 내 왼손을 잡았다.

"이러는 건 괜찮겠지."

그리고 그렇게 말하며 내 손가락 사이로 자신의 손가락을 집어넣었다.

묘하게 선정적이고 평소에는 느낄 일 없는 감각에 내 의식이 날아갈 뻔했다.

"……?!"

그렇게 동요시키며 쿠로하가 내 팔에 몸을 밀착시켰다.

"서로 호의를 가지고 있다면, 합의가 있다면 스킨십은 나쁜 게 아니야. 아니지, 오히려 권장되는 행동이지."

이런…… 이런 생각을 다 하다니……?! '소꿉여친'과 '소꿉남친'은 서로의 호의를 확인한 상태니까 애정행각을 벌여도 괜찮다는 건가……!

맞닿는 피부. 전해져 오는 보드라움과 온기.

뇌가 녹아내릴 것만 같았다.

"참고로…… 어디까지 가능한 건데……?"

"……괜찮으니까 떠오르는 걸 말해 봐."

큭, 이건 물어보는 게 좀 무서운데.

하지만 물어볼 수밖에 없었다.

"데이트는 괜찮은 거지?"

"응, 괜찮아."

"손을 만지는 것도?"

"괜찮아."

"어깨나 허리를 만지는 것도?"

"……때와 상황에 따라서."

"……이마나 뺨은?"

"……때와 상황, 그리고 어떻게 만지느냐에 따라서."

"…………키스."

"…………그건 사귀기로 했을 때."

뺨을 붉게 물들인 쿠로하가 귀여웠다.

뭐, 타당한 기준이 아닐까.

그리고 이것만큼은 물어봐야 한다.

"참고로 가슴을 만지는 건——."

"저질."

"………………."

"저질."

"젠장! 알았으니까 두 번이나 말하지 말아 줘!"

쿠로하의 표정이 한순간에 사라졌다만! 무서워 죽겠다만!

"으으, 봐주세요…… 그만 나도 모르게…… 남고생의 본능이……."

"차암, 바보 같기는."

언제나처럼 '차암' 이 나와 줬다. 어이없어하면서도 다정함이 담긴 그 말에 내가 안심하니 쿠로하가 손을 잡은 채 내 손등을 손가락으로 어루만졌다.

"——그런 건 사귄 뒤의 즐거움이잖아♡"

"흡?!"

안 돼…….

안 돼 안 돼 안 돼 안 돼 안 돼 안 돼!

위험해! 이거 진짜로 위험해!

빠져 버려! 아니, 이미 빠질 것 같아!

"대단해! IQ가 순식간에 녹아내리고 있어!"

"흐흥, 각오해 둬. 키스하거나 야한 짓하면 커플 성립이니까."

"끄으으으응──."

장난 아니게 책사다……. 내 이성이 버틸 수 있을까…….

빨려들 듯한 작은 동물 같은 눈과 뇌를 뒤흔드는 귀여운 몸짓. 그리고 무엇보다도 저 펀치력 강한 말!

……녹아웃된 시점에서 쿠로하와 사귀게 되는 건가.

그건 그것대로 행복한 미래 같았다.

"나는 물론 '소꿉여친'에 불만 없는데 쿠로는 정말로 괜찮아?"

이 '소꿉여친'은 굳이 말하자면 내 형편에 좋은 제안 같았다.

수락, 거절, 보류 중에서 말하자면 보류에 가까운 거였고.

쿠로하는 아무렇지도 않다는 것처럼 말했다.

"당연히 괜찮지. 왜냐하면 나는 고백을 해도 차이는 일 없이 소꿉친구의 관계인 채로 여자친구에 가까운 포지션을 손에 넣는걸. 그야 진짜 여자친구였다면 더 좋았겠지만 인생이란 매번 그렇게 잘 풀리는 게 아니니까. 앞으로의 노력 여하에 따라 여자친구가 될 가능성이 있는 거니 오히려 의욕이 나서 좋을지도 모르겠어. 나는 사귄 뒤에도 서로 노력하는 게 중요하다고 봐서 그 준비 기간이라고 생각하면 딱히 신경 쓰이지는 않아."

쿠로하는 정말 대단하다. 존경한다.

이 긍정적인 생각과 행동력. 그리고 무엇보다도 발상력.

여러 가지를 생각해서 서로가 편할 수 있는 위치를 찾아 줬다.

컴퓨터처럼 1과 0밖에 떠올리지 못했던 나와는 전혀 달랐다.

나와 쿠로하는 손을 잡은 채 귀갓길에 올랐다.

"그래도 있잖아──."

길을 걸으며 쿠로하가 말했다.

"나는 당연히 노력할 거지만 하루도 제대로 노력해 줘야 해. 나를 너무 소홀히 하면 어딘가로 가 버릴지도 모르니까."

"그야 그래야지. 나에게 정나미가 떨어지지 않게 노력할 거야. 특히 공부……."

"후후, 그래. 이 누나가 또 가르쳐 줄 테니까."

"살살 부탁해."

손을 잡고 돌아가는 건 초등학교 저학년 때 이후로 처음인가.

뭔가 쑥스럽고, 뭔가 기분 좋고, 뭔가 즐거웠다.

"그리고──."

신호등 앞에서 멈춘 뒤에 쿠로하가 내 손을 잡아당겼다.

균형을 잃고 무릎을 굽힌 내 귀에 쿠로하가 입을 가까이했다.

"──이 관계는 비밀이야."

귀여운 속삭임에 내 얼굴이 뜨겁게 달아올랐다.

그런 나를 보며 쿠로하는 "쑥스러워하긴." 하고 말하며 웃었다.

나는 쑥스러움을 감추듯이 쓴웃음을 지으며 뭔가 소꿉친구인 채로 여자친구가 생긴 것 같다는 생각을 했다.

에필로그

＊

쿠로하와 다큐멘터리 촬영을 한 다음 날 오전 중에 예약한 병원에 가서 예정대로 깁스를 풀었다.

"오오……."

움직인다. 아프지 않다.

그만 놀라고 말았다. 고작 일주일 정도였지만 상당히 불편했다. 아직 큰 힘을 쓸 수는 없지만 오랜만에 쓰게 된 오른손의 해방감이 무시무시했다.

이대로 그냥 집으로 돌아가서 쉬고 싶었지만 쿠로하가 내 뒤처진 학력을 걱정스러워해서 한숨을 내쉬며 학교로 향했다.

등교하자 마침 점심시간이었다.

완전히 늦었기에 하는 수 없이 매점에서 남은 빵을 샀다. 그리고 교실로 들어가 내 자리에서 먹으려고 하자 테츠히코가 다가왔다.

"스에하루, 왔냐? 깁스 풀었네."

"뭐, 그렇지. 한숨 놓았어."

"그럼 예정대로 이번 주말에 진 엔딩을 촬영하자. 시다가 출연을 수락해 줘서 안심했어. 설득하느라 힘들지 않았냐."

"아니, 의외로 금방 수락하던데."

어제 나와 쿠로하가 '소꿉여친' '소꿉남친'의 관계가 된 뒤에 집에서 진 엔딩에 출연해 달라고 부탁했다.

그랬더니 결과는 바로 수락. 이유를 물어보니 '카치 양과 모모도 나오는 모양이고 일단은 클럽 활동의 일환이니까.' 하고 말했다.

뭐, 적극적이라고는 할 수 없지만 모처럼이니 나와 주길 바란 나로서는 기쁜 답변이었다.

테츠히코는 앞자리에 자리 잡으며 의자에 걸터앉은 채 나를 마주 보았다. 그리고 먹다 만 카레빵을 한입 물었다.

"아침에 시다에게 다큐멘터리 영상을 받아서 이미 업자에게 데이터를 보내 뒀어. 주말에는 확인할 수 있을 거야."

"여전히 일 처리가 빠른데…… 동영상 공개 예정일은?"

"빠르면 다음 주 목요일이려나. 다큐멘터리와 진 엔딩을 동시에 공개할 예정이야."

"이미 거기까지 상의해 둔 거야."

"당연하지."

테츠히코가 천천히 품 안에서 명함을 꺼내어 책상 위에 놓았다.

"보아라, 시대를 이끄는 콜렉트 재팬 TV 사업부님들의 명함이시다. 설마 부장급이 나올 줄은 몰랐어."

"……뭔가 대단한가 싶어도 잘 모르겠는데. 대단한 거야?"

"미팅 자리는 그쪽에서 세팅했는데 가 보니까 엄청나게 고급스러워 보이는 요리를 내놓는 가게였어. 나중에 검색해 보니까 코스가 최소 2만 엔부터더라고."

"쩐다아아아아아아아아아!"

역시 세계와 싸우려고 하는 기업답다……. 고등학생을 그런 수준의 가게로 데리고 가다니 자본 규모가 달라…….

"솔직히 나는 왔던 사람의 연봉이 대충 2천만 엔 이상이라는 부분이 더 쩐다고 생각하지만."

"아~ 그 수준까지 가면 잘 모르겠단 말이지. 프로 야구 선수의 연봉이 5천만 엔이라도 많게 느껴지지 않는다고 할까."

"……미묘하게 이해되는 예시인 게 왠지 열 받는데."

"열은 왜 받냐고."

과시할 일이 아니라고 생각한 거겠지.

테츠히코가 명함을 전부 늘어놓았던 것치고는 금방 챙겨 넣었다.

"그래서 어땠냐."

테츠히코가 우유를 마시며 지나가듯이 물었다.

"뭐가."

"세 사람과의 동거와 다큐멘터리 말고 더 있냐."

깁스를 풀었으니 세 사람과 시온이 우리 집에서 묵는 건 이걸로 끝이다. 오늘부터는 거의 혼자 사는 거나 다름없는 생활로 돌아간다.

나는 지난 일주일간을 돌이켜 보았다.

"처음에는 죽는 줄 알았어……."

"아~ 죽여 버릴까 싶을 정도로 쓰레기 같은 망상을 했었지."

"쓰레기 같은 망상이라고 하지 말아 줄래? 상처받거든?"

"됐고. 그래서 처음에는 죽는 줄 알았는데 그다음은?"

"……뭐, 한 사람씩…… 메이드가 같이 있었으니 엄밀하게 말하면 두 사람씩이지만…… 함께 지내며 느긋하게 이야기를 나눠 보고, 다큐멘터리를 찍기 위해 과거를 떠올리며 추억을 주고받으면서 그 애들이 나에게 엄청난 버팀목이 되어 줬다는 걸 느꼈어."

테츠히코의 입꼬리가 올라갔다.

"네가 진지한 소리를 하니까 웃겨서 배 아파 죽겠다."

"기껏 진지하게 대답해 주니까, 이 자식이?!"

"아아아아앙?! 불만 있냐?! 죽을래?!"

"내가 죽여주마!" "할 수 있으면 해 보시지!" "가드가 비었다고." "하체가 부실하구만." "아프다고." "내가 더 아프거든."

주위에서 "비 레기 콤비 또 시작이네……." "둘 다 죽었으면……." 같은 중얼거림이 들려왔지만 최근에는 계속 주목받느라 뒷담화를 듣는 것도 익숙해서 '아, 그래, 우리가 싫으시겠지~'하는 심경으로 흘려들었다.

실컷 투닥거린 뒤에 서로 숨을 헐떡이다가 테츠히코가 말했다.

"그래서 진 엔딩 말인데……."

"응?"

"과거의 일은 잘 털어 낸 거지? 과거의 자신을 뛰어넘을 수 있겠지?"

역시 테츠히코 녀석도 잘 아는군.

진 엔딩에서 가장 중요한 건 내가 과거의 자신을 받아들이고 뛰어넘을 수 있느냐는 점이라는 것을.

하지만 지금 나는 조금도 불안하지 않았다.

왜냐하면――.

"당연하지. 나에게는 말이야, 기대해 주는 애와 함께 슬퍼해 주는 애와 계속 지켜봐 주는 애가 곁에 있다고. 질 리가 없잖아."

테츠히코는 머리를 긁고는 내 어깨를 툭 쳤다.

"뭐, 알고 있다면 됐어. 주말엔 부탁할게."

*

내가 집에 돌아오자 세 사람과 시온의 짐은 이미 사라져 있었다.

"뭐야, 좀 더 있어도 되는데……."

뭘까. 거실이 몹시 넓게 느껴진다. 텔레비전만 안 켜도 이렇게 조용하다는 것을 이제 와서 떠올렸다.

불안과 외로움이 밀려와서 시야가 좁아졌다.

아, 이 느낌 기억난다. 초등학교 고학년 때 매일 이 감각에 휩싸였다. 그리고 그걸 견디지 못한 나머지 동굴에서 지내게 되고 말았다.

"하지만 괜찮아."

나는 심호흡했다.

추억을 머릿속에 그렸다. 그러자 두근거림이 가라앉았다.

지금이라면 스스로 불안을 컨트롤 할 수 있었다. 제대로 과거를 극복했다는 실감이 들었다.

테이블 위를 보니 시온의 메모가 있었다.

『신세 졌습니다. 청소는 해 두었습니다. 이번 일은 당신을 알기 위한 귀중한 시간이었다고 생각합니다. 다만 불결하니 시로에게 접근할 때는 각오해 두시죠.

오라기 시온

추신. 차일드 킹의 진 엔딩만큼은 아주 조금이지만 기대하고 있습니다.』

으음, 시온과는 결국 마음을 터놓지도, 사이좋아지지도 못했군……. 이제 이건 상성이 나쁘다고밖에 볼 수 없을지도 모르겠다…….

하지만 그래도 그런 시온에게 기대하고 있다는 말을 들으니 분발하지 않을 수도 없었다.

나는 텔레비전을 틀어서 배경음악으로 삼으며 대본을 외웠다.

……응, 괜찮다. 머릿속의 스위치도 문제없이 켜진다.

이거라면 나는 뭐든지 될 수 있다. 촬영이 기대되는걸.

어느 사이엔가 늦은 시간이 되어서 서둘러 저녁 식사를 차리기 시작했다. 오른손의 깁스를 푼 참이어서 솔직히 식칼을 그다지 쓰고 싶지 않았다. 그래서 메뉴는 라면으로 하고 파만 조금 잘라 넣었다.

후딱 먹고 목욕하러 들어갔다.

느긋이 욕조에 몸을 담그니 지난 일주일 남짓의 소란이 꿈처럼 느껴졌다.

불안은 꽤 컨트롤 할 수 있게 되었지만 외로움이 사라지는 건 아니었다.

문득 어머니의 깨를 볶는 이야기가 떠올랐다.

'——사랑해서야.'

자신의 소원이란 의외로 스스로는 모르는 법이다.

장래에 뭐가 되고 싶으냐고 물어도 지금까지의 나였다면 대답하지 못했을 것이다.

아역으로 그렇게 성공했으니 다시 연기자로 성공하는 게 목표가 아니냐는 말을 들어도 나는 긍정하지 않았겠지.

그도 그럴 게 나는 아니까. 연기자로서의 성공과 행복이 같은 의미가 아니라는 것을. 물론 기쁘기는 하겠지만 연기를 못하는 괴로움도 경험했고 연기자라는 일의 무서움도 알았다. 그래서 나는 그렇게 단순히 연기자로서의 성공만을 바랄 수 없었다.

하지만——.

깨를 볶는 어머니의 이야기와 혼자 집에 있는 외로움을 떠올림으로써—— 행복한 가정을 만드는 것과 사랑하는 사람과 맺어지는 것에 강한 동경심을 품고 있다고 깨달았다.

그래, 내가 연예계에 바로 복귀하지 않고 고등학교 생활을 계속하고 싶어 했던 건 '행복한 가정을 만드는 것'이나 '사랑하는 사람과 맺어지는 것'을 목표로 한다면 복귀하지 않는 편이 낫다는 생각을 어딘가에서 했기 때문이겠지.

연기자로서 유명해진 탓에 좋아하는 사람을 불행하게 만드는 일도 있다. 와이드쇼만 봐도 알 수 있는 일이었다. 돈이 없으면 불행하지만 거금이 있다고 행복해지는 것은 아니다. 이것도 텔레비전에서 가르쳐 줬다.

"여자친구 사귀고 싶다……."

예전부터 그렇게 생각했었다. 하지만 새삼 자각했다.

나는 목욕물로 얼굴을 씻었다.

쿠로하를 본받아서 좀 더 진지하고 긍정적으로 생각하며 노력하자.

그렇게 생각했다.

*

그날 아베 미츠루는 방과 후 시간에 맞춰서 등교했다.

이미 대학교에 합격해서 필요 출석 일수 이상으로 무리하게 등교할 필요는 없었다.

일단 오늘 학교에 온 건 밴드부 후배를 격려하기 위해서라는 게 표면적인 이유였지만 진짜 이유는 따로 있었다.

"앗, 아베 선배님!"

"선배님~!"

후배 여자애들에게 들켜서 아베는 웃는 얼굴로 손을 흔들었다. 그러자 후배들이 꺅꺅거리며 소란스럽게 다가왔다.

오늘은 할 일이 있었기에 적당한 지점에서 이야기를 끝냈다. 후배들이 아쉬워해서 미안한 마음은 있었지만 계속 붙잡혀 있을 수도 없었다.

하품이 나왔다. 실은 점심까지 잤지만 아직 졸렸다. 어떤 사실에 흥분해서 새벽까지 잠들지 못했기 때문이었다. 실은 오늘 등교한 건 그 졸음과 밀접한 관계가 있었다.

"아, 역시 여기 있었구나."

아베가 제3 회의실이었던 엔터테인먼트부의 부실로 들어가자 안에 있던 테츠히코가 인상을 썼다.

테츠히코의 얼굴에는 단정함과 장난꾸러기 소년 같은 애교가 공존했지만 싫어하는 상대에게는 사정없이 얼굴을 구겼다.

"……저기요, 문을 잠갔을 텐데요."

"그럴 것 같아서 사전에 교무실에서 열쇠를 빌려 왔어. 볼일이 있다고 하니까 선생님이 흔쾌히 건네주시던데."

"선배, 대학교 합격했죠? 컴플라이언스라는 말을 어떻게 생각하세요?"

"컴플라이언스 위반은 최악이지."

"선배의 행동은?"

"교사에게 열쇠를 빌리는 게 컴플라이언스 위반이라는 거야? 너는 사상이 지나치게 전위적인 것 같아."

"왠지 선배는 자기 애가 방에 틀어박히면 무신경하게 방에 들어가서 정론을 떠들다가 살해당할 것 같단 말이죠."

"아이를 위해 목숨을 걸 수 있는 어른이 되고 싶기는 해."

하아, 하고 테츠히코는 무거운 한숨을 내쉬었다.

이게 일종의 체념한 신호이며 들어와도 된다는 허가이기도 하다는 것을 아베는 지금까지의 경험으로 알았다.

아베는 테츠히코 근처에 앉았다.

테츠히코의 눈앞에는 노트북이 있었다. 화면에 비치는 건 오키나와에서 찍은 PV 영상이었다. 아마도 다큐멘터리와 진 엔딩을 우선시하느라 아직 PV의 편집을 끝내지 못한 거겠지.

"우선 먼저 말해 두겠는데 오늘은 이야기를 듣고 싶어서가 아니라 하고 싶은 말이 있어서 왔어."

"그럼 안 들어도 됩니까."

"반응하고 싶지 않다면 마음대로 해. 나 혼자 떠들 테니 무시해도 돼."

그렇게 운을 떼며 아베는 입을 열었다.

"어제 다큐멘터리와 '차일드 킹'의 진 엔딩이 공개되었잖아? 바로 봤거든."

테츠히코가 힐끗 보기는 했지만 딱히 무슨 말을 하지는 않았다.

아베로서는 듣고 있다는 것을 안 것만으로도 충분했다.

"그래서…… 뭐라고 할까…… 대단히 감격해서 말이지. 연기자가 되고 싶다고 생각했을 때의 마음이 떠올랐어. 보고 난 뒤에 문득 '차일드 킹'을 다시 보고 싶어져서…… 실은 그래서 잠이 좀 부족해. 흔히 있지 않아? 문득 다시 보고 싶어져서 보다가 멈추지 못하고 계속 보게 되는 케이스 말이야."

"뭐, 있긴 하죠. 저로서는 대학교에 합격한 사람은 한가로워서 좋겠다는 감상밖에 안 떠오르지만요."

"말은 그렇게 하면서 잘 듣고 있네?"

"듣고 있는 게 아니라 들리는 겁니다."

아베는 그만 웃고 말았다.

비비 꼬인 테츠히코의 성격은 여전히 만만치 않았다.

"그런 감상이라면 스에하루에게 직접 말해 주는 편이 낫지 않습니까."

"그게, 마루 군을 앞에 두면 완전히 팬의 입장이 될 것 같아서 말이지. 그 왜, 미움받은 채로 오해를 풀지도 않았고. 어떻게 말을 꺼내면 좋을지 알 수 없어서."

"와, 이 사람 스에하루에게는 진성 팬의 사고방식으로 생각하잖아…… 소름 끼쳐……."

"딱히 그게 부끄럽지는 않은데. 그보다 마루 군에게 직접 전하는 게 쑥스러우니까 이번에 전체적으로 일을 진행했던 너에게 감상을 전하러 온 거야. 민폐인가?"

"전부터 말하지만 진심으로 민폐거든요!"

"다행인걸. 민폐를 끼친다는 자각은 있었다 보니 도리어 민폐가 아니었다면 스스로의 판단력에 자신이 없어졌을 거야."

"하아……."

깊은 한숨.

이런 반응을 신경 쓰면 테츠히코와는 대화를 나누지 못하므로 아베는 반쯤 즐기면서 말을 이었다.

"여기서부터는 내 고찰인데 이번 일의 승자는 너 아니야?"

테츠히코는 입을 다문 채 대답하지 않았다.

"시로쿠사에게 일련의 흐름을 들었어. 너는 사전에 파악하고 있었던 거지? 하디 슌 사장의 움직임을. 그렇게 생각하면 이번 이야기는 이해하기 쉬워지니까."

아베는 반응을 살폈지만 테츠히코는 여전히 입을 열지 않았다.

"슌 사장의 목적은 마루 군에게 대미지를 가하는 거야. 슌 사장이 마루 군의 과거를 노려서 공격한다면 수단이 너무 많으니까 사실상 방어가 불가능하지. 그렇다면 마루 군을 지키기 위해서는 마루 군 본인이 과거를 극복하도록 유도할 필요가 있어. 그게 다큐멘터리인 거지. 특히 마루 군에게 연심을 가진 세 사람이 한 사람씩 추억의 장소를 둘러본다는 아이디어는 훌륭했어. 마루 군의 마음속 깊은 부분도 보였고, 마루 군 본인도 자신에게 얼마나 많은 마음이 향하고 있는지 자각하는 계기도 되었을 거야."

"그건 마리아의 발안이었죠. 역시 마리아는 우수해요."

"호오, 모모사카 양이 말이지……. 네 발상이 아니라면 시다

양일 거라고 생각했는데."

"시다는 창작에 관한 발상은 별로여서요. 연애나 스에하루에 관한 부분은 괴물 같지만 말이죠. 카치는 반대로 연애 쪽 발상은 별로고 창작 쪽은 상당하다는 인상이네요. 그런 의미로도 마리아는 양쪽 모두 우수하죠."

"그렇게 말한다는 건…… '또' 시다 양이 뭔가 저지른 거야?"

"……시다에게 엄청난 표현을 쓰시네요."

"……그 애에게는 압도되기만 하다 보니 나도 모르게 그만."

테츠히코는 어깨를 으쓱였다.

"이번에 스에하루가 다친 건 아시죠? 첫날에 어떻게 되었는지 아세요?"

"응, 시로쿠사에게 들었어. 시다 양과 모모사카 양이 들이닥쳐서 한바탕했었다며? 하지만 사전 공작을 한 보람이 있어서 자기만 남게 되었다며 자랑스러워했었어."

"카치는 여전히 섣부르게 지뢰를 밟는단 말이죠……."

"무슨 말이야?"

"카치는 시다의 위기의식을 자극해서 진심을 내게 만든 감이 있어요. 그리고 여기서부터는 시다의 시점에서 생각하면 알기 쉬우니 그쪽으로 이야기할게요."

아베는 고개를 끄덕이며 귀를 기울였다.

"시다는 카치가 스에하루의 집에 사는 것에 강한 위기감을 받았어요. 다만 시다에게는 동거만 문제였던 게 아니었죠."

"그 밖에도 뭔가 있었던 거야?"

"세 사람이 스에하루의 집에 들이닥친 결과로 어필 대결이 되어 스에하루가 피폐해졌단 말이죠. 이건 시다의 입장에서는 큰 문제예요. 시다는 세 사람 중에서 가장 어필하는 게 뛰어났으니까요. 그런 어필이 먹히지 않게 되는 건 상당히 힘든 상황이었겠죠."

"아~ 그건 그래."

"그리고 시다에게는 그것보다도 더 큰 문제가 있었어요."

"그게 뭔데?"

"스에하루의 의식이 카치 쪽으로 조금 기울어진 거예요."

아……. 하고 아베가 탄식했다.

"저번 여행 즈음부터였지."

"예. 시다는 궁지에 몰린 거죠. 소꿉친구로서 곁에 있다는 최고의 지위가 뒤집히고 자신의 우세 분야였던 어필도 점차 먹히지 않게 되었어요. 무엇보다도 스에하루는 다른 애에게 끌리고 있었죠. 차이 이후로 가장 위기인 상황이네요."

"듣고 보니 그렇긴 하네……."

강한 면만 신경 쓰여서 그 정도로 몰렸다고는 생각하지 못했다.

"거기서 시다가 쓴 방법이 카치와 마리아를 불러서 연 삼자 회담이에요. 여기서 두 개의 큰 문제——'카치의 동거'와 '어필 대결로 인한 스에하루의 피폐'를 해결했죠."

"……시로쿠사에게 들은 이야기로는 삼방일량손으로 서로 양보한 느낌이었는데……."

"제가 가장 질겁했던 부분은 그 이야기를 가장 큰 손해를 보는 카치가 꺼내게 한 점이었어요. 시다와 마리아가 손해 본 건 '어 필을 줄이는 것뿐'이라는 건 깨달으셨나요? 카치는 동거를 양 보했어요. 다른 두 사람보다 명백하게 손해가 크죠."

"확실히 시로쿠사가 다른 두 사람을 따라 할 수는 있지만 다른 두 사람이 시로쿠사를 따라 하는 건 불가능하지."

"카치는 자존심이 강하니까 사실상 따라 하지 못한다는 허점 을 찌른 거예요. 마리아는 그걸 깨닫고 도중부터 편승하지 않았 을까요."

"그래, 시로쿠사에게 이 이야기를 들었을 때부터 어딘가 걸렸 단 말이지. 삼방일량손의 이야기를 시다 양이 아니라 시로쿠사 가 꺼냈기 때문이었나……. 정말이지 엄청난데……. 네가 '질 겁했다'라고 표현한 기분은 조금 알 것 같아……."

쿠로하는 강하다. 보기에는 귀여운 여자애인데 때로는 질겁 할 정도로. 뭐, 그게 또 그 애의 매력이라고 한다면 그렇게 볼 수 도 있었지만.

"그렇게 노골적인 어필 대결은 헛될 뿐이라는 세 사람의 공통 인식이 생겼을 무렵에 제가 다큐멘터리 이야기를 해 버렸던 거 죠. 이게 요컨대 '노골적이지 않은 어필이란 무엇인가'라는 발 상으로 이어지는 건데, 그게 세 사람 모두 '추억을 이야기한다' 는 것이었어요. 각자가 마음속에 강하게 남은 추억이 있으니 그 건 자연스러운 결과였죠. 그리고 그걸 다큐멘터리로 연결시킨 게 마리아였고요. 다만 시다가 괴물 같은 점은── 그 뒤의 행동과 발상이지만요."

"으응……? 또 뭔가 있는 거야……?"

"오히려 여기서부터가 메인인데요."

아베는 듣는 게 좀 무서워지기 시작했다. 그러나 여기까지 이야기를 들은 이상은 듣지 않고는 잠을 잘 수 없을 것 같았다.

"알았어. 말해줘."

"시다가 다큐멘터리 촬영 뒤에 스에하루에게 다시 고백을 한 거예요."

너무나도 충격적인 말에 아베는 한순간 할 말을 잃었다.

"뭐?! 정말이야?!"

"틀림없어요. 그리고 고백받은 스에하루가 고민 끝에 대답하려고 했을 때 시다가 제지한 모양이에요. 타임오버라면서요."

"으응?! 어, 어떻게 된 건지 전혀 모르겠는데……."

"그리고 그다음에 '소꿉여친'이라는 관계를 스에하루에게 제안한 모양이에요."

거기서부터 아베는 '소꿉여친'의 이야기를 들었다.

그리고 전부 다 들은 뒤에—— 역시 조금 질겁했다.

"……요컨대 시다 양은 고백한 결과로 '준 여자친구'라고 할까, '소꿉친구 같은 여자친구'이며 '후보로 두고 싶은 여자친구'인 '소꿉여친'이라는 자리를 챙겼다는 건가."

"뭐, 그런 제안을 스에하루가 거절할 리 없죠."

"'고백했지만 대답을 듣기 전에 차이리라는 것을 깨닫고 고백을 취하하며 새로운 관계를 제안해서 받아들이게 한다'라니…… 시다 양 정말 엄청난데……."

"개인적으로 빵 터졌던 건 '고백 캔슬'이네요. 전화를 취소 버튼 연타로 캔슬하는 게 떠올라 버렸어요."

"하아, 시로쿠사가 고전하는 것도 당연하네……."

시로쿠사는 남자가 동경할만한 장점을 많이 가지고 있다. 일반적이라면 타인을 압도할 수준의 스펙이었으니까.

하지만 라이벌이 만만치 않다. 너무 만만치 않았다.

옛날부터 여동생처럼 귀여워하던 시로쿠사의 불운을 염려하며 아베는 한숨을 내쉬었다.

"'소꿉여친'말인데, 교섭력과 일정 수준 이상의 호감도가 없으면 성립할 수 없는 개념이지만 개인적으로는 시다가 괜찮은 지점을 노렸다고 생각해요."

"어느 부분이?"

"연애란 '나를 좋아하는 게 아닐까?' 하고 생각했을 때부터 의식하게 되지 않나요? 요컨대 저는 '좋아한다는 감정은 자신에게 호감이 있다고 의식하면서 시작되는 경우가 많다'고 생각하거든요. 그 왜, 흔히들 말하잖아요. 웃어줘서 반했다거나 스킨십이 잦아서 나를 좋아한다고 생각했다거나."

"뭐, 그건 그래."

"요컨대 저는 '상대가 자신을 좋아할지도 모른다고 의식하게 만든 다음부터가 연애의 진정한 시작점'이라고 생각해요. 혼자서만 좋아하면 발전이 없죠. 느닷없이 잘 알지도 못하는 상대가 고백해도 판단할 수가 없잖아요. 그러므로 '고백하지 않고 좋아한다는 감정을 전하는 기술' 이 연애에서는 중요해지는 거예요."

"맞아, 반드시 그렇다고는 할 수 없지만 연애에 능숙한 사람들은 그런 부분이 있지."

"시다는 최대급의 편치력이 있는 '고백'을 쓰면서 그 상태 그대로 관계를 유지시켰어요. 요컨대 '최고로 의식하게 만든' 거죠. 일반적이라면 고백하고 승낙인지 거절인지 두 가지일 뿐일 텐데 보험으로 관계를 진전시킬 방법까지 마련해 둔 거죠. 솔직하게 감탄이 나오는 부분이네요. 뭐, 소꿉친구란 지나치게 가까운 사이라서 '의식하게 될 계기'를 찾는 게 어렵다는 점도 있으니까요. 시다로서는 과감하게 내디딜 필요가 있었다고도 할 수 있겠죠."

"그렇구나, 현재의 결과는 시다 양에게는 차선책이며 어쩔 수 없이 취한 방법이라고 생각했었는데…… '최고로 의식하게 만들었다'고 생각하면 최고의 재출발을 했다고도 할 수 있는 건가."

"그런 거예요. 그게 시다의 무서운 점이죠. 차일 뻔했는데 마이너스가 되기는커녕 플러스로 만들었어요. 이 관계는 스에하루도 불만이 없겠지만 시다에게도 지금까지보다 진전이 있으니 결코 나쁜 결과는 아닐 거예요. 그래서 선배의 감상은 어떤가요."

"'소꿉여친' 같은 발상도 없었던 나에게는 제안할 배짱도 실현시킬 행동력도 없었을 거야."

"동감이에요. 애초에 제가 '소꿉여친' 같은 관계를 입에 담으면 여자애들에게 살해당하겠죠."

"뭐, 그렇겠지. 써먹기에는 조건이 상당히 한정돼. 하지만 절묘한 결과인걸."

"제가 괴물 같다고 한 게 이해되셨나요?"

"……솔직히 나도 그렇게 말하고 싶어지는걸. 뭐, 그만큼 마루 군이 사랑받고 있다는 거겠지."

"딱히 그렇게 편들어 주지 않아도 되는데요. 그냥 솔직하게 말하는 게 어때요."

"뭘 말이야?"

"그 녀석은 결국 인기 없다고 생각하는 걸로 자신을 지키려고 하는 비겁한 놈이라고요."

"신랄한걸……. 나는 오히려 신중하며 겸허하다고 생각하는데 말이야. 마루 군은 분명 자의식과잉에 빠지는 타입이 아니겠지. 연예계에는 자신이 인기가 많다거나 유능하다는 생각에 빠진 사람이 많거든. 뭐, 실제로 인기도 많고 유능하기는 하지만. 그래서 나는 마루 군의 사고방식 쪽이 훨씬 호감이 가."

"그러십니까."

테츠히코는 곁에 둔 페트병 커피를 들어 입에 대었다.

"이번에는 시다에게 압도당해 버렸지만 카치와 마리아도 솔직히 졌다고는 생각하지 않아요."

"그렇지, 시로쿠사는 '특별한 추억이 생겼다', '솔직히 자신이 이겼다' 하고 말했었어."

"마리아도 슬쩍 물어보니 '이번 일은 대승리의 복선이 되었어요' 하고 당당히 말하던걸요."

"누굴 승자로 보는가는 좀 어려운 부분이지."

"개인적으로는 아무리 보험을 들어 두었다지만 최종수단이라고도 할 수 있는 고백까지 시도한 시다가 한 발짝 앞선 것 같지만요. 하지만 최강의 공격을 이미 써 버렸다고도 볼 수 있으니까 섣부르게 판단할 수는 없는 상황……이라는 판정이네요."

아베는 팔짱을 끼며 고개를 주억거렸다.

테츠히코는 페트병을 검지로 튕겼다.

"다만 저로서는 이번 일로 시다는 역시 어떤 의미론 '필사적일 뿐인 평범한 여고생'이라고 생각했어요."

"어떤 점이?"

"그게, 지금 시다는 한 바퀴 빙 돌아서 고백제 전으로 돌아온 상태거든요."

"구체적으로 말하자면?"

"'고백했지만 시귀지는 못함' '그래도 스에하루 곁에 있음'. 세세한 점에서는 다른 부분도 있지만 가장 큰 부분인 이 두 가지가 완전히 돌아와 버렸어요."

"확실히 그렇긴 하네. 하지만 개인적으로는 용케 이런 상황으로 끌고 왔다고는 생각해."

"하지만 달리 최선의 방법은 있었어요. 고백제가 끝난 뒤에 자존심을 내다 버리고 계속 사과했다면 지금쯤 스에하루와 시다는 사귀고 있겠죠. 뭐, 그 시점에서 사과하면 틀림없이 오키나와 여행 때보다도 훨씬 큰 싸움으로 발전했을 테니 시간은 다소 걸렸을지도 모르지만요."

"그건 지금이니까 할 수 있는 말이지 않아? 그 시점에서 사과하면 시로쿠사와 모모사카 양은 기회라고 생각해서 더 적극적으로 대시했을 게 분명하니까. 게다가 자존심을 전부 내다 버린다는 건 그리 쉽게 할 수 있는 게……."

"예, 그래서 '필사적일 뿐인 평범한 여고생'이라고 생각한 거예요. 시다는 지나치게 편한 방법으로 이기려고 했어요."

"하지만 보통은 그렇지 않아? 사람은 그런 감정을 떼어 둘 수 없으니까."

"예, 그렇죠. 보통은 그래요. 그래서 그 점을 가지고 실수했다고는 할 수 없어요. 말할 수 있는 건 시다도 아직 멀었다는 거죠. 대단한 부분 때문에 최선을 다하는 것처럼 보여도 결과적으로 보자면 아직이에요. 이때까지 그 사실을 깨닫지 못했던 저도 아직 멀었고요. 정말이지, 한숨이 다 나오네요."

어깨를 으쓱이며 동의한 아베는 문득 어떤 사실에 생각이 미쳤다.

"그보다 말이야."

"왜요?"

"어떻게 시다 양이 고백한 걸 아는 거야?"

지금 이야기는 당사자들에게 있어서 쉽사리 타인에게 말할 수 있는 내용이 아닐 터였다.

"마루 군이 말해 준 거야?"

"추측이 어설프신데요. 반대예요. 시다에게 들었어요."

"뭐?! 어째서?!"

"저라면 언젠가 눈치채거나 스에하루에게 알아내리라고 판단한 모양이에요. 그러니 결국 들킬 거라면 괜한 행동으로 방해하지 말아 달라며 설명과 경고를 들었죠. 참고로 경고 쪽은 '누군가에게 말한다면 각오해야 할 거야' 라는 내용이었어요."

"아니, 잠깐 있어 봐……. 지금 말하고 있지 않아……?"

"예, 이걸로 이 이야기가 밖으로 새 나갔을 때는 선배도 공범이에요. '나는 말하고 싶지 않았는데 말이야~ 선배가 협박해서~' 하고 변명할 테니까 그때는 잘 부탁드리죠."

아베는 손으로 이마를 짚으며 한숨을 내쉬었다.

아뿔싸, 호기심으로 듣는 사이에 말려들어 버렸다.

"그거 네가 정보를 흘린 걸 들켰을 때 쓸 변명이지?"

"아, 눈치채셨네요. 그 정도의 이익이 없다면 이런 정보를 말할 리가 없잖아요."

"뭐…… 그건 이해가 되는데……."

지나치게 위험한 정보였다. 게다가 상대가 상대다.

일단 자신의 입은 단속하자며 아베는 마음속으로 결심했다.

"그럼 공범으로서 묻고 싶은데 말이야."

"말하고 싶지 않은 건 말 안 할 건데 그래도 괜찮으시다면야."

"아직 무슨 관계인지는 짐작은 안 되지만 너는 진심인 거지?"

"뭐가요?"

"슌 사장을 끌어내리려는 것 말이야."

"…………."

테츠히코는 시치미를 떼며 커피를 마셨다.

"그 진 엔딩도 머리를 잘 쓴 기획이라고는 생각했어. 팬이라면 꼭 보고 싶을 내용이고 실제로도 보고 무척 감동했으니까. 그 기획이라면 콜렉트 재팬 TV가 낚이는 것도 이해가 돼. 그래도 말이야, 진 엔딩을 공개하지 않았어도 이번 일은 수습할 수 있었지?"

"⋯⋯⋯⋯."

"다름 아닌 소이치로 아저씨와 모모사카 양이 있으니까. 이번에는 콜렉트가 움직인 만큼 빨리 진화되었다고는 생각하지만 말이야. 진 엔딩의 기획을 처음에는 지상파 방송국에 제안했다며? 너는 방송국에 인맥을 만들고 싶었던 것 아니야? 이번에 방송국에 더해서 콜렉트와도 인맥을 만들었으니 너는 대승리를 거뒀을 거야. 그래서 네가 제일 큰 승자라고 하는 건데, 그 정도의 인맥은 솔직히 학생 신분에게는 너무 크지."

"저는 '군청 채널'의 창설자니까요. 크게 만들기 위해서 인맥이 필요하다는 건 이상한 이야기가 아니라고 생각하는데요."

"'군청 채널'을 크게 만들고 싶어서 대기업에 인맥을 만들었다고 해도 말이지. 애초에 위튜브에서 활로를 찾았던 건 자유롭게 활동하고 싶어서였잖아. 역시 납득하기 어려운걸. 너와 슌 사장 사이에 사정이 있다는 건 들었어. 그렇다면 진심으로 끌어내리고 싶어서 다양한 인맥을 만든다고 생각하는 편이 자연스럽잖아?"

"⋯⋯그런가요. 재미있는 추측이라고만 해 두죠."

아베는 테츠히코의 표정을 관찰했다.

이 이야기가 나온 뒤로 테츠히코의 표정은 무서울 정도로 움직임이 없었다. 차가운 눈으로 감정을 죽이고 있었다.

"하지만 말이지, 그 이면에는 다른 이유가 있다는 게 내 진짜 추리야."

"……!"

아주 조금이지만 뺨이 움직였다.

아베는 지체 않고 자신의 추리를 들이댔다.

"그도 그럴 게 아무리 슌 사장과 어떤 사정이 있고 끌어내리고 싶을 정도로 미워한다고 해도 학생 신분으로 이렇게 무리한 행동을 할 이유가 없잖아? 너라면 마루 군이 없더라도 10년 뒤에는 어느 정도 타격을 줄 수 있을 거야. 20년 뒤라면 압승할 테고. 참는 게 힘들지도 모르겠지만 네가 그걸 내다보지 못할 것 같지도 않아. 요컨대—— 초바심을 내는 이유가 뭐냐는 거야."

테츠히코는 테이블 위에 올려둔 빈 페트병을 후려쳤다.

뗑그렁뗑그렁, 하고 건조한 소리를 내며 페트병이 굴렀다.

테츠히코가 일어서서 파이프 의자가 뒤로 넘어갔다. 눈이 충혈되어 있었다.

아베는 이런 표정의 테츠히코를 본 적이 없었다. 자신이 호랑이 꼬리를 밟아 버렸다는 사실을 이해했다.

"아 거 더럽게 말 많네!"

테츠히코는 오른손으로 아베의 멱살을 잡고 끌어당기더니 있는 힘껏 밀쳤다.

벽에 등을 부딪치고 주저앉는 아베를 내려다보며 테츠히코는 소리쳤다.

"그렇다면 어쩔 건데?!"

추리를 은연중에 긍정하고 있었다.

아베는 그 사실을 깨달았다.

"――협력할게."

우선 자신의 마음을 분명하게 말했다.

"지금까지 너와 이야기를 나누면서 나는 마루 군과 마찬가지로 너에게도 관심이 가기 시작했어. 만약 네가 협력을 바란다면 나는 친구로서 힘을 빌려주고 싶어."

테츠히코는 3초 정도 굳었다가 말없이 몸을 돌렸다. 그리고 떨어져 있던 페트병을 주워 들고 쓰레기통으로 집어 던졌다.

"――이래서 착해 빠진 인간은 싫다는 거야."

그대로 돌아보지도 않고 테츠히코는 부실을 나섰다.

아베는 쫓지도 못한 채 우두커니 있을 수밖에 없었다.

*

…….

…………·

………………·

몇 분 전까지는 부산스러웠던 스태프도 준비가 끝나서 지금은 조용히 지켜보고 있었다.

시선이 모여드는 게 느껴졌다.

기대로 가득했다. 그런 기대에 중압감을 느끼지 않는 건 아니었다.

하지만 그보다도 지금은 고양감이 더 컸다.

나는 감독을 보고 고개를 한 번 끄덕인 뒤에 침대에 누워 눈을 감았다.

정적이 내려앉았다. 촬영이 시작되기 전에 생기는 잠시간의 공백. 이 긴장이 피부를 자극하는 정적의 시간을 나는 진심으로 사랑했다.

촬영의 시작을 알리는 목소리가 들려왔다.

그리고 나는 '차일드 킹'의 주인공── 렌이 되었다.

"뭐, 지……?"

눈부셔서 눈을 뜰 수 없었다.

몸이 무거워서 일어날 수 없었다.

혀가 말라서 말이 제대로 나오지 않았다.

"어, 라……?"

흐릿하게 보이는 실루엣── 고등학생 정도의 여자애다.

아니, 한 명이 아니었다. 여자애는 세 명이 있었다.

세 소녀는 하나같이 눈을 크게 뜬 채 말을 잇지 못했다.

"렌 군……!"

한 소녀가 말했다.

그리고 떠올렸다. 자신의 이름이 '렌'이라는 사실을.

그래, 나는 '차일드 킹'이다.

어머니가 살해당해서 복수를 위해 돈을 좇았던 남자다.

의사가 찾아와서 촉진을 시작했다.

세 소녀는 어쩔 수 없이 밖으로 나갔지만 내 기억에 없는 여자애들이었기에 계속 혼란스러웠다.

의사는 진찰을 끝낸 뒤에 기적이라는 말과 함께 조금씩 현실을 받아들이면 된다면서 세 소녀의 입실을 허가했다.

한 소녀가 말했다.

"렌 군은 6년 동안 잠들어 있었어——."

그 말에 기억이 되살아났다.

숙부와의 싸움을 마무리 지어 복수를 끝내고 그 자리를 뜨려고 했을 때 칼에 찔렸다는 것을.

"설마……."

"나, 니나야."

복수에 몸과 마음을 물들였을 때도 줄곧 지켜보며 양심이 되어 줬던 소꿉친구가 성장한 모습으로 그 자리에 있었다.

"그럼 이쪽은……."

"미레이예요. 렌 씨……."

숙부의 책략으로 힘들어할 때 도움을 줬던 영애다. 동료가 된 뒤에는 많은 도움을 받았다.

"히나키를 잊지는 않았겠지?"

처음에는 적대했던 투자자 소녀였다. 하지만 숙부와의 싸움에서 힘을 빌려줬었다.

"다들 어째서……."

"너를 기다렸어."

중상을 입고 눈을 뜨지 못하는 나를 세 사람은 줄곧 기다려 주었다.

6년이라는 터무니없이 긴 시간 동안 계속 기도하며 뒷바라지를 해 주었다.

소년이었던── 아니, 청년이 된 나는── 깨달았다.

──그래서 돌아올 수 있었다는 것을.

나는 조용히 눈을 감았다.

세 사람과의 추억이 머릿속을 스치고 지나갔다.

나는 만감을 담아서 말했다.

"──돈 같은 건 없어도 돼. 너희만 있어 준다면."

그리고 지금 지을 수 있는 최고의 웃는 얼굴로 최대한의 감사를 전했다.

제대로 할 수 있을지는 알 수 없지만 전하고 싶은 마음이 있었으니까.

이 말을 그녀들에게 건네고 싶었다.

"너희가 있어 줘서 돌아올 수 있었어……. 고마워……."

세 사람은 각자 최고의 미소를 지으며 말을 들어 주었다. 눈에는 눈물이 맺혔다.

웃음 속에서 나는 진심으로 행복을 느꼈다.

……………….

………….

…….

'차일드 킹'은 여기서 끝나지만 우리의 이야기는 아직 이어진다.

하지만 감사하는 마음은 계속 품고 있고 싶었다.

초심을 잊어 버리면 지금까지 쌓아온 것을 잃어버릴 것만 같았으니까.

"――그러고 보니."

다큐멘터리와 진 엔딩이 공개되고 며칠 뒤.

평소처럼 교실에서 내 앞에 앉은 테츠히코가 지나가는 투로 말했다.

"네 팬클럽이 생겼다는 거 아냐?"

"………………………………………………응?"

"그렇게 반응하는 게 역시 몰랐나 보네."

"………………………………………진짜로?"

"이게 거짓말 같지만 사실이란 말이지. 그 다큐멘터리와 진 엔딩이 심금을 울렸나 봐."

"………………………………크흐흐흐흐."

"스에하루?"

나는 온몸에서 솟아나는 기쁨을 참지 못하고 일어섰다.

"흐흐흐흐흐흐흐흐흐흐흐흐흐흐흐흐! 아니, 진짜로?! 그런 전개가 다 있어?! 이거 곤란하게 되었는걸~. 인기가 생기고 말았나~. 이거 참, 딱히 대단할 것 없는데 말이야~."

"정말이지, 인기 없다는 게 그대로 드러나는 반응이구만. 아니꼬워서 살의가 솟아날 지경이야."

"아, 혹시 이것도 꿈인가?! 테츠히코, 날 때려 줘!"

"이거나 먹어라!"

"아얏?! 얌마, 너무 세게 때렸잖아!"

"네가 때리라며!"

"그래도 정도란 게 있지!"

평소처럼 옥신각신하는 우리의 등 뒤에서 그림자가 움직였다.

"아, 호은…… 하루이 팬클럽이라……."

"스짱에게 꼬리를 치려는 쓰레기가 생겨난 거구나……."

"분수를 알게 해 줘야겠는데요……."

세 사람 사이에는 거리가 좀 있었으며 서로를 인식하지 못했다. 그러나 동시에 이 사실을 알게 된 세 사람의 반응은 완전히 똑같았다.

세 사람은 뺨을 씰룩이며 손을 움켜쥐었다.

"뭉개 버리겠어!"
"절멸시켜 주겠어!"
"후회하게 해 주겠어요!"

그리고 세 사람은 거기서 마침내 서로의 존재를 깨닫고 얼굴을 마주했다.
"""응……?"""

후기

안녕하세요, 니마루입니다. 이번에는 기념할 일이 몇 가지 있으므로 그 이야기부터 하겠습니다.

첫 번째로 니마루 사상 최장 간행인 4권에 도달했습니다! 계속해서 열심히 하겠습니다!

두 번째로 누계 10권째입니다! 데뷔했을 때의 목표가 '10권 출판'이었습니다. 8년 7개월이 빠른지 늦은지는 모르겠습니다만 도달한 것에 큰 만족감을 느끼고 있습니다.

세 번째로 2020년 3월 말부로 일을 관두고 전업 작가가 되었습니다.

데뷔 이래로 줄곧 근무처에서 허가를 받아 겸업 작가를 해 왔습니다만 이 작품 덕분에 전업 작가가 될 결심이 섰습니다. 더욱 정력적으로 집필 활동을 할 생각이니 응원해 주시면 기쁘겠습니다!

그런 이유로 4월 중에 기후에서 도쿄로 이사할 예정이었습니다만…… 코로나로 연기가…….

이 책이 서점에 놓일 무렵에는 어떻게 되었을지 모르겠습니다만 기후에 있어서 쉽게 뵙지 못했던 분들은 도쿄로 이사했을 때 괜찮으시다면 술자리에 어울려 주세요.

도쿄로 이사하는 이유에는 제 필명 '니마루 슈이치'의 유래
가 관계있습니다.

저는 필명을 정할 때 몇 가지 조건을 생각했습니다.

'멋 부리지 않는다(성격과 맞지 않음)' '흔하지 않은 이름(검
색하기 쉽도록)' '될 수 있으면 조금 재치있게(유래를 이야기
할 때 재미있을까 싶어서)'.

저는 대학+사회인 3년을 도쿄에서 지냈습니다만 그 7년을 지
낸 맨션의 방 번호가 203호실이었습니다. ……예, 203→2(니)
동그라미(마루) 3(상)→니마루 씨——입니다.

재치가 있기는커녕 농담도 되지 않네요! (절망)

참고로 슈이치(修一)는 본명이 슈이치(秀一)인데 획수를 찾아
봤더니 슈이치(修一) 쪽이 괜찮았다는 단순한 이유입니다.

왜 도쿄에서 살 때의 방 번호를 붙였냐 하면, 저는 여러 가지로
너무 무리한 결과 심신이 안 좋아져서 도쿄에서 고향인 기후로
돌아왔습니다. 하지만 꿈을 품고 발버둥 치던 마음을 잊고 싶지
않아서 도전할 의지와 너무 무리했던 자기반성을 담자고 생각
한 겁니다.

지금은 띠가 한 바퀴 돌 정도의 시간이 지나 당시의 꿈을 이루
고 또다시 도쿄로 갈 수 있게 되었습니다. 동료들과 더욱 절차
탁마할 수 있습니다. 그게 무엇보다도 기쁩니다.

이것도 응원해 주신 여러분, 편집 담당 쿠로카와 님과 오노데

라 님, 일러스트를 담당하신 시구레 우이 님 덕분입니다. 정말로 감사합니다! 그리고 이토 료 씨가 그리신 코믹 얼라이브에서 연재 중인 소꿉친구가 절대로 지지 않는 러브 코미디 만화판 1권이 5월 23일에 발매합니다! 만화판에는 오리지널 단편 '잠이 덜 깬 쿠로하가 절대로 애교를 부리는 러브 코미디'도 있습니다! 부디 읽어 주세요!

2020년 4월 니마루 슈이치

소꿉친구가 절대로 지지 않는 러브 코미디 4

2021년 10월 25일 제1판 인쇄
2021년 11월 01일 제1쇄 발행

지음 니마루 슈이치 | **일러스트** 시구레 우이

옮김 김민준

발행 영상출판미디어(주)
등록번호 제 2002-000003호
주소 21311 인천광역시 부평구 평천로 132 (청천동)
전화 032-505-2973(代) | FAX 032-505-2982

ISBN 979-11-380-0695-8
ISBN 979-11-6625-686-8 (세트)

OSANANAJIMI GA ZETTAI NI MAKENAI LOVE COMEDY Vol.4
ⒸShuichi Nimaru 2020
Edited by 전격문고
First published in Japan in 2020 by KADOKAWA CORPORATION, Tokyo.
Korean translation rights arranged with KADOKAWA CORPORATION, Tokyo.
through Korea Copyright Center Inc.

구매 시 파손된 도서는 구매처에서 교환하실 수 있습니다.
기타 불편사항, 문의사항이 있으신 독자님께서는 노블엔진 홈페이지
[http://novelengine.com] 에서 Q&A 게시판을 이용해 주시기 바랍니다.

노블엔진(NOVEL ENGINE)은 영상출판미디어(주)의 라이트노벨 및 관련서적 브랜드입니다.

옆집 천사님 때문에 어느샌가 인간적으로 타락한 사연

1~3

후지미야 아마네가 사는 맨션 옆집에는 학교 제일의 미소녀인 시이나 마히루가 살고 있다. 두 사람은 딱히 이렇다 할 접점이 없지만, 비가 오는 날 흠뻑 젖은 시이나 마히루에게 우산을 빌려준 것을 계기로 기묘한 교류가 시작되었다.

혼자서 니저분하게 대충대충 사는 아마네를 차마 보다 못해, 밥을 차려 주거나 방을 청소해 주는 등 이것저것 챙겨 주는 마히루.

가족의 정을 그리워하면서 점차 다정한 모습을 보이기 시작하는 마히루. 그러나 그 호의를 알면서도 자신감이 없는 아마네. 두 사람은 자신의 마음에 솔직하게 굴지 못하면서도 조금씩 서로의 거리를 좁혀 나가는데 …….

 사에키상 지음 | **하네코토** 일러스트 | **2021년 10월 제3권 출간**

청춘의 상상, 시동을 걸어라!

천재 왕자의 적자국가 재생술
~그래, 매국하자~

1~2

"나라 팔아치우고 튀고 싶다아아아아!"

추운 북쪽 땅, 이렇다 할 자원도 산업도 없는 변방의 약소 국가. 국왕이 몸져누워서 섭정으로서 나라의 운영을 맡은 왕자의 소박한 소원은 '매국'이었다?!

그러나 시대의 흐름은 그 소원을 철저하게 짓밟는데──.

외교로 강대국에 빌붙어서 나라를 팔아먹고 은거하려는 원대한 그림은 강대국의 내란으로 백지가 되고, 도토리 키 재기 수준의 이웃 나라가 쳐들어왔을 때는 적당히 치고 빠지려다 대승리 + 알박기 점령!!

하루라도 빨리 편히 쉬고 싶은 매국 왕자의 소원은 과연 이루어질 것인가?!

토바 토오루 지음 | 파루마로 일러스트 | 2021년 9월 제2권 출간
청춘의 상상, 시동을 걸어라!

제15회 MF문고J 라이트노벨 신인상 《최우수상》 수상작
2021년 7월부터 애니메이션 방영!

탐정은 이미 죽었다

1~5

애니메이션 방영작

고등학교 3학년인 나, 키미즈카 키미히코는 한때 명탐정의 조수였다.

──"너, 내 조수가 되어줘."

시작은 4년 전, 지상 1만 미터 위의 상공. 하이재킹을 당한 비행기 안에서 나는 천사 같은 탐정 시에스타의 조수로 선택되었다.

그로부터 3년, 우리는 눈부신 모험극을 펼쳤고── 죽음으로써 헤어졌다. 홀로 살아남은 나는 일상이라는 이름의 현실에 빠져 안주하고 있었다. ……그걸로 괜찮냐고?

괜찮고말고.

다른 사람에게 피해를 주는 것도 아니니까.

그렇잖아? 탐정은 이미, 죽었으니까.

©nigozyu 2021 / Illustration : Umibouz
KADOKAWA CORPORATION

니고 쥬우 지음 | 우미보즈 일러스트 | 2021년 10월 제5권 출간

청춘의 상상, 시동을 걸어라!

현실주의 용사의 왕국 재건기

1~11

애니메이션 방영작

"오오, 용사여!"

그런 정해진 프레이즈와 함께 이세계로 소환된 소마 카즈야의 모험은—— 시작되지 않았다! 자신의 부국강병책을 국왕에게 진언한 소마는 어찌된 영문인지 왕위를 물려받고, 국왕의 딸이 약혼자가 되는데……?!

나라를 바로잡기 위해 소마는 자신에게 없는 지식, 기술, 재능을 지닌 자의 모집을 개시한다. 왕이 된 소마의 앞에 모인 인재 다섯 명. 과연 그들은 어떠한 각양각색의 재능을 지녔을 것인가……?!

이세계 소환×개혁= 세계를 바꾸는 이야기!
시리즈 절찬 출간 중!!

도조마루 지음 | 후유유키 일러스트 | 2021년 8월 제11권 출간
청춘의 상상, 시동을 걸어라!